A MILD NOBLE'S VACATION SUGGESTION

優雅貴族的休假指南。

11

著 岬 圖 さんど
譯 簡捷

◆ Contents ◆

A MILD NOBLE'S
VACATION SUGGESTION

CHARACTERS

人物介紹

利瑟爾

本來是為某國王效命的貴族，不知為何掉到了與原本世界十分相似的另一個世界，正在全力享受假期。嘗試當上了冒險者，不過常常有人不敢置信地多看他一眼。

劫爾

傳聞中的最強冒險者，可能真的是最強。興趣是攻略迷宮。

伊雷文

原本是足以威脅國家的盜賊團的首領。蛇族獸人。別看他這樣，親近利瑟爾之後作風已經比先前收斂許多了。

賈吉

商人，擁有自己的店舖，擅長鑑定。看起來很懦弱，其實與人交涉時頗有魄力。

史塔德

冒險者公會的職員，面無表情就是他的一號表情。人稱「絕對零度」。

納赫斯

阿斯塔尼亞魔鳥騎兵團的副隊長。遇上刺激照顧欲的利瑟爾之後，他照顧人的技能一口氣點滿了。

夸特

戰奴。原本被人當作奴隸使喚，後來覺醒成為戰士。現在是利瑟爾的人（暫定）。

旅店主人

旅店老闆，利瑟爾一行人在他的旅店下榻。就只是個這樣的男人。

125

萬里無雲的晴天，深青色的天空一望無際。

藍天與純白雲朵的對比令人目眩，這是最適合冒險活動的天氣。

這種日子的冒險者公會在清晨時相當擁擠，整間大廳充滿怒吼和喧囂聲、吵架聲和噓聲，每個人都氣勢逼人，吵得要命。但只要稍微避開尖峰時間，這些熱鬧的聲音立刻就聽不見了。

利瑟爾他們來到公會的時候，就是這種職員們終於得空休息的時段。

平常職員們對於進門的冒險者不會一一留意，只有在利瑟爾他們進來的時候會多看一眼，今天更是把手邊的工作都停了下來，表現得對他們特別感興趣。

因為他們知道，在面帶微笑走進門的利瑟爾、跟著踏入公會的劫爾，以及邊打呵欠邊走進來的伊雷文身後，最後跟進來的那個陌生男子就是先前利瑟爾說要帶來的新人了。

當夸特帶著一副滿心期待的模樣現身，整間公會的視線頓時集中到他身上。

「……？」

對此，夸特轉動眼珠子看了看周遭。

察覺自己被大家關注，他雖然有點疑惑，不過還是不怎麼介意地繼續觀察起公會大廳來。利瑟爾在牢房當中對他講述過的冒險者公會，現在就在他眼前。

密密麻麻貼著各種委託單的委託告示板、冒險者聚在一起閒聊的桌子、提醒大家注意環境變化的警告黑板、長相嚴厲的公會職員……所有情景都和他聽過的一模一樣，這讓夸特興奮得坐立難安起來。

再往前走，有張看似曾經裂成兩半又重新修復的桌子，他納悶地打量著它，跟在利瑟爾他們身後往前走。

「就是這裡了。」

忽然，利瑟爾站在櫃檯前對他招了招手。

夸特快步走過他們之間短短幾步的距離，站到利瑟爾身邊。伊雷文也在利瑟爾身旁，劫爾則事不關己地往委託告示板的方向走去。

「你又帶了個很有氣場的傢伙過來啦。」

站在櫃檯那個有著閃亮光頭的職員，佩服地撫了撫下巴上的鬍鬚。

「會嗎？」利瑟爾說。

「不過他跟你們站在一起，確實是沒什麼突兀感啦。」

聽他這麼說，周遭的職員也深感同意。

看他們的反應彷彿在說，萬一利瑟爾帶來的只是個平凡無奇、符合F階實力的新人，他們反而還比較驚訝。什麼意思？夸特納悶地看了看利瑟爾，而後者只回以苦笑。

「好啦，這傢伙要登記沒錯吧？」

「是的。」

「那幫我在登記單和另外幾張單子上簽名，這些不需要我再說明了吧？」

職員把幾張單子排列在櫃檯上。

夸特從利瑟爾身後探頭瞄了一眼，但他不識字，能區分圖畫和文字就已經很不錯了。

不過利瑟爾也知道這點，畢竟被關在牢房裡的時候，就是利瑟爾把書本的內容唸給無法閱讀的他聽的。

「我來幫你寫吧。」

聽見利瑟爾徵求同意似地這麼說，夸特立刻點了頭。

「可以由我來代筆嗎？」

「沒問題啊，在底下也簽一下你的名字。」

冒險者當中也有不少人不會寫字。

最多的是能識字，但不太會書寫的人。由於平常生活中完全不需要握筆，大多數人頂多只會寫自己的名字。

這在挑選委託、買東西的時候完全不構成妨礙，所以也沒有人覺得這有什麼問題。在迷宮裡碰上難解謎題的時候確實會傷透腦筋，但這種時候就算識字，通常還是沒什麼用，因此誰也不介意。

「嗄，你連自己的名字都不會寫喔？」

「不會。」

「他們的民族以口傳文化為主流，對文字本身不太熟悉吧。」

「喔——」伊雷文恍然應了一聲，湊過去往利瑟爾的手邊看。

筆尖滑過紙面，以稍微傾斜但工整的字跡寫下夸特與利瑟爾自己的名字。寫下名字、年齡之後，利瑟爾忽然抬起臉來。

「出身地應該怎麼寫呢？群島的……你也不知道聚落的名字對吧？」
「山谷裡面。山谷，很多。其中，一個。其他，不知道。」
關於故鄉，夸特已經回想起不少事情，但並不記得聚落的確切位置。
這並不是因為異形支配者的影響，只是他忘記了兒時的往事而已。倒不如說，夸特還生活在聚落裡的時候，也說不出自己住在什麼地方吧。
畢竟他一次也沒看過地圖，所知的只有位於溪谷中的聚落，以及溪谷之外廣闊的荒野而已。
「……不行？」
是不是不能成為冒險者了？夸特不識字，卻還是湊過來一起看著那張單子，垂下肩膀窺探著利瑟爾的臉色這麼問。看見他不安的模樣，利瑟爾瞇起眼露出微笑，試圖讓他安心。
「沒關係的，當初我也寫不出自己確切的出身地。」
「知道這麼多就可以填了啦。」
伊雷文伸出指尖，輕輕敲了敲出身地那一欄。
「我也沒寫得多仔細啊。」
「你那時候填什麼呀？」
「『阿斯塔尼亞東北方森林，蛇族調香師之家』。」
聽見調香師這個詞，利瑟爾恍然大悟地點頭。伊雷文的母親懂得製作驅逐魔物的焚香，利瑟爾原本猜測她可能是藥士，看來猜錯了。
先前她說她常常把東西帶到阿斯塔尼亞出售，想必也有不少人知道她是調香師；再加上數量稀少的蛇族獸人身分，符合這些條件的多半只有她一個人，出身地這麼填寫是很有說服力的。

「總之看得出是哪裡就可以啦。大多數人都是在居住地附近的公會登記，這一帶不可能有我們職員不知道的地方。」

換言之，連自己的出身地都無法證明的人，肯定就別有隱情了。

也難怪這種人需要額外再找推薦人才能登記。隨便填個附近村莊的名字也不太可能會被發現，不過一旦被發現就得付出龐大的代價，因此沒有人會選擇冒險。

與其填假資料，還不如塞給路過的冒險者一點小錢，請他當自己的推薦人比較實在。

「隊長，你還真的是有隱情的人欸。」

「好像是哦。」

伊雷文說悄悄話似地壓低音量，露出賊賊的笑容這麼說。

完全無法否認呢，利瑟爾有趣地笑了，接著忽然產生了一個疑問：

「對了，你們家不是『蛇族獵人之家』嗎？」

「森族裡面有很多人過著跟獵人差不多的生活啊，而且我爸又幾乎都不在家。」

實際上，像伊雷文的父親這樣只靠狩獵維生的獵人相當稀少。

倒是有許多人同時以多種賺錢手段維生，捕獵也是其中之一，尤其居住在森林的族群當中，有不少人屬於「硬要劃分為某種職業的話比較接近獵人」的狀況。相較之下調香師的數量較少，比較適合拿來登記。

「也就是說必須證明地點，同時具有辨認度囉。」

利瑟爾抬起筆想了想，接著筆尖立刻滑過紙面。

湊近看著的夸特高興得雙眼閃閃發光，伊雷文也同樣看好戲似地撇嘴笑了，唯有雙臂環胸低頭看著他寫字的職員訝異地蹙起眉頭。

【群島荒野中的溪谷之一，戰奴聚落】

看見利瑟爾寫下的這句描述，職員忍不住出聲：

「喂，這名字怎麼聽起來很危險啊。」

「他們民族的名稱就是這樣呀。」

「可是完全沒聽說過有這種民族……」

「別擔心，我有證據。」

雖然沒有真的為自己配上「鏘鏘」的音效，利瑟爾還是略顯得意地取出了一本書。陳舊的紙頁已經泛黃變色，感覺得出這本書的年代。

他很喜歡這種套路啊。委託告示板前的劫爾偶然看向這裡確認他們的情況，伊雷文則站在利瑟爾身邊拍著手，兩人都習以為常地看著這一幕這麼想。

「你看，上面是這麼寫的對吧？」

利瑟爾翻開書本，遞給職員。

上頭清楚記載著「戰奴」的字樣，說他們是居住於群島荒野某處的民族。雖然刻意避免提到確切的地點，但書中描寫了作者遇見這個民族的情況，也提到了他們的特徵，也就是身上的刺青以及刃灰色的眼睛。

「呃、喔……沒想到有人會拿書證明自己的出身地……」

職員看向遙遠的虛空這麼說，利瑟爾則是不可思議地心想，也沒那麼意外吧？

「書，我的？」

「是的，這本書記載了你們的民族喲。你們並沒有刻意隱居對吧？」

「沒有。」

戰奴的存在鮮為人知，純粹只是因為紀錄不多吧。

他們所留下的知識都透過口述流傳，對外的紀錄除了利瑟爾手上這本書以外，恐怕也沒有幾本。聽起來他們並不會離開到群島以外的地方，群島當地對他們的認知說不定也僅限於「有很多厲害獵手的聚落」。

假如像妖精那樣被民眾視為傳說那當然另當別論，但戰奴只是平凡地過活，沒有必要特地避世隱居。就像大家自我介紹的時候不會特別說「我是唯人」、「我是獸人」一樣，他們也只是沒有特別說出「我是戰奴」而已。

「何必這麼麻煩，你直接當他的推薦人不就好了。」

「可是機會難得嘛。」

看來沒有看得上眼的委託。

劫爾離開了委託告示板，一邊在旁邊的椅子上坐下，一邊無奈地對他這麼說。利瑟爾則愉快地回應，彷彿在說拿書本證明身分的機會這麼寶貴，他才不會輕易放過。劫爾給他的回答是一聲嘆息，像在說他早就知道了。

「那就這樣登記囉。」職員說。

「拜託你了。」

「拜託、你了。」

職員收下他們的登記單，五味雜陳地看了看對利瑟爾無比順從的夸特。

「調教完畢」這句話閃過他的腦海，不過面對這看起來不同於常人的新進冒險者，利瑟爾願意親自教導禮儀，身為職員應該要感謝他才對。能不能也順便幫我們調教一下其他冒險者啊，職員逃避現實似地這麼想著，暫時離開了櫃檯。

「這本書也差不多該還給殿下了呢。」

目送他的背影離開，利瑟爾將書本收回腰包。

拿取書本的動作看起來相當小心，伊雷文雙手往後撐在櫃檯上，靠著桌面開口：

「那是借來的喔？」

「是呀。雖然我也很想要，但這本書實在太貴重了。」

「你去求求那個殿下啊，感覺他會送你欸。」

「我才不會。」

利瑟爾有趣地笑了。

亞林姆對於書本也有不同凡響的執著，還是避免做出考驗他這方面堅持的舉動比較好，同樣身為愛書人的利瑟爾不禁這麼想。

「我，可以說，告訴你。」

「連自己住哪都記不清楚的傢伙有什麼好說的啦。」

夸特自告奮勇地希望能代替書本說給利瑟爾聽，卻被伊雷文嗤之以鼻。

他還是贏不過伊雷文，只能垂下眉抱歉地閉上嘴。利瑟爾見狀伸出手安慰他，像在告訴他自己並不介意。
指背撫過刃灰色眼睛周圍，那雙無機質的眼眸便舒服得化了開來。
「沒關係的。你說了很多關於故鄉的事情，對我很有幫助喲。」
「嗯。」
「比方說刺青的事，真的很有意思。」
聽著利瑟爾沉穩的嗓音，夸特緊抿的嘴角也隨之鬆動。
這種受到誇獎、有點靦腆的笑容，是他放空腦袋過活的奴隸時代一次也不曾露出的表情。不過他一直過著沒有逸樂也沒有痛苦，不好不壞又一成不變的日子，不知道他有沒有察覺到自身的變化。
這是很好的傾向，利瑟爾想著，放下了觸碰他的手，這時職員正好也拿著魔道具回來了。
「啊，好懷念哦。」利瑟爾說。
「這從我登記的時候開始就一直沒變欸。」
職員手上拿著登記加入公會時不可或缺的魔道具。
有著金屬裝飾的木製框架當中放了個玻璃球，玻璃球表面刻著許多魔法陣，隨著光線變化隱約發出虹光，作為裝飾品想必也價值不菲。
在玻璃球的頂點，有根筆直伸向天花板的針。
「隊長，你登記的時候也刺過手指喔？」
「當然呀。」

「這傢伙刺得太大力，血都流出來了。」

「真假？」

隊長在這種時候很果斷呢，伊雷文一臉難以言喻的表情這麼想著。

在他身邊，利瑟爾毫不介意他的反應，逕自讓夸特站到了魔道具前方，告訴他魔道具的使用方式。

「把手指放在這根針上刺破，只要滲出一點點血就可以了。」

對於利瑟爾來說，夸特還是他遇上的第一個後進冒險者。

既然他想負責說明就讓他來吧，眼看利瑟爾說明得這麼投入，職員也沒有插嘴，選擇在一旁觀望。看見新進冒險者就想端出前輩架式的傢伙到處都有。

只不過看見利瑟爾這副模樣，他倒沒有「這孩子獨當一面啦」的感慨，反而是「事情怎麼會變這樣」的疑惑比較強烈。不過這情景還是讓人看了忍不住露出微笑，職員這麼想著，拿了張新的公會卡在魔道具底下放好，揚起了一邊嘴角。

「魔力會以血液為媒介灌注進去，所以流入這個魔法陣之後就可以進行個人的識別……」

「？」

「那是機密！！」

然而職員帶著笑容的臉頰也立刻抽搐起來。

不曉得是不是說得太投入了，利瑟爾流暢的說明甚至連細節也不放過。魔道具的運作機制可是冒險者公會的機密啊。

順帶一提，就算利瑟爾這麼解釋，夸特還是不太明白這是什麼原理。因為利瑟爾好像說得很開心的樣子，所以他有在聽，但完全無法理解。先前他待在異形支配者這位魔法權威手下的經驗一點也沒發揮作用。

「喂喂，該不會是哪裡的職員多嘴了吧？」

「這只是我的推測而已，史塔德在這方面非常有原則呀。」

利瑟爾回想起那位王都冒險者公會的職員，今天史塔德一定也淡漠地工作著吧。

從偶爾往來的書信當中看得出他過得很好，但同時他也直率地表達出寂寞的心情。利瑟爾回想著，眼中不禁流露笑意，這時忽然聽見職員嘆了口氣。

「真是的，其他魔法師明明不會注意這些東西啊……不過他們使用魔法也是憑直覺就是了。」

「能憑直覺施展魔法比較厲害呢。」

「他們只是沒興趣而已吧？」伊雷文說。

「說得好。好了，快把手指刺破吧。」

職員指了指那根針。

夸特低頭凝視了那個魔道具一會兒，聽話地抬起了手。

「要刺破自己的手指需要一點勇氣呢。」

「是啊，算是冒險者的第一道關卡吧。」

聽見利瑟爾露出溫煦的微笑這麼說，職員也半開玩笑地哈哈笑著說道。

有些冒險者在登記的時候還嚇得臉色蒼白，一疊聲說「不要」，不過這種傢伙通常是最不怕在戰鬥的時候受傷的人。聽見職員笑著這麼說，利瑟爾也心想「冒險者裡面也有各式各樣的人呀」，這時忽然聽見一旁的伊雷文開口：

「那傢伙的皮膚刺得破喔？」

「咦？」

不會吧？利瑟爾看向夸特。

感受到利瑟爾的視線，夸特愣愣地眨了眨眼睛，把放在魔道具上方的手默默壓上去，彷彿在說他自己也不太確定。他就這麼把拇指按在針尖上，緩緩使力。

尖銳的針頭按在長期做粗重工作而變得粗糙的皮膚上。

「會痛。」

「忍耐一下喲。」

聽見夸特告訴他手指已經刺破，利瑟爾也從旁湊近去看那個魔道具。

他彎下腰，將差點掉進眼睛的髮絲撥到耳後，確認針尖與手指之間的交界處。針頭確實微微刺進了在伊雷文的斬擊之下毫髮無傷的皮膚。

「啊，看起來沒問題呢。」

紅色的血液流進了針頭表面上細微的溝槽。

血液就這麼被吸進玻璃球當中，原本若隱若現的魔法陣開始發出紅色光芒，表示現在正在登記中。

「手可以拿起來囉。」

「可以？」

「可以喲。」

聽見職員這麼說，夸特先向利瑟爾確認過之後才抬起拇指。

注意到傷口滲著血，他不以為意地把手指送到唇邊，以厚厚的舌頭舔去即將流下的血液，然後用嘴唇堵住傷口，把殘留的血液也吸吮乾淨。

為什麼自己就不被允許這麼做？利瑟爾見狀朝劫爾投以不平的目光，劫爾回以一聲嗤笑。

「在帕魯特達登記的時候有布可以擦手，原來在這裡沒有呀。」

「這種小傷舔一舔就會好……呃，不過我不會要你做這種事啦。」

太難以理解了。

利瑟爾難以釋懷地想，而在他身邊的伊雷文則憋笑憋到渾身發抖。

「好啦，完成了。」

「謝謝你。」

算了，利瑟爾這麼想著，從職員手中接過全新的公會卡。

簡單的卡片上，仍然只寫了所屬公會的國家、名字與階級。卡片顏色表示出這是一位F階的新手冒險者，利瑟爾一邊感到懷念，一邊將卡片遞給了滿臉期待的夸特。

「來，這是你的卡片。」

「嗯。」

夸特反覆打量手中的卡片，變換著角度欣賞公會紋章的透明浮水印，看完正面又翻過去看看背面，一刻也閒不下來。

他看起來這麼開心，或許是因為一直忘不了在牢房裡聽過的冒險趣事吧。假如是這樣，那麼把那些故事說給他聽也很有意義了，利瑟爾微笑看著他這副模樣想道。

「你們要接委託的話，現在可以直接幫你們辦喔。」

「不，今天還是……」

聽見職員這麼說，利瑟爾看向劫爾，只見後者趕人似地揮了揮手。

看來他們今天預定前往的迷宮沒有相關委託。不接委託也一樣能潛入迷宮，因此利瑟爾婉拒了職員的好意。

「今天還是不接委託，直接進入迷宮吧，畢竟也是他第一次挑戰迷宮。」

夸特把那張他每個角落都打量過一遍的公會卡小心翼翼地收好，聽見利瑟爾似乎提到自己，他抬起了臉。

「我們打算繼續攻略『草原遺跡』。」

對吧？利瑟爾微微偏了偏頭，夸特也跟著偏頭，然後點點頭表示同意。

在昨天晚餐的談話當中，所有人已經一致同意在今天前往迷宮。夸特也相當期待初次與魔物認真交手的戰鬥，再加上可以進入不可思議的迷宮，他二話不說就同意了。

「……那裡可是難度偏高的迷宮啊。」職員說。

「這麼說來，其他迷宮要到中層才會看見雙翅飛蜥這類魔物呢。」

「會飛的階級都偏高喲！」伊雷文說。

所有迷宮都是越往深層難度越高。

淺層幾乎都比較簡單，只要懂得攻略迷宮的基本方法，不太可能淪落到遍體鱗傷逃回城的下場。話雖如此，每個迷宮的難度還是有所不同，有些地方就連菜鳥的F階隊伍都能突破一個階層，但也有不少迷宮沒有累積一定程度的攻略經驗就很難往前推進。

「那不是適合帶新手過去的地方……不過也沒差吧，畢竟是你們嘛。」

不知為何，職員發自內心接受了他們的做法。

於是到了現在，利瑟爾他們搭乘馬車，在森林中顛簸著前進。

「這個時間人果然比較少呢。」

「是啊，都這麼晚了。」劫爾說。

現在是勉強還能稱為早晨的時間，不過對於接取委託、前往迷宮的冒險者來說，這時候出發就太晚了。雖然搭上馬車的時機不湊巧，利瑟爾他們沒位子坐，但比起平常乘客擠得水洩不通、必須硬把人塞上車的尖峰狀態已經相當輕鬆。

同車的冒險者們接的多半也不是必須認真攻略迷宮的委託，可能是森族或採集相關，也可能只是有事要進森林而已。

「昨天一踏進第四層就立刻回去了，今天就從那裡開始囉。」

「這迷宮一層真的很大欸，又一堆機關，有夠浪費時間。」

「就連劫爾恐怕也沒辦法只花三天就通關呢。」

「所以我還沒通關啊。」

那些同車的乘客紛紛看著夸特，眼神裡帶著濃重的困惑。

首先，這個人為什麼跟利瑟爾他們走在一起？在公會從來沒見過這個人，而且他給人一種無機質的感覺，和那三人組一樣散發著超凡脫俗的氣質。最奇怪的是，他身上沒穿半件冒險者該有的裝備。

他看起來也完全不像委託人，讓人疑惑他為什麼會搭乘這輛馬車。

「雖然會被他的氣場騙過去，但這個人光看打扮真的很像跑錯地方。」

「但說起來就算穿了裝備，還是沉穩小哥看起來比較像跑錯地方。」

「說得沒錯。」

冒險者們窸窸窣窣地說著利瑟爾聽了一定會沮喪的話。

劫爾聽見了差點噴笑，連忙看向馬車外掩飾，伊雷文則趕緊遮住嘴巴別過臉去，但還是憋不住嗆到了。夸特被伊雷文嚇得肩膀抖了一下。

「伊雷文？你沒事吧？」利瑟爾說。

「沒、沒事……」

利瑟爾替他拍著背，這種溫柔在這時候真讓人難受。

「欸……所以說就從第四層開始攻略喔？」

伊雷文憑著一股毅力壓制住自己顫抖的腹肌，硬是轉移了話題。

以伊雷文的個性，這時候不管對方是誰都會大聲爆笑才對，但這次可不能忍不住噴笑出來，否則利瑟爾會難過的。就算憋到腹肌痠痛也得忍住。

「比起攻略迷宮，今天的主要目的還是讓他練習。」

沒事就好，利瑟爾注意到伊雷文想扯開話題，於是這麼回答。

「我，練習？」

「是的，到迷宮練習。」

「冒險者？」

「與其說是冒險者的練習，不如說是戰鬥的練習吧。」

夸特現在是憑著天生的體能以及戰奴的本能作戰。

實戰經驗明顯不足，恐怕就是他完全不敵伊雷文的原因。回顧這個民族過去的榮光，他原本的實力不可能只有現在這種程度。

「取回戰鬥的直覺」對利瑟爾來說太抽象了，有點難以理解，不過按照劫爾他們的說法，夸特只要多打幾場就會進步，因此他們才帶夸特來練習。

「所以今天的戰鬥以你為中心，加油哦。」

「我會加油。」

同車的冒險者不約而同地想：「但他連裝備都沒穿耶？」

這該不會是在霸凌新人吧，眾人心中浮現了毫無根據的懷疑。讓人家手無寸鐵站在魔物面前，這是多麼泯滅人性的暴行啊！他們實在太過震驚，以至於其中幾個人沒發現馬車已經駛過了自己的目的地。

「別擔心，有什麼不懂的儘管問。別看劫爾這樣，只要問他他還是會指導新人的。」

「有人來問我的話。」

「你也可以問伊雷文，不過他的回答大概有一半只是隨口說說。」

「隊長……」

不，利瑟爾他們果然還是以自己的方式在照顧新人吧，冒險者們聽了改變想法。

完全搞不懂他們為什麼沒幫新人買齊裝備，該不會是忘記了吧？這種荒唐的猜測完全反映了利瑟爾在他們心目中的形象。

「喂，快到了。」劫爾說。

「啊，那就請車伕停車吧。」利瑟爾說。

呃，反正船到橋頭自然直嘛。冒險者們下了這個結論，目送利瑟爾一行人請馬車伕停車、然後走下車廂，剛才搭過站的幾個冒險者也急急忙忙跟著下了車。

他們從枝葉與藤蔓繁茂得遮蔽天空的森林，一下子來到了高遠青空底下遼闊的高原。

只是走進迷宮大門一步，景色就大不相同，這似乎讓夸特非常驚訝。他目瞪口呆地張著嘴在原地站了一會兒，後來伊雷文隨口告訴他「一直往前跑會撞到透明的牆壁無法繼續前進」，夸特信以為真，就這麼往地平線彼端跑過去了。

「啊……」

「他還會回來？」劫爾說。

「誰知道啊。」伊雷文說。

利瑟爾他們來不及阻止他，只能目送他跑遠。

等了一會兒，直到那道筆直遠離的背影消失在視野範圍的時候，不知為何夸特就從反方向跑回來了。不曉得這裡的機制本來就是這樣，還是只是迷宮同情他。

不過人回來了就好，四人於是什麼事也沒發生似地踏進遺跡。

「樓梯，好多。」

「這裡階梯很多呢。來，你看這個。」
「圖案？」
「這是魔法陣。站上去，就能瞬間傳送到其他階層的魔法陣所在的地方。」
「為什麼？」
「因為這裡是迷宮呀。」
這句話可以回答所有的問題，這就是冒險者和迷宮的世界。
「這座迷宮比較寬敞，所以每一層都有魔法陣。那我們就開始傳送吧。」
劫爾已經站在魔法陣上了，利瑟爾和伊雷文也跟著站上去。
夸特目不轉睛地看了看隱約散發光芒的魔法陣，隨後也緩緩踏了進去。他下意識伸手想抓住利瑟爾的衣襬，被伊雷文用手刀擊落。
魔法陣立刻啟動。四周才剛被光芒包覆，腳邊就立刻傳來被水沾濕的觸感，嚇得夸特肩膀抖了一下。
「如果有長靴，在這裡感覺會很方便呢。」
「反而不方便活動吧。」
「感覺走到下一層的時候，鞋子裡已經都是水啦。」
從剛才開闊的空間忽然來到上下左右都由石壁環繞的通道，讓人有點喘不過氣。生長在石壁上的苔蘚散發出青白光芒，照亮整個空間。地面淺淺積著一層水，高度足以淹過腳踝，四處可見地下水從石壁裂隙間流下，這多半就是這裡積水的原因。水質相當透明，可以清楚看見水底的石板地面。

「這一層我們也是第一次來，小心前進吧。」

利瑟爾這麼說著，卻尋常地邁開步伐，夸特一臉納悶。

寂靜的空間裡聽不見草原上的風聲，也沒有剛才在第一層聽見的魔物聲音，唯有流過石牆滴落的水聲，以及利瑟爾他們踏水前進的聲響在通道中迴盪。

「這水有點冷欸。」

「感覺會影響動作。」

「好冷。」

前衛們對水溫怨聲載道，不過對利瑟爾來說並沒有冷到麻痺觸覺的程度。

大約是常溫接近冷水的溫度吧，但除非在水裡閒晃太久，否則感覺也不可能會凍僵。不同於身體稍有狀況就會影響戰鬥的劫爾他們，在打鬥時不太需要移動的利瑟爾事不關己地這麼想。

「會不會，冷？」

「不會喲。」

夸特啪答啪答踩著水靠過來這麼問，利瑟爾微笑以示感謝。

反而是沒有穿上最上等裝備的夸特比較冷吧？就算這個民族曾經被譽為最強戰士，想必也並非萬能，必須注意他的狀況才行，利瑟爾邊想邊往前走。

「隊長，有岔路——」

「這裡沒有提示，選你們喜歡的那一條吧。」

走在前面的伊雷文停下腳步，打斷他們對話似地喊了利瑟爾一聲。

聽見利瑟爾這麼回答，他維持著自然的站姿比較了一下左右兩條路，尋思似地舔了舔嘴唇。

「大哥，你選哪邊？我選左邊，右邊有蜥蜴臭味。」

「右邊。左邊有拍翅膀的煩人聲音，一整群。」

「兩條路都有魔物呢。」

兩人回頭看向他，像在問他該怎麼辦，利瑟爾偏了偏頭思考。

這種時候負責判斷的就是隊長了，說隊長「掌握了全隊成員的性命」聽起來有點誇張，但絕不為過。不過多虧了劫爾他們強大的實力，利瑟爾做這些決定的時候沒什麼危機感。

利瑟爾生來就擁有足以左右他人進退的地位，對此並不覺得壓力沉重，於是乾脆地指向其中一邊。

「那就右邊吧，假如會飛的是蝙蝠系，我希望能避開。」

「嗯？隊長你不擅長打蝙蝠系喔？」

「牠們的臉很恐怖呀。」

重點居然是臉，蝙蝠的臉。

劫爾他們默默看向利瑟爾。確實，有些魔物的面貌兇惡到讓人想吐槽「有必要做到這樣嗎」，但沒想到還真的有冒險者看臉決定擅不擅長應付某種魔物。

「你的武器很適合對付牠們吧……」

「跟劍比起來確實是這樣沒錯，但大型的蝙蝠從正面突然撲過來很嚇人呢。」

呃，這種心情也不是不能理解。

伊雷文含糊地點點頭，重新往右手邊的通道邁開腳步，利瑟爾他們也跟了上去。夸特在他們對話的時候茫然愣在原地，不過立刻坦率地點頭想著「原來是這樣」，然後追在他們身後走去。

錯誤的冒險者觀念已經開始在夸特心中生根，當然誰也沒注意到。

「喔，好像很接近囉。」

走在最前方的伊雷文忽然這麼說著，放慢了腳步。

看來他所說的「有蜥蜴臭味」的魔物就近在不遠處，四人盡可能放輕腳下的水聲，凝視著有朦朧光輝照亮的通道前方。

「在轉角另一邊。」

劫爾也察覺到了，於是小聲這麼說。

除了眼前的轉角之外沒有其他通道，看來戰鬥無可避免。隨著一行人接近轉角，可以聽見另一側傳來某種生物移動的沉重水聲。

「這是你成為冒險者的第一戰呢，加油哦。」

「嗯。」

他們悄聲這麼說著，四人從轉角探出頭窺探另一側的聲音來源。

映入視野的是一副巨大而厚重的身軀，體格長得像蜥蜴，但全身包覆著黑亮鱗片的模樣看上去簡直像條鱷魚。粗壯的腿在水中緩緩移動，兇惡的利爪不時露出水面，牠仰著巨大的頭部把鼻尖抬高，微微張開的口腔內長滿尖牙。

一雙豎瞳靜靜轉動，窺視著周遭的情況。

從牠的頭部到尾巴尖端，大約有兩個成年男性的身高那麼長，那具足以擋住整條通道的巨大身軀，以令人感受到相應重量的動作大幅甩了甩尾巴。

「第四層就有這種魔物喔，看起來這裡剛好是難度提升的界線欸。」

「你的冒險者入門魔物明明是草原鼠啊。」劫爾說。

「我想基礎是很重要的。」

利瑟爾大言不慚地點點頭，凡事重要的是合乎實力。

「沒問題吧？」

「嗯。」

利瑟爾低下頭，朝著蹲在他腳邊同樣打量著那條魔物的夸特問道。

這麼問不是出於擔憂，只是單純的確認。夸特注意到這點，帶著無法掩飾的高昂情緒點點頭。或許是處於陰暗空間的關係，那雙刃灰色眼睛隱約反射光芒，像夜露濡濕的刀刃一樣美。

他渾身繃緊，身體前傾，看來相當期待，利瑟爾露出微笑。

「那麼，你就好好玩一場吧。」

那一瞬間，夸特立刻撲向那條尾巴朝著這裡的魔物。

從他手臂伸出的刀刃無聲劃破空氣，魔物察覺了動靜，以顛覆沉重印象的敏捷動作揮動尾巴。萬一打到人，這一擊肯定能輕易粉碎一、兩根骨頭。

夸特扭轉身體躲過這一擊，順勢鑽進魔物側腹的空隙，宛如揮拳一般將刀刃往堅硬的鱗片揮下。

「從一開始就直指要害呢，看起來也不緊張。」

魔物怒吼般的慘叫撼動水面。

夸特的動作有如野獸獵食般靈活而充滿野性，利瑟爾依舊站在轉角觀望，佩服地這麼喃喃說道。

他原打算在夸特陷入苦戰的時候立刻出手幫忙，不過看起來沒有這個必要。

「剛才那一擊，他猶豫了一下要格擋還是躲開。」劫爾說。

「就是這種地方感覺很外行啦。」伊雷文說。

即使如此還是成功避開了攻擊，可見夸特的身體能力很優秀吧。

這評價真是嚴苛，聽見同樣窺探著戰況的兩人這麼說，利瑟爾露出苦笑。他自己連夸特那一瞬間的猶豫都看不出來。

「我還以為以狩獵為業的人會先瞄準脖子攻擊呢。」

「啊——這種一開始很難攻擊脖子啦，除非從喉嚨攻擊，不然刀子根本刺不進去。」

聽伊雷文這麼一說，他才看出來魔物脖子上長著特別細小的鱗片，但不會妨礙到頸部活動。

剛才夸特攻擊的是腿根，是魔物活動的時候皮膚會從鱗片之間暴露出來的部位。在未經指導的狀況下直接瞄準那裡，實在不像幾乎沒有戰鬥經驗的人。

不愧是戰鬥民族，看著夸特往牠後腿根部砍去，利瑟爾這麼想。

「不過大哥應該一開打就會直接砍斷牠脖子就是啦。」

「這麼說來，確實看過劫爾這麼攻擊。」

劫爾會直接把魔物的下顎往上踢，靠蠻力讓牠暴露出喉嚨，然後直接把大劍刺進去。寶箱他也會用腳踢開，看來習慣不太好呢，利瑟爾往身邊瞥了一眼。

「劫爾感覺能連著鱗片把頸子砍斷呢。」

「會損壞劍刃啊。」

沒說自己做不到，很符合他的作風。

利瑟爾露出微笑這麼想，將視線轉回夸特身上，看見魔物正朝他露出尖牙，彷彿立刻就要撲咬上去。面對足以輕易將人撕裂的獠牙，夸特不躲不閃，反而把一隻手臂往前伸去。

鏗的一聲，魔物咬合的顎間響起猛烈的撞擊音，夸特並沒有因痛楚而皺起臉來。

「放開……！」

猙獰兇惡的嗓音這麼咆哮道，宛如蹂躪者不容違抗的命令。

戰奴不僅能征服敵人，更能支配整個戰場，使得戰場上的一切隸屬於其下。從夸特此刻的姿態可以窺見這樣的潛質，利瑟爾滿意地瞇細雙眼。

「他打得很起勁呢。」

「可以拋開理性盡情撒野，當然起勁了。」劫爾說。

下一秒，無數的刀刃從魔物的口腔內側刺穿出來。

鋒利的刀刃擊碎鱗片，撬開了魔物的下顎。夸特迅速收起刀刃、抽回手臂，魔物便發出無聲的怒吼，張開的嘴巴只吐出了鮮血與氣息。

這是被逼上絕境的強者最後的威嚇，魔物彷彿甩開痛楚似地甩動頭部，巨大的身軀猛地晃了一下。被砍傷的腿部無法支撐牠的體重，牠痛苦地掙扎著跌落地面，激起一陣水沫。

「——……」

在倒下的那一刻，魔物揮動前腳攻擊，彷彿想挖開敵人的血肉，但被夸特向後一躍躲過了。

他像野獸般壓低身體，看著魔物掙扎著試圖起身，粗重的腿部拍擊水面，被水濺濕的鱗片隨著牠的動作閃動淡淡光輝。在覆滿鱗片的頭部抬起的瞬間，夸特的手臂打橫一揮，劃破牠裸露出來的喉頭。

原本正要爬起來的厚重身軀痙攣了兩、三次，便緩緩倒落地面。

「！」

夸特的呼吸加快，不是因為疲勞，而是因為亢奮。

他倏地往另外三個人的方向看去，接著快步走向確認戰鬥結束後走出轉角的利瑟爾身邊。

「結束了。」

「你看起來玩得很盡興呢。」

看見利瑟爾露出褒獎似的微笑，夸特高興地點點頭。

戰鬥中的兇猛氣勢早已煙消雲散，根據伊雷文的說法，現在的夸特就像隻炫耀自己狩獵成果的狗。

「還能繼續嗎？」

「可以。」

「隊長，你都沒有這樣問過我！」

「我怎麼敢這樣問冒險者界的前輩呢？」

雖然夸特在初次的冒險者戰鬥中就單獨擊敗了C階隊伍所有人聯手才能勉強戰勝的魔物，但利瑟爾他們並不感到驚訝。夸特本人也只覺得有點成就感而已，他們只需要尋常地慶祝新手冒險者的初次勝利，並且慰勞他就好。

同樣能夠輕輕鬆鬆單獨打贏魔物的伊雷文事到如今還要求關愛，利瑟爾有趣地笑了出來，接著忽然看向走在身邊的夸特的手臂。

「手臂不會痛嗎？」

「不會。」

利瑟爾邊走邊將手伸了過去。

指尖輕輕撫過他剛才被魔物咬過的手臂，那裡毫髮無傷，摸起來不冷也不硬，看上去只是一條長著普通皮膚的正常手臂。

實在非常不可思議。據說也不是夸特有意識將它硬化的，下次仔細確認看看吧，利瑟爾這麼想著，從神情納悶的夸特身上收回手。

一行人偶爾遭遇魔物，不過在迷宮中前進得還算順利。

「喂，你看這個。」

「來了。」

走在前頭的劫爾忽然停下腳步喊他，利瑟爾於是往他身邊走去。

「喏。」劫爾往旁邊讓開一步，以指尖敲了敲他找到的東西。眼前是個石板，呈現立方體上半部斜斜剖開、方便觀看的形狀，切面上刻著幾何圖形。除了圖形本身之外，都與第一層找到的石板一模一樣。

先前在每一層總會找到一個類似的東西，這次多半也是地圖之類的提示吧。

「如果每次地圖的樣式也能統一就好了。」

「沒差吧，反正你看得懂。」

言下之意是利瑟爾不可能無法解讀。這種信任是很令人高興沒錯，利瑟爾聽了卻露出苦笑。

在他們兩人身後，伊雷文和夸特也嘩啦嘩啦踏出水聲走近石板。伊雷文打從一開始就覺得自己鐵定看不懂，因此只瞥了地圖一眼就直接放棄，一邊戒備周遭情況一邊納涼。

「咦，這一層好像不是平面構造呢。」

「啊？」

「好像有上下交叉的地方……」

另一方面，夸特則是好奇地湊過去看著石板。

他的視線追隨著利瑟爾滑過石板的指尖，但還是完全看不懂。

「像這樣，這條路往這邊延伸過去，但這一條看起來才是捷徑……怎麼樣，感覺會有陷阱嗎？」

「啊……看這個構造可能會有。」

兩人對著看起來完全不像地圖的奇怪記號討論下一步，夸特聽著這段對話，忽然偏了偏頭。至今他屢次聽人提到「陷阱」這個詞，但陷阱到底是什麼樣的東西呢？

一方面也是因為戰奴狩獵魔物的時候並不會仰賴陷阱的關係，聽見這個詞，他只想到利瑟爾在牢房裡提過的那種巨大岩石從上面滾下來的陷阱。

「陷阱，什麼？」

「嗄？」

利瑟爾他們正在討論，夸特不好意思打斷他們，於是走近在一旁保養雙劍的伊雷文這麼問。

「陷阱，我，不知道。」

「喔……」

伊雷文的聲音聽起來好像覺得這也難怪，又像在思索著什麼。

接著，他停下了擦拭劍刃的動作，忽地伸手指向淹著水的地板。夸特納悶地跟著看過去，伊雷文所指的地方什麼也沒有。

「你往那邊踩下去。」

「這邊？」

「對，那個顏色不太一樣的地方。」

仔細一看，水波搖曳的地面上，確實有一塊石板的顏色比其他地方更亮。

夸特緩緩朝那邊走近，交互看著伊雷文和那塊地面，確認之後按照伊雷文的指示把腳放上那塊石板。他的動作尋常到毫無防備，石板在他踩上去的同時發出喀答一聲，下陷了一公分。

下一秒，一部分石牆從天花板掉了下來，直接砸到夸特頭頂上。他目瞪口呆地看著石塊掉落地面、激起一片水花，接著站在原地眨了眨眼睛，看向伊雷文。

「這就是陷阱啦。」

「懂了。」

伊雷文擦著劍若無其事地回答，夸特聽了嚴肅地點點頭。現在他知道得太清楚了。

「伊雷文也懂得好好指導新人呢。」

「那是在指導？」

聽見聲響回過頭來的利瑟爾悄聲這麼說完，又帶著微笑再度看向地圖。

面對他這句聽起來像在徵求同意的話，劫爾雖然一點也不同意，卻又無法完全否定，真讓人一言難盡。

「嗯，決定了。」

正在討論路線的兩人直起身來，回頭看向在一旁等待的兩人。

「啊，隊長好了喔？」

「是的，讓你們久等了。」

「完全不會喲！」

伊雷文把劍收回腰際，瞇起眼笑著這麼說。夸特原本好奇地撥弄著掉落地面的石塊，聽了也停下手邊的動作走近利瑟爾。

「我們抄近路吧。很可能會有陷阱，不過只需要走一半的距離。」

「贊成——」

「嗯。」

他們兩人也不反對真是太好了，利瑟爾在腦海中描繪出那張地圖。

儘管不易解讀，有地圖能看已經很好了。這麼一來就可以毫無壓力地順利前進，不會在每次碰上轉角時猶豫不決，也不需要等到發現走進死路之後再回頭。要是在同個地方繞太久，劫爾和伊雷文會嫌煩的。

利瑟爾總是心想，他們獨自潛入迷宮的時候到底都怎麼辦呀？

「那我們走吧。」

利瑟爾毫不遲疑地邁開腳步，劫爾和伊雷文也毫無疑問地跟了上去。

夸特來回看了他們三人和那塊石板幾次，最後還是急急忙忙跟了過去。沒抄下來沒關係嗎？看見夸特出於疑問的舉動，伊雷文暗自心想「也是啦，一般人看了都是這種反應」，暗自懷念起自己剛遇見利瑟爾的時候。劫爾則絲毫不在乎他的反應。

誰也沒有出言糾正或補充，於是夸特的冒險者觀念就這麼越走越偏。

這條捷徑上的魔物也多。

一行人俐落打倒了途中襲來的鱷魚魔物，被突然衝過來的蝙蝠系魔物嚇了一跳之後加以擊退，然後又看見一大群史萊姆擠在狹窄的通道上跳來跳去，束手無策地想「這到底是要人怎麼辦啊……」路上卻一直沒遇到利瑟爾很想見識看看的米諾陶洛斯，四人就這麼繼續往前。

「喂，你過來這邊。」

「？」

途中，夸特聽到伊雷文叫他就傻傻走近，結果觸發陷阱。

「那邊要跨過去喔。」

「嗯。」

按照伊雷文的指示跨過障礙物，結果不偏不倚踩到陷阱。

「白癡，快後退！」

「！」

被伊雷文精湛的演技欺騙，一往後退又遭受陷阱洗禮……撇除這點不談，一路上還算順利。

但就算是夸特，毫無防備地連吃這麼多次攻擊也不可能默不吭聲。而且他「不想被原諒」的對象僅限於利瑟爾一個人，實在難以忍受人家趁著他理虧惡意找他麻煩。

在不知第幾次的陷阱卻仍然傻傻被騙的夸特，終於氣呼呼地跑去找走在前面的利瑟爾，一臉不滿地訴苦：

「那傢伙，是怎樣！是怎樣！」

「所以我不是告訴過你了嗎？他說的話只能聽信一半。」

夸特沒有扯他的衣服，只是抓著他上衣的斗篷，利瑟爾於是稍微傾身回過頭。

他乾脆地對憤怒的夸特這麼說完，又說了聲加油，便重新面向前方。利瑟爾事前已經提出過警告，接下來只能靠夸特自力對抗了。

聽著這段對話，劫爾也無奈地回頭看向伊雷文。都選了捷徑還刻意去踩陷阱，要是拖累步調豈不是本末倒置嗎？

「不是要你不要動不動找他麻煩了嗎……」

「哪有，我這是好心教他耶？好好感謝我吧，雜魚。」

伊雷文挑釁地嘲笑道，夸特從喉間發出咆哮威嚇回去。

這幾天，伊雷文只要一逮到空隙就欺負夸特。考量到戰奴好戰的民族性，夸特已經很能忍了，雖然看起來也累積了不少壓力。

這是好事，利瑟爾微微一笑。

「好了，不可以在迷宮裡吵架哦。」

「好喔——」

「……嗯。」

伊雷文露出討喜的笑容，討好似地走到利瑟爾身邊問：

「你生氣了喔？」

「沒有生氣喲。」

眼見伊雷文一雙眼睛彎成愉悅的月牙湊過來看他，利瑟爾邊走邊搖了搖頭。

他告訴過伊雷文，只要別做得太過火就隨他高興。這是利瑟爾的真心話，而伊雷文也已經看清了利瑟爾可以接受的底線，因此才能像這樣鬧著玩似地發洩怨氣。

就在夸特還有點生氣地跟在三人身後邁開腳步的時候……

「啊，那裡有陷阱。」

「！」

他連忙避開，結果反而踩到地洞，不但腳陷進了洞裡，還狠狠撞到了膝蓋。

「你今天很努力呢。」

「冒險者，好難。」

今天的迷宮之行非常熱鬧，利瑟爾鑽進被窩，回顧著這一天。

燈已經關上，幽暗的房裡只剩下利瑟爾剛才坐在床上讀書時使用的魔力光源。他拉高了毛毯，邊躺上枕頭邊看向身旁。

夸特正把下巴擱在床上，睜著一雙鮮少眨動的眼睛看著他。逐漸減弱的光線照在刃灰色的頭髮上，隱隱約約反射光芒，利瑟爾看了一會兒，瞇起眼笑著說：

「我也還在學習，覺得困難才是正常的喲。」

他伸出手，撫摸夸特偏硬的刃灰色頭髮。

夸特舒服地瞇起眼睛。他也同樣已經準備好就寢，正披著毛毯盤腿坐在地上，把頭擱在床上使勁忍住一個呵欠。

「……那傢伙，說謊，一直。」

「伊雷文平常就是這樣，不要在意比較好哦。」

刃灰色的眼睛輕輕閉上，再睜開時其中帶著些微不滿的色彩。

這也難怪，直率的夸特今天不曉得被伊雷文騙去踩了多少次陷阱。

畢竟面對伊雷文再怎麼提防也沒用。聽到他說有陷阱的時候，選擇避開會踩中，刻意去踩也會踩中，小心謹慎地尋找陷阱還是一樣會踩中，心思完全被他讀得一清二楚。伊雷文相當擅長這種事。

「而且你體驗了這麼多陷阱，也學到了不少經驗吧？」

「……」

「我想，累積的經驗都會成為你的養分哦。」

「唔……」夸特從喉嚨深處小聲發出哀號，不過還是點了點頭，利瑟爾見狀也露出柔和的微笑。

伊雷文絕對不是為了訓練夸特才讓他去踩陷阱的，但這點姑且不論，反正只要結果良好就一切都好。

利瑟爾把臉頰挨近枕邊，聽著髮絲滑過布料的沙沙聲。

「（感情就繼續讓伊雷文來刺激……至於戰鬥，就交給劫爾好了。）」

和他們兩人相處的過程中，夸特自然能找回戰奴應有的姿態吧。

那麼，自己也得著手準備才行了。利瑟爾在心裡這麼想著，停下了替夸特梳理著頭髮的手，任憑它垂落床舖。夸特原本放鬆地垂著眼眸，注意到他停下動作，於是睜開眼睛。

「明天，你跟劫爾比試一下吧。」

看見夸特瞠大了刃灰色的雙眼，利瑟爾滿意地笑了，然後順從自己的睡意閉上眼睛。

夸特原先微微張開嘴，似乎還想問些什麼，但見狀也不發一語地躺到了地板上。沒過多久，房裡便響起兩人規律的呼吸聲。

魔法的光輝已經熄滅，只剩下窗隙間照進的月光，在地板上映出一道細細的白線。

就這樣，夸特初次的冒險者行程，看在旁人眼中雖然含有嚴重的霸凌菜鳥情節，仍然安穩地落幕了。

夸特算是容易清醒的人。

突然被叫醒的時候他難免一時間搞不清楚狀況，不過自然醒的時候一下子就能精神飽滿地起床。他總在旭日初升的時間睜開眼睛，頂著有點茫然的腦袋立刻爬起來，睡回籠覺這種事完全與他無緣。

今天他也在窗外逐漸轉亮的時間醒來，坐起了原本蜷縮在地上的身體。

他把已經一點也沒蓋在身上的毛毯拉近，像坐姿不定的小狗一樣摸索著挪動身體盤起腿來。把脖子往旁邊一偏，似乎響起了微小的喀喀聲。

「～～……」

他向後仰，從喉間發出幾不可聞的聲音，其中帶著金屬摩擦般不可思議的碎響。

夸特用力閉上眼睛，趕走殘存的睡意，接著伸手撥亂了一側睡到翹起的頭髮，視線投向身邊的床鋪。

他總是睡在靠近腳邊的地板上，因此看不見床鋪主人的臉，倒是看得出隆起的那團毛毯正緩緩起伏。

「……」

夸特把剛才拉過來蓋在腿上的毛毯扔到一旁，四肢著地爬過地毯，來到枕頭邊湊近一看，看見陷在枕頭裡的奶茶色頭髮。

利瑟爾面朝著另一邊，於是夸特也默默站起身，移動到另一側。

他低頭看著那張幾乎埋在毛毯裡的臉龐，靜靜蹲下身來。

「（……沒有醒來。）」

一如他的預期，眼前是利瑟爾熟睡的面孔……沒錯，利瑟爾早上起不太來。第一次睡在利瑟爾房間那天，他面對一直沉睡不醒的利瑟爾不知該如何是好，還不知所措地在床鋪周遭繞來繞去呢。

「（睡覺，很晚？）」

夸特比較早就寢，因此無法確切得知利瑟爾幾點才睡。

不過只要利瑟爾一有動作，他的意識就會上浮，因此並不是完全沒有線索。據他所知，利瑟爾目前不曾熬到天快亮的時候才睡。

他漫不經心地看著那雙微啟的嘴唇呼出規律的氣息。利瑟爾說過今天不打算安排冒險者活動，短時間內大概不會起床吧，夸特有點惋惜地想。

「？」

這時，他忽然聽見有人轉動門把的聲音。

房門輕聲打開，或許是顧慮到有人還在睡吧。夸特抬起頭往那邊一看，劫爾正站在門口，手搭在門把上。

來人往房裡踏進一步，瞥了埋在被子裡的利瑟爾一眼。夸特以為這是為了確認利瑟爾是否還在睡，現在的他還不知道，劫爾是因為知道利瑟爾尚未清醒才沒有敲門。

接著，劫爾的視線轉向了蹲在地上的夸特。

「你隨便準備一下，到後面來。」

略顯嘶啞的低沉嗓音，耳語般輕輕落在靜悄的房間。

這是留給自己的話？夸特眨眨眼睛，立刻點了一下頭。劫爾確認了他的回應便別開視線，目光再度掃過利瑟爾，接著轉向房門外。

夸特目送他離開，在房門關上之後搖搖頭甩開落進眼睛的瀏海，然後站起身來。

「（後面……）」

是旅店後院嗎？他邊換衣服邊想。

後院是塊土壤裸露的空地，四周被住宅和商店所環繞，旅店主人常在那裡晾曬衣物。聽說這並不是這間旅店專屬的庭院，住在空地四周的居民都可以隨意使用。

夸特也在某天幫忙的時候，聽旅店主人說過劫爾和伊雷文偶爾會在後院比試。旅店主人表示，「總之看起來實在太厲害了完全沒有現實感，我還懷疑他們是不是人咧冒險者真是太厲害啦。」聽得夸特一頭霧水。

「（比試？）」

昨天晚上利瑟爾也提過這件事。

劫爾願意跟他比試嗎？夸特這麼想著，雙眼反射出照進房裡的些微光線。

他對劫爾的印象絕不算差。劫爾不會隨便干涉他，有什麼不懂的問劫爾多半都能獲得回應，也不會像某蛇那樣毫不留情地抓著他的弱點窮追猛打。

在迷宮裡看見劫爾打鬥之後，夸特理解了這個人為什麼被稱為最強冒險者。當時沒機會見到他認真動手的樣子，但即便如此，他的實力也顯而易見。

「……我出發了。」

夸特把亂翹的頭髮直接紮成一束。

準確綁在正後方有點困難，因此他的馬尾總是偏向旁邊，最後在腰間綁上飾帶，便完成了更衣。為了不吵醒利瑟爾，他放輕聲音喃喃打了招呼，然後走出房間。

他走下樓梯，在更衣間的洗手台洗過臉之後，空著雙手走向旅店後門。他走出門外的時候太陽才剛升起，天色依然微暗。

「什麼事？」

那道黑色身影站在他正前方，劫爾正把一隻手套叼在嘴邊穿戴裝備。

眼見對方盯著他瞧，夸特感受著撫過臉頰的海風這麼問。

「那傢伙叫我確認你的實力。」

劫爾戴好了一隻黑色手套，邊拿起啣在唇間的那一隻邊說：

「我今天還要到迷宮去，速戰速決吧。」

戴好了兩隻手套，劫爾開闔著手掌確認觸感。看著他備戰的模樣，夸特感受到一股亢奮竄上背脊，他任由這種感覺推著他跨出步伐，一步一步緩緩走近眼前的對手。

夸特動作自然地縮短兩者之間的距離，雙臂上生出刀刃。

「什麼，不行？」

「不要危害到周遭就好。」

換言之，就是全力交鋒也無妨的意思。

劫爾說這句話的語調全無戰鬥前的高昂情緒，他拔出掛在腰間的劍，劍尖朝下垂在身側，自然的站姿感受不到任何緊張。

夸特的雙眼因戰意而瞬間睜大，來到距離對方攻擊範圍只剩下五步之處，他放慢了腳步。

「……還有……」

見狀，劫爾的雙唇隱約勾起一笑，又附加了一句：

「不要吵醒那傢伙就好。」

把這句囑咐深深刻在心裡，下一秒，夸特蹬向地面。

他在轉眼間逼近劫爾，壓低身體打橫揮出刀刃，這一擊卻直接被對方揮開，甚至沒能讓他的對手移動半步。夸特往後一躍，躲開劫爾的回擊之後間不容髮地再度發動斬擊。

金屬相擊的聲響在一眨眼間數度響起，急如驟雨，但密集的猛攻仍然無法造成致勝的一擊，劫爾毫不留給他任何空隙。

「……！」

面對採取守勢、遲遲沒有積極出招的劫爾，夸特先失去了耐心。

喉間低低發出咆哮，他趁著劫爾推開他的手臂時順勢抬起一條腿，腳上顯現出刀刃猛地一揮，試圖割斷那雙裹在黑布料底下的腿。

就連完全從死角發動的這一擊，也被對方割裂地面般朝下揮動的劍尖彈開，撞出尖銳的「鏗」一聲，腳上傳來痠麻的觸感。

夸特皺起臉來，不過仍然以被彈開的那隻腳為軸心一旋身，手撐在地面著地，動作像一頭即將撲向獵物的野獸般毫無冗贅，一落地便緊接著朝剛拔起大劍的劫爾猛攻過去。

「唔啊！！」

瞬間感受到一股衝擊，夸特整個人被擊飛出去。

身體摔到地上，直到在旋轉的視野一角看見劫爾抬起的腿，他才意識到自己是被踢飛了，同時也看見劍刃朝著仰躺的自己揮來。

夸特連忙交叉雙臂採取防禦姿態，這是他反射性的舉動，也是因為剛才交鋒時數度擋下了劫爾的斬擊，他才選擇防禦。

「撐住啊。」

然而仰望的視野當中，那雙銀灰色的眼瞳卻試探似地瞇細。

撐住？聽見這句忠告般的話，夸特的困惑只持續了一瞬間。大劍往下揮出俐落的軌跡，深深陷進夸特擋在面前的雙臂。

在這不到一秒的時間當中，夸特清楚感受到皮肉被切開、連骨頭都要被砍斷的感覺。陌生的觸感使他瞠大雙眼，濺上臉頰的血沫氣味使他茫然。

所以他完全沒注意到當時響徹周遭的那聲慘叫。

「──……哇啊啊啊啊啊啊啊啊啊！！！！」

聽見半狂亂的慘叫聲逐漸接近，利瑟爾動了動身體，把頭埋進毛毯裡。

不要吵了，他還很想睡呢。但持續不斷的慘叫聲確實不斷逼近，最後終於以幾乎要打破房門的力道敲起門來。

利瑟爾不以為意，仍舊閉著眼睛打算再睡個回籠覺，這時門板卻伴隨著某種東西被撞爛的淒慘聲音打了開來。一定有什麼零件被弄壞了，沒問題嗎？利瑟爾在半夢半醒間這麼思索著。

「貴、貴貴、貴、貴族、客、客人！！」

「嗯……」

「血！血！！」

「（寫什麼……？）」

他頂著睡傻的腦袋，納悶來人究竟在說什麼，一邊把毛毯拉得更高了些。

眼見利瑟爾已經整個人蓋在棉被底下，只露出頭頂，衝進房門的旅店主人拚命叫醒他，頭上還披著準備要洗的毛巾。剛才他拿著洗衣籃一打開後門就看見血案現場，嚇到把籃子裡的衣物全撒了出來，一路狂奔到這裡求救。

「好恐怖，那是怎樣好恐怖，貴族客人救命，不想救我的話我可以待在這裡嗎好恐怖……」

「保持安靜的話，可以喲……」

「感激不盡！！」

旅店主人彷彿一口氣吐露出所有心聲一樣地吶喊著道了謝，然後迅速跑到床邊抱著膝蓋坐下。

幾秒鐘的沉默之後，床鋪上傳來規律的鼻息。

「咦，客人啊你為什麼真的繼續睡了？起來啊！還真的睡著了?!」

旅店主人急忙站起身來靠近床邊，但他也束手無策。

不，以他現在的心情實在很想使盡全力拍打搖晃眼前隆起的這團毛毯，但他深信這麼做肯定會被那些對利瑟爾有點過度保護的客人斬首示眾。

結果，他只好扯著床單拚命懇求：

「拜託你起床啊旅店主人求你了！在我們後院居然發生那種、手臂、貴族客人你不去阻止他的話刀子客人會死掉！會死掉啊！！」

「刀子……」

感受到床單一點一點被扯歪，加上旅店主人急迫過頭的語氣，利瑟爾終於微微睜開眼睛，吐出的那句呢喃因剛醒而有些沙啞。

旅店主人稱作「刀子客人」的只有夸特一個人。假如夸特身陷危機，旅店主人又請求自己出手阻止的話，那肇事者不可能是陌生人。

想到這裡，利瑟爾仍舊躺在床上，只將身體轉向對方。他把蓋在頭上的毯子拉到肩膀，睡眼惺忪地看向滿臉驚恐的旅店主人。

「請你告訴伊雷文，不可以欺負他。」

「我去講?!那我會死掉吧?!不是啦不是獸人客人，是一刀客人！！」

利瑟爾這麼說未免太強人所難了，旅店主人這麼感嘆。利瑟爾沒有多加理會他的反應，自顧自回想起昨晚的事。

對了，昨晚和劫爾聊起夸特的時候，他不著痕跡地拜託了劫爾和夸特進行比試。利瑟爾原本說時間看他方便，不用急著安排，不過看來劫爾迅速達成了他的請託。

起得這麼早，劫爾忙完這件事之後是不是打算去迷宮呢？利瑟爾微笑著這麼想道，放棄了睡回籠覺的念頭，緩緩坐起身來。

夸特仍舊仰躺在地上，仰頭看著眼前的那把劍從自己的手臂當中拔出。直逼顏面的劍刃已經砍入他一條手臂的一半那麼深，拔出的瞬間傳來燒灼般的痛楚，夸特卻忘了要慘叫，只是茫然睜大雙眼。

直到察覺溢出的鮮血沾濕自己的鎖骨，他才急忙挺起上半身。這是利瑟爾替他買的衣服，居然弄髒了，他垂下眉頭。

「腳上那把你自己拔出來。」

「？」

聽見退開幾步、正擦拭著大劍的劫爾這麼說，夸特才終於注意到腿上的異狀。他的腿上刺著一把小刀，是纖細輕薄、設計簡單的短刀，不知道什麼時候刺上去的。夸特按著手臂上的傷口抬頭看向劫爾，此時對方朝他扔來了某樣東西。

「這個，我，用？」

「拿去用吧。」

夸特以沾著鮮血的手接下那東西，是個似曾相識的玻璃瓶。

那是回復藥，也就是先前在地下被刺傷一隻眼睛的時候，伊雷文淋在他臉上的液體。夸特現在還記得那種劇烈的痛楚，他能斷言眼睛被刺瞎的時候都沒那麼痛。

要使用這東西實在讓人相當猶豫，他想全力避免。

「動作快點，免得弄髒地面。」

然而劫爾一面收劍入鞘，一面這麼催促道，伕特只能做好覺悟。

他拔下刺在腿上的小刀，連著手上的傷口一起淋上回復藥，咬緊牙關準備承受劇痛。但傷口上沒有傳來任何痛感，只感覺到血汙逐漸被沖洗乾淨，伕特於是放鬆下來。

他仔細打量傷口處，看得出皮膚正在逐漸癒合。這是怎麼回事？當他不可思議地灑下最後一滴回復藥的時候，身上已經看不見任何傷口了。

伕特試著開闔手掌，動起來一切正常。

「痛，不會。」

「因為這是迷宮產的。」

「？」

從迷宮寶箱開出來的回復藥不同於一般回復藥，治療時不會產生疼痛。

劫爾攻略迷宮的速度異於常人，發現寶箱的機會也多，也就比較容易從寶箱隨機的內容物當中取得回復藥。再加上他鮮少有機會使用回復藥，因此身上的回復藥全都產自迷宮。

不懂這些的伕特雖然偏著頭表示不解，不過察覺劫爾不打算繼續解釋，他還是點了個頭。反正不痛就好了。

「實力，不行？」

「別問我。」

伕特挪動身體，盤起腿坐在地面上，抬頭望向劫爾。這回應相當冷淡。

剛才劫爾說要確認他的實力，也說了這是利瑟爾的指示。那個人會不會對自己感到失望呢？回想起那張高潔的臉龐，夸特不禁縮起了背。

他並不知道，事實上敗給劫爾是不可能拉低他的評價的。

「……砍下去了，為什麼？」

「啊？」

「手臂。」

問話的語氣當中，帶著他本人也沒有意識到的不甘心。

畢竟為了擋下那一擊，他可是使出了全力。劫爾要他撐住，於是他擺好了架式，理應成功擋下的劍刃卻陷進了皮肉。最重要的是，那把劍只砍進手臂一半就停住也不是因為被他阻止，而是劫爾主動停了手。

他未曾懷疑的、理所當然的道理被顛覆了，這衝擊巨大到他沒有餘力去思考該如何反擊。

「為什麼？」

「誰知道。」

嫌麻煩似地投向別處的視線轉了回來，筆直地看向夸特。

凌厲的目光使得夸特頓時寒毛倒豎，在這緊繃的空氣當中，劫爾緩緩張開雙唇。

「只不過……」

這或許是一種牽制吧。

劫爾沉靜地開口，話語彷彿一柄利劍刺進對方腦海。

「我從來不覺得我砍不穿你的防禦。」

那一瞬間，殺氣強烈到夸特錯覺自己的身體被割裂了。

在意識到自己的行動之前，夸特已經退開原本盤坐的地面，雙臂伸出刀刃。這是第一次，這些刀刃不是為了攻擊，而是為了守護自身、威嚇敵人而顯現。就連這些都是下意識的反應，在彷彿一別開視線就會斷送性命的緊張感當中，夸特動彈不得。

就在這時，劫爾忽然撇開了視線。夸特盯著他看了幾秒，也緩緩往那道視線的方向看去。

他們倆的視線另一端是後門的門板，門平穩地打了開來，穿著一身休閒服、神清氣爽的利瑟爾從門後現身。

「咦，還沒結束嗎？」

「結束了。」

聽見那道沉穩溫柔的聲音，夸特一下子放鬆了緊繃的肩膀。

餐桌上擺著夾了新鮮蔬菜、起司、滿滿厚片培根的三明治，至於加了半熟蛋的凱撒沙拉、水果盤、南瓜湯則是每人一份。

正中央還放了一個大麵包籃，裡頭經過精心擺盤的長棍麵包釋放著強烈的存在感，彷彿在說吃不夠的話就拿這個填飽肚子。

「你們把旅店主人嚇了一跳呢。」

「不是你叫我去確認的？」

「當時確實是說方法也交給你決定……」

只是劫爾選了個很嚇人的方法，利瑟爾端起咖啡，露出苦笑。

今天並不是接取委託的日子，難得他們四人聚在一起吃早餐。一旁出現在話題當中的旅店主人顯得有點畏縮，不過還是盡責地替他們端上了餐點茶水才離開。在他看來，把當時半狂亂的驚恐狀態用「嚇一跳」輕輕帶過的利瑟爾，反而才讓他嚇了一跳咧。

四人的座位排列是利瑟爾旁邊坐了伊雷文、對面坐了夸特，劫爾則坐在伊雷文對面，每個人面前都擺著各自偏好的飲品。

「確認……實力？」

「該說是實力嗎？我昨天晚上才和劫爾聊到，不知道你把自己的體質掌握到什麼程度了。」

昨晚就寢之前，利瑟爾在劫爾房裡談了一陣子。

不過並不是針對夸特這件事特地跑去商談，他只是陪著獨飲的劫爾喝酒而已。聊著聊著正好聊到夸特的話題，利瑟爾於是拜託劫爾想辦法確認一下。

「欸——早知道我也不要去外面喝酒了！」

「你昨晚出門了嗎？」

「對啊，港口那邊好像有慶典，準備了很少見的酒，我就去喝免費的。」

不愧是阿斯塔尼亞，如果不問規模大小，三天兩頭就有各種慶典活動。

在夜晚的港口舉辦的慶典，讓人有點好奇呢。利瑟爾這麼想著，開始朝沙拉動起刀叉。一戳破半熟蛋，濃稠的蛋黃便從中溢出，生菜沾著蛋液和沙拉醬，一大早吃起來就是鮮甜的絕妙好滋味。

「大哥，甜椒。」
「我不需要。」
「幫我吃啦。」
「自己吃。」
難得有五彩繽紛的沙拉可吃，伊雷文卻總是拒絕食用那些彩色的部分。嚴重挑食的他，一如往常是個讓旅店主人頭痛的人物。要是在這時跟夸特說「你什麼都吃好棒哦」，應該會鬧出大事吧，利瑟爾邊想邊悠哉品嘗著剖半的小番茄。
利瑟爾也確實掌握了和伊雷文相處時不可跨越的界線，即使是開玩笑，他也不會說出這種考驗對方的話。
「所以說，關於你的體質……」
利瑟爾嚥下甘甜的小番茄，把話題拉了回來。
「你的皮膚平常和我們並沒有差別，對吧？劫爾和伊雷文都說，你的皮膚只有在承受攻擊的那一瞬間才會硬化。」
「？」
夸特咬著三明治，愣愣地眨著眼睛。
這就是最好的答案了，利瑟爾露出微笑。顯然這是下意識的防衛反應，夸特從來不曾有意識地控制皮膚硬化，想必連「辦不辦得到」都未曾多想。
儘管如此，他卻能不躲不閃地正面接住足以造成致命傷的斬擊、握住對手的武器，毫不遲疑地把手臂伸向撲咬而來的利齒，把自己的刀刃刺進敵人身體，從不萌生退意，可見刻在他血脈裡的戰奴本能有多驚人。

「如果這都是自動觸發的機制倒是無所謂，但如果不是，我想或許還是練習一下比較好。」

「練習……」

「是的，練習。這裡有劫爾和伊雷文在，不愁沒有對手，對吧？」

利瑟爾不會說他不夠熟練，也不會說他若不多加練習就難保不會身陷險境。

他並不是說夸特有什麼不足，這單純是為了提升夸特的實力而做出的提案。甚至可以說利瑟爾這麼說是出於自我中心，他只是想見識看看戰奴應有的姿態而已。

而這點讓夸特非常欣喜，受到利瑟爾期許，就好像被他需要一樣讓人開心。反過來說，假如利瑟爾感到擔心，他會不安地懷疑自己是不是不配待在利瑟爾身邊。

「結果如何呢？是自動的嗎？」

「不是欸。」

利瑟爾朝著咬下一大口三明治的劫爾這麼問，回答他的卻是伊雷文。

伊雷文剛完成了把彩椒全部移到空三明治盤子上的大業，終於把他的叉子戳上了生菜：

「大哥砍進他手臂的時候我丟了一把小刀過去，結果很正常地刺進去啦。」

「……」

夸特朝他投來「原來是你」的目光。

伊雷文不以為意地三兩下把沙拉吃個精光，將空盤擺到桌緣之後伸手把整個麵包籃都拉了過來，開始吃起長棍麵包來。

「不要對他太過分喲。」
「沒問題啦，我瞄準的是出血量少的地方，而且那邊也不是要害。」
這算在沒問題的範圍內嗎？
儘管知道伊雷文絕不會打偏，但看在利瑟爾眼中，光是被小刀刺中就已經相當淒慘了。
可是……利瑟爾抱歉地看向夸特。
「老實說，這項情報非常有用。」
「我，沒關係。介意，不用。」
看見利瑟爾的反應，夸特搖搖頭表示不在意。
儘管腿部被刺傷，只要這是必要的，那就沒有關係。拔出小刀的時候確實滿痛的，但老實說刀子刺到腿上的那一瞬間他完全沒注意到，所以一點也不介意。
「謝謝你。」
「嗯。」
利瑟爾綻開笑容這麼說，夸特也高興地應了一聲，一口氣喝光了南瓜湯。
「你在這種奇怪的地方還真老實。」
「我一直都很老實呀。」
這麼說真是太失禮了。聽見劫爾無奈地把玻璃杯湊到嘴邊這麼說道，利瑟爾好笑地回應。
說完，他把裝水果的盤子端到夸特面前。流了血得好好補充營養才行。
「作為賠禮，這個給你吃吧。」

「！」

夸特整張臉頓時亮了起來，緊接著才發現伊雷文的叉子已經把盤子裡的內容物搶走了一半。他連忙把水果端到自己這一側，狼吞虎嚥地塞進嘴裡，免得被搶走更多。

夸特並不會主動要求大量食物，但給他多少他就能吃多少，算是和伊雷文不同類型的大胃王。不過只吃普通分量他也不會介意，對旅店主人來說真是得救了。

「好好吃。」

「那就好。」

眼見夸特咀嚼著塞滿整個嘴巴的水果這麼說，利瑟爾露出微笑，然後邊吃著三明治邊思考起來。

夸特皮膚硬化的現象既不是自動觸發，也不是他本人有意為之……那這到底是怎麼回事？

他和伊雷文初次交手的時候，除了眼球以外都毫髮無傷，就算是下意識的反應，精確度之高也是無庸置疑的。撇開劫爾這個例外不提，這一次小刀之所以能刺進他的皮膚，是因為……

「只是有沒有察覺攻擊的差別嗎……」

利瑟爾的問句彷彿沒有對象的自言自語，回答他的是早一步用餐完畢的劫爾。

「是吧。」

「只要進入他的視野當中就可以了嗎？」

「不是欸，從死角攻擊也被他擋住了。要是早知道沒被發現就砍得穿他的皮膚，那就輕鬆多啦。」

自己成為話題中心使得夸特有點坐立難安，伊雷文拋來的這句話以及視線更是讓他肩膀抖了一下。

當初伊雷文之所以瞄準眼睛攻擊，是因為判斷斬擊對夸特無效。要是知道有些攻擊夸特無法完全擋下，他一定能以其他方式取勝。換言之，這是給夸特的警告，強調雙方實力的差距大到伊雷文能選擇要以哪種方式擊敗他。

當時伊雷文的憤怒合情合理，夸特只好默默閉上嘴。

「也就是說，他察覺的是所謂的『氣息』吧。」

「你還真喜歡講這個。」劫爾說。

「我很嚮往呀。」

利瑟爾注意到了伊雷文話中有話，不過絲毫不以為意。

「憑著這種感知就擋住了至今為止的所有攻擊，真的很厲害呢。」

「眼睛和直覺夠敏銳吧，注意到之後應該就是反射動作了。」

「大哥明明都沒有這樣誇過我！」

「吵死了。」

「先前他被陷阱打到頭了，那也是例外嗎？」

「身體跟不跟得上是另一回事吧。」

說得也是。利瑟爾吃完了三明治，拿起餐巾把手擦乾淨。

只需要在緊急時刻繃緊神經的話，下意識也能做到，但能否迅速採取行動，說到最後還是取決於熟練與否。劫爾他們說夸特「感覺很外行」，就是跟這方面有關吧。

順帶一提，伊雷文雖然跟劫爾抱怨個沒完，但那只是半開玩笑，並沒有認真，所以不用安撫他也沒差。

「不對。」

「嗯？」

夸特看了看吃得精光的水果盤，又看了看堆著長棍麵包的籃子，忽然這麼說。

「所有，不對。」

但視線另一端的籃子被伊雷文拉得離他更遠了。

夸特哀傷地目送籃子離他而去。利瑟爾邊喝著南瓜湯邊打量他，那雙看著麵包籃的刃灰色眼珠忽然轉了過來，眼神毫無閃爍，期間只眨了一次眼睛，將那對刃灰色眼珠短暫隱藏在眼皮底下。

「被切開了。所有攻擊，擋住，不對。」

再次露出的眼眸中帶著些許自責。

嗓音當中帶著些許亢奮，又好像極力壓抑著某種情緒。他聲音當中宛如金屬摩擦般的聲響似乎增強了些，但和真正的金屬摩擦聲比起來又完全不刺耳。

見狀，利瑟爾眨了眨眼睛，把盛著南瓜湯的杯子無聲地放上桌面。

「基本上劫爾是個例外，不用把他算進去。」

「?!」

「隊長你講錯了，應該說基本上大哥不是人啦。」

「?!」

「你待會也給我到後面來。」

「?!」

三人把大感混亂的夸特擺在一邊這麼說著，最後是在後院遭受心理創傷的旅店主人全力磕頭求饒說「拜託你們行行好不要這樣」，才為這段對話劃下了句點。

利瑟爾來到了阿斯塔尼亞的知名景點之一，那個能夠一眼就望見美麗藍天和大海的港口。

劫爾按照原本排定的行程前往迷宮，伊雷文也說他今天要出門。利瑟爾要夸特獨自去接取委託，不久前送他去了公會，因此現在一個人悠哉地走在熱鬧的港口。

「（他是不是選了討伐類的委託呢？）」

夸特的階級是F，戰鬥方面用不著利瑟爾擔心。

如果他接了討伐以外的委託就不一定了，不過先前夸特那麼享受對付魔物的戰鬥，今天應該也會尋找類似的委託吧。如何尋找目標魔物，如何狩獵、剝取素材之類的，就要靠他自己去調查了。

利瑟爾也算是大略學會了這方面的知識，只不過隊友從來不給他實際演練和展現成果的機會。

「好咧，繩子拉起來！」

「喂喂，這不是抓到了大魚嗎？」

時間已經過了清晨，港口隨處聽得到吆喝聲，甚至到了有點嘈雜的地步。

漁夫們似乎剛捕魚回來，四處都有人在競價拍賣漁獲。大魚被高高掛起，小魚則一箱箱浸在海水冰裡陳列，鱗片燦然反射陽光，在這裡總有眩目的白光在視野某處閃動。

海潮的香氣混在海風當中吹送而來，魚的氣味不時掠過鼻尖，充滿了漁港風情。

「喔，這不是冒險者先生嗎？」

忽然有人叫住他，利瑟爾看向聲音的方向。

不可能認錯人的，循著熟悉的嗓音看過去，站在那裡的是負責解體鎧王鮫的其中一位漁夫，也就是曾經提供釣魚場地給利瑟爾和旅店主人的那位。

看得出歲月痕跡的臉上帶著豪邁的笑容，漁夫抬起骨節明顯的手朝這裡走來，利瑟爾也停下腳步迎接。

「你好，剛捕魚回來嗎？」

「是啊，在海上待了五天。」

「去了外海嗎？」

「帶那些小夥子去捕魔物魚。真是受不了，到了最近魚叉才終於用得比較像個樣子了。」

嘴上說得嚴苛，老漁夫看起來卻相當高興。太好了，利瑟爾見狀也露出微笑。利瑟爾先前也聽說過，自從他們帶來鎧王鮫之後，年輕漁夫對於阿斯塔尼亞傳統的魔物漁業變得更加積極了。

一切順利真的是太好了，這麼一來，千里迢迢造訪阿斯塔尼亞的因薩伊也應該能安心了吧。
「那你呢？冒險者先生，又來釣魚嗎？」
「不，我有事要到貿易港一趟。」
「喔，那還真難得，你該不會接了搬貨的委託吧？」
「不是的。」
搬運貨物在阿斯塔尼亞的冒險者公會算是常見的委託，在這時候看見漁夫露出「太誇張了快住手為什麼要幹這種事」的眼神，實在令人哀傷。
利瑟爾有點五味雜陳地這麼想，否認了漁夫的猜測，對方聽了之後發自內心鬆了一口氣的反應又讓人更加鬱悶。
「那就好啦。貿易港就是靠王宮那邊嘛，你知道怎麼走嗎？」
「嗯，只要沿著港口邊直走就可以了吧？」
「是這樣沒錯啦，不過有些國家的船在另一側喔。」
另一側……利瑟爾回想起阿斯塔尼亞的地理。
沿海一側建有港口，港口以中間的王宮為界，分為東側、西側兩個區塊。區分東側與西側的是王宮所有的軍港，軍港兩側是貿易港，貿易港再往外側則是利瑟爾他們目前所在的漁港。
不過這些區域並沒有明確的界線，似乎只是由船隻大小和港口功能自然形成的區別，就連軍港也是任何人都能通行，所以不會造成任何不便。
「這個嘛，我希望能找到群島的貿易船……」

「群島喔……喂，開往群島的船停在哪啊？」

漁夫摸著下巴想了幾秒，一時想不起來，於是扯開嗓門叫住了路過的其他漁夫。對方肩上扛著捲起收好的漁網，一邊不敢置信地多看了利瑟爾一眼，一邊停下腳步。

他重新扛好滑落的漁網，大大張開嘴巴：

「群島？在軍港另一邊吧！」

「謝啦！」

極近距離下充滿霸氣的音量讓利瑟爾內心有點驚訝，不過在這裡應該相當尋常吧。就算與對方之間只有幾步的距離也得稍微拉大嗓門，否則聲音馬上就消散在熱鬧的漁港裡聽不見了。

雙方大聲交談了一兩句之後，路過的漁夫便什麼事也沒發生似地扛著漁網離開了。真是豪邁，利瑟爾在心裡讚嘆。

「怎麼樣，你聽見了吧？」

「是的，謝謝你。」

「不會，謝禮只要你們再帶鎧鮫過來就夠啦！」

「這就要看劫爾他們了。」

漁夫哈哈大笑，看不出年齡的精壯身體隨著笑聲晃動。

接著，他說了句「那你路上小心」，便送利瑟爾離開。但一個走在港口邊的冒險者被漁夫這麼說，好像不太對吧？再度邁開腳步的利瑟爾不禁這麼想。

算了。他不以為意地繼續往前走，不時有漁夫和他打招呼，利瑟爾也揮手回應。參與解體鎧王鮫的漁夫都是老手，因此面對利瑟爾也能毫不畏縮地直接搭話。

「（從這一帶開始，就是貿易港了吧。）」

稍微走了一陣子，港邊的景色也逐漸出現變化。

木頭搭建的棧橋變成了石埠，看得出這裡停泊的船隻較為堅固，一抬頭便能看見背著陽光的船首在遠處投下影子。

利瑟爾走在這些船隻形成的陰影當中，環顧四周，只見男人們正忙著牽引繩索、停靠船隻、裝卸貨物，其中沒有他熟悉的面孔。

「（一看就知道來到軍港了呢。）」

在旁人密集的注目禮當中又走了一小段路之後，他來到了氣氛截然不同的軍港。

陡峭的石階像一堵擋在眼前的牆，利瑟爾一級一級走上階梯，鞋底在石磚上踏出腳步聲。孩子們一步跨兩階地從他身邊跑過，應該是在賽跑吧，階梯頂端傳來了贏家歡呼、輸家不甘心的聲音。

利瑟爾也登上了最後一階，隨著一陣風吹過身邊，景色陡然一轉。

軍用的巨大船舶，以及桅杆之間飛翔的魔鳥。走到港口邊緣朝下一看，不久前還近在咫尺的海面顯得相當遙遠。

「（啊，是騎兵團。）」

利瑟爾直起剛才探出去的上半身，按住被風吹動的頭髮環顧軍港。

他找到最近看慣了的身影：給人肅穆印象的軍港當中，有著三隻色彩鮮豔的魔鳥，和牠們的三位搭檔。不知道是海上訓練還是保衛船隻的任務，三名騎兵正站在石板地上交談著。

魔鳥顫動喉嚨發出的叫聲，隔著一段距離仍然傳入了利瑟爾耳中，清晰得不可思議。利瑟爾漫不經心地看了看牠們，又不經意轉向另一個方向。

「……」

「？」

他冷不防和負責警備的年輕士兵對上了視線。

不曉得是巡邏兵還是船兵，又或者是在軍隊中素有菁英之名的王宮侍衛兵呢？利瑟爾這麼想著，朝對方悠然露出微笑，也就是打個招呼表示要從他面前通行的意思。

下一秒，一直凝視著這裡的那個男人表情整個崩壞，彷彿受到了什麼巨大衝擊，把利瑟爾嚇了一跳。

「請您稍等一下！！」

緊接著，那名士兵一溜煙跑走了。

怎麼回事？利瑟爾目送著他的背影跑遠，逐漸遠去的吶喊聲連這裡都聽得到：

「我可沒聽說有大人物要過來啊！有貴客到訪，迎接的人都到哪去了！」

顯然中間有什麼誤會。

利瑟爾不知所措地環顧周遭。對方要他稍等，所以他該在原地等候比較好嗎？還是說顯然是對方搞錯了，所以他可以直接離開？

忽然間，他察覺剛才那些騎兵正看著這裡，於是停下了東張西望的視線，只見騎兵們朝他投來「哎呀這也難怪……」的目光。利瑟爾深感遺憾。

「嗯？」

就在這時，其中一位騎兵指了指軍港另一端，示意他不用在意，直接離開就好。

一定是他會代為說明吧，真是太感謝了。利瑟爾綻開微笑，朝他們揮了揮手致意，再度邁開腳步。

在那之後，納赫斯聽說那位「客人」的特徵之後立刻趕到現場，嘴裡還一邊唸著「他這次又做了什麼好事！！」……但利瑟爾無從知道這些，只是欣賞著那些軍用船隻，悠哉地通過了軍港。

利瑟爾緩緩走下稍顯陡峭的石階。

「（我還是第一次來到這一側的港口……）」

來來往往的人們有些與他擦肩而過、有些快步趕過他身邊、有些走在他前頭，有漁夫、搬運貨物的作業員，也有士兵，身分形形色色。從他們把軍港當作過道也看得出來，這個國家在各方面都沒什麼區隔。

可見他們常常與不同身分的人一起攜手過日子吧。利瑟爾也明白身分區別的重要性，但他的想法自由開明，不會去論斷哪一種做法才正確。

這種事情各有優缺點，沒有所謂正確答案，只要人民帶著笑容過日子，那就是最好的了。

「開往群島的船在……」

利瑟爾走下最後一級階梯，環顧整個港口。

船隻航行到群島需要兩週的時間，途中會經過魔物出沒的海域，因此必須有騎兵團擔任護衛。禁得起這種長途航程的船隻，在視野所及範圍內有兩艘。

兩艘看起來都是載著進口商品歸國的貿易船隻，體魄強健的男人們正一箱一箱把貨物搬下來，但看不出是和哪裡進行貿易的船。

「（我想應該在這裡才對……）」

利瑟爾走在港口上，避開來往的人群與貨物，小心不擋到路。

他今天並不是到港口邊來散步的，而是因為有些事情想打聽，才到這裡來拜訪知情人士。

「嗯?!」

「啊。」

忽然有聲音從身後傳來，利瑟爾回過頭。

他要找的人就站在那裡，扛著一口高過幼童身高的木箱，目瞪口呆地看著他。利瑟爾見狀有趣地笑了，一面想著打擾對方工作是否不太恰當，一面走了過去。

「作業員先生，你好。」

「呃，嗨……在這裡碰到你還真難得啊。」

他是在酒館時常與利瑟爾同桌的其中一位作業員。

他們告訴了利瑟爾船上祭的詳情，在利瑟爾遭到某復仇者糾纏的時候還替他出手反擊，對他非常關照，卻又告訴利瑟爾只要把自己的冒險故事說給他們聽就是最好的謝禮，是群豪爽善良的男人。

利瑟爾覺得他們太客氣了，殊不知利瑟爾的冒險者故事是他們心目中至高無上的娛樂。畢竟自己國家的王族隨隨便便就會在他的故事裡登場，他們一開始相當驚訝，到後來反而覺得這樣特別有意思。

「我有事情想請教你，所以才到這裡來的。請問你待會有空嗎？」

「啊？找我？這個嘛……再過三十分鐘就換我休息了。」

「那麼，方不方便占用你一點時間呢？」

「方便是很方便啦，反正平常休息也只是在睡覺……可是你要找我？請教？」

那就好，利瑟爾朝著摸不著頭緒、大感混亂的男性作業員露出微笑。

「那我就在旁邊等你囉。」

「嗯？……嗯?!」

「在那邊等會被罵嗎？」

「這個嘛，呃，嗯?!喔，是不會啦……如果是你的話做什麼應該都不會被罵吧……哈?!」

「不好意思打擾你工作了，請加油喔。」

就這樣，在大混亂狀態下被拋在原地的男人愣了一會兒，不過在領班大喝一聲「不要偷懶」之後，還是急急忙忙回去繼續搬貨了。

工作大致上按照原訂計畫告一段落，男性作業員使勁呼出了一口氣。

他和那個最近在阿斯塔尼亞引發話題的高貴男子，是在酒館認識的。男子的氣質讓人很想問他是不是哪裡來的貴族還是王族，雖然在酒席間沒什麼顧慮，但聽見男子說要等他，他還是沒來由地很不好意思讓人家久候。

「嘿，辛苦啦。」

「剛才大家都在看你欸，你跟冒險者先生講話的時候。」

幾個男人哈哈笑著走了過來，是平常在那間酒館和他同桌喝酒的那些作業員。聽見他們事不關己地笑他，他一邊嫌他們吵，一邊拿起掛在脖子上的毛巾，粗暴地抹掉額頭上的汗水。

實際上，剛才他遇見的每一個人都向他問起了利瑟爾，所以他的確有點不堪其擾。大家都問，「你是在哪裡認識了那麼高貴的人啊？」這種心情他也不是不懂啦。

「是說他跑來這種地方做什麼啊？」

「他說有事情想要打聽，問你們應該也沒差吧。」

「有什麼事好問我們啊？不過我本來就想去露個臉，還是會過去找他啦。」

說到最後，還是平常一起喝酒的熟面孔一起走向利瑟爾等待的地方。

隨著逐漸走近，他們感受得到周遭的視線都匯聚於一點，至於視線另一端是什麼人物，他們不用想也猜得到。由於他們從來沒有在外面跟利瑟爾見過面，這種感覺顯得相當奇妙。

就好像平常熟悉的工作地點，頓時變成了陌生的空間一樣。一想到自己正在走進目光的中心，這種非日常的感覺就讓人心裡有點亢奮。

「是扮裝的貴族嗎？」

「可是他看起來很放鬆……」

聽見傳入耳中的對話，作業員們不禁心想，不愧是利瑟爾。

扮裝自然不用說，也很容易想像得到利瑟爾在港口邊放鬆的樣子。基本上利瑟爾很容易給人一種我行我素、悠悠哉哉的印象。

「冒險者先生不管走到哪裡都很顯眼啊……但跟他這樣講，他又會露出『咦？』的表情。」

「真不知道他為什麼覺得意外欸。」

「喔，找到啦。」

走到利瑟爾所說的等候位置，他們立刻找到了人。

港口邊有幾處搭起帆布遮陽的地方，大家都可以隨意使用，而且作業員也不打算把利瑟爾丟在大太陽底下，因此利瑟爾問他能不能在這等候的時候，他馬上就點了頭。

平常有人會在這裡寄放東西，工人也會在這裡休息，是個擁擠雜亂的地方。利瑟爾坐在擺放在此的其中一個木桶上，正低垂著視線看書。

「為什麼他被大家這樣盯著看還不會在意啊？」

「習慣了吧……太厲害啦，這個畫面看起來根本不像港口邊了。」

「拿書很適合他啊。」

利瑟爾以優美的坐姿淺淺坐在木桶上，帆布遮擋了陽光，在這個空間落下陰影，感覺彷佛只有他身邊特別寂靜。被海風徐徐吹動的頭髮搔過臉頰，他抬起纖細的手指，以習以為常的動作將髮絲撥到耳後。

接著，利瑟爾原本低垂的眼眸忽地轉向了他們三人。

「啊，各位辛苦了。」

聽見利瑟爾這麼說，作業員們各自打了招呼，和他踏進同一片陰影底下。

說完全不畏縮是騙人的，但他們可沒有那麼冷酷無情，不會冷落平常一起在酒席間談笑的朋友。畢竟他們早就知道，眼前這名男子雖然有些奇特，但一點也不難相處。

「喲，冒險者先生，你怎麼跑到這種地方來啦？」

「我想打聽一下群島貿易船的情報，漁夫告訴我開往群島的船會停在這一側。」

「哎呀，原來是這樣。」

他們也和坐在木桶上的利瑟爾一樣，隨意找了木箱或成綑的帆布坐下。

在這裡沒有人會因為貨物被人家坐了一下就囉哩叭唆。利瑟爾一開始也覺得坐在人家的東西上頭不太好，因此站著等候，不過有路過的人熱心告訴他可以坐下沒關係。

「船現在不在港口，正好出海啦。」

「原來是這樣呀？」

「怎麼啦，你有什麼想要的東西嗎？群島那邊是國家管轄，個人想買東西就有點難囉。」

「這麼說來，之前也聽因薩伊先生這麼說過呢。」

前往群島必須有魔鳥護衛，因此個人的商船難以前往。

正因為如此，只有阿斯塔尼亞能夠掌握群島的貿易運輸，這也為國家帶來了龐大的利潤。考量到一趟航行的成本，與群島之間無法輕易往返，也沒有辦法同時派遣多艘船隻出航。

結果，能夠承受這種長途航行的船隻僅有一艘，除非時機特別湊巧，否則沒機會親眼看到它歸港或出海。

「知道那艘船哪一天會回來嗎？」

「這個嘛……上一次大概是一個月以前，也差不多該進港了吧。」

「大概再過幾天吧，我聽水手講的。」

「這樣呀……」

利瑟爾尋思似地別開視線，目光追隨著在運送過程中通過他身邊的貨物看去。

男性作業員看著他那副模樣，把手肘撐在自己大開的雙腿上。他側眼看了看還在工作的同事們，察覺有人投來了好奇的目光。

作業員揮了揮手作揮趕狀，示意他們快回去工作，同事見狀稍微瞪了他一眼，像在要求他事後一定要一五一十說清楚。

「可以搭乘那艘船前往群島嗎？」

「啊？冒險者先生，你想去群島啊？」

「不是我，只是想送一個出身群島的孩子回故鄉。」

男性作業員朝著同事哼笑一聲，接著看向利瑟爾，只見對方露出了沉穩的笑容。

那是在至今以前的人生跟他完全無緣的高潔笑容，他看了都忍不住想拍手讚嘆，不管看過幾次都一樣無法習慣。

「這個嘛，就要看你怎麼去交涉了。」

「交涉？」

「沒什麼難的，只要拜託一下那艘船的船員，總是有辦法的啦。」

「不過貿易船也沒辦法載太多人，有時候是先搶先贏。」

有些大人物也會向國家借用魔鳥騎兵團，自行準備船隻前往群島。

不過這種事不常發生，想到群島的人一般都得在這裡搭乘貿易船，商人、探險家、學者、歸鄉的旅人，貿易船每次出航總會順道載上形形色色的旅客，也不必辦理什麼手續，只要不被船員認為是可疑人物就好。

「回故鄉的話，要搭船應該沒啥問題吧。」

「也不需要付船資之類的嗎？」

「不用啊，就是運貨順便載人過去而已，船上也沒什麼像樣的房間。」

「有空幫幫船上的忙就夠啦。」

原來是這樣，利瑟爾佩服地想。這人的反應跟一般人不太一樣啊，作業員們看著他這麼想。

平常他們聽到人家這樣說，應該會嘲笑對方不食人間煙火、不懂民情吧，但利瑟爾平時的舉止怎麼看都是個無可挑剔的貴族，所以他們甚至連這方面的想法都沒有。一切和平真是太好了。

「那麼就要找船員了……但我沒有這方面的人脈，如果拜託納赫斯先生，不曉得有沒有辦法呢？」

「啊？那是誰啊？」

「魔鳥騎兵團的副隊長。」

「喔——就是那個看起來很認真的人啊。」

「每次看到他都跟魔鳥在一起，雖然騎兵團所有人都是這樣啦。」

魔鳥騎兵團是人數較少的精銳部隊。

而且他們會在城裡各種地方露面，因此作業員雖然跟騎兵團沒什麼互動，還是認得騎兵的面孔。更不用說是副隊長，利瑟爾一說他們就知道是誰了。

原來利瑟爾認識副隊長啊，他們不怎麼驚訝地接受了這個事實，顯然完全忘記了利瑟爾的身分是冒險者。

「找騎兵團有點困難吧？得自己去跟船員講好才行。」

「果然是這樣嗎？」

「如果說那個騎兵有船員的人脈，那倒是沒問題啦。」

「好，下次我會問問他的。」

利瑟爾點頭說道。比起這樣繞遠路，還不如……作業員手肘支著頭抬起臉來。

「我幫你去說吧。」

「可以嗎？」

「閒聊的時候順便幫你說一聲就行啦。」

「對啦，還是這樣最好，早點說好也比較放心。」

聽見作業員們紛紛表示贊同，利瑟爾高興地笑了開來。

對他們來說，這真的一點也不麻煩。他們天天都見得到那些水手，現在就抓個路過的船員來談也沒問題，只是不巧他們並不知道船員的排班狀況，因此不清楚有哪些人會搭上下一次開往群島的船隻。

今天下工去喝酒的時候，在酒館找個船員來問就行了。

「謝謝你，真是幫了我一個大忙。」

「不用客氣啦，幾個人要搭？一個？」

「是的。」

「那我想想……貿易船歸港那天，咱們約在老地方見面可以嗎？到時候我再跟你說哪一天出航。」

只要拜託旅店主人一聲，也能得知貿易船的歸港日吧。

利瑟爾於是答應了下來。這時，不知從哪裡傳來響亮的鐘聲，利瑟爾看向那個方向，像在好奇那是什麼聲音。作業員見狀擺擺手，要他不用在意：

「那個是休息時間過一半的鐘聲啦，還有一半。」

「啊，原來如此。那我差不多該離開了。」

難得的休息時間，打擾他們就不好了，利瑟爾站起身來，作業員們則坐在原地抬起頭看向他。他們並不覺得被打擾，但也沒有特地挽留利瑟爾的理由。

一想到利瑟爾離開之後，那些好奇心旺盛的傢伙們就會一口氣圍上來，他們還有點希望利瑟爾一直待到休息時間結束咧。不過這樣也不壞，他們笑著告訴利瑟爾不必介意。

「下次在酒館見面的時候，我會帶劫爾最推薦的好酒去當謝禮的。」

「哇，太豪華啦！」

「咱們很期待啊。」
最後利瑟爾又道了聲謝才邁開腳步，作業員們也抬起手送他離開。
接著，他們隨意地癱坐下來，或是從繫在腰上的皮囊喝過水後倒臥在地上，好好享受休息時間。在利瑟爾面前，他們實在不好意思表現得這麼隨便。
「那個人跑到這裡來，看起來還真突兀啊……」
「要是他接了搬貨的委託，你會怎樣？」
「白癡喔，當然是讓他去旁邊坐好啊。」
「讓他負責點收數量之類的。」
作業員們悠閒地聊著。還要再過一會兒，他們預料之中的情況才會發生，好奇的同事們即將占用掉他們剩下的所有休息時間。

當天傍晚，夸特完成了委託，回到在房間讀書的利瑟爾身邊。
「我回來了。」
「歡迎回來，結果你接了什麼樣的委託呀？」
「打了，森林鼠。」
「啊，原來是討伐森林鼠的委託呀。順利完成了嗎？」
「完成了，被罵了。」
「嗯？」
「森林鼠，十隻。帶著，回去。被罵了。」

冒險者擊敗的魔物會記錄在公會卡當中，利瑟爾這才想起來，他忘記把這項再基本不過的知識告訴夸特了。總而言之，他闔上了正在閱讀的書本，恭喜夸特順利完成了初次的委託。

等他下次來到冒險者公會的時候，職員將會苦口婆心地勸他要把新人教好。

127

造訪王宮的利瑟爾，正和亞林姆一同享受著讀書樂趣。

在這個受到無數書架環繞的空間當中，放置在這裡的桌子現在幾乎不再發揮原本的作用了。桌子原本是因應利瑟爾教授古代語言的需要才放在這裡的，但自從透過公會的情報提供告一段落之後，亞林姆和利瑟爾都巧妙地轉換了相處的心態。

當然，亞林姆還是會在閒聊的範圍內拿古代語言的問題請教利瑟爾，利瑟爾也會回答，但這種互動並沒有讓他們慣性延續先前的教學關係，可見兩人都很善於切換心態。

「老師，你今天、讀得很認真呢。」

坐在利瑟爾對面的布團，發出了缺乏抑揚頓挫、低沉誘人的嗓音。

從布團裡面傳來紙張摩擦的沙沙聲響，打從利瑟爾造訪書庫開始，他也毫不間斷地在讀書。

「我想在今天內把感興趣的書都讀完。」

翻書的聲音戛然而止。

托著腮閉目養神的伊雷文也睜開了眼睛，看向坐在身邊的利瑟爾。

「是什麼、時候呀？」

素有國家首席學者之稱的亞林姆，不可能察覺不到利瑟爾這句話的意思。

聽見亞林姆只問了這麼一句，利瑟爾抬起了剛才低垂著看書的眼眸，思索般掃視過密密麻麻的書架，看得出他自己也尚未決定。

「大約再等十天吧。」

「喔——」

伊雷文好像在聽人家閒聊似地這麼應道。

他抬起了剛才撐在桌上的頭，就這麼把全身體重往椅背一靠，整個身體轉向利瑟爾，一隻手臂隨意擱在椅背的另一側。這是他第一次聽說這件事，但他並不感到驚訝。

大哥知道嗎？他這麼想著，等待他們繼續說下去。

「這段期間、有什麼事嗎？」

「開往群島的船好像會在那時候出航。」

「隊長，你想去群島喔？」

「不，不是我，只是想讓他回故鄉去。」

故鄉是群島，他們聽了腦中只浮現出一個人選。

那就是現在正跟著劫爾潛入迷宮，進行短期密集訓練的夸特。不過夸特本來就擁有基礎戰鬥能力，說是累積經驗或許比較恰當吧。

深層的魔物和頭目足以成為夸特練習的對手，若有劫爾陪著也不必擔心發生什麼萬一，因此先前利瑟爾拜託了劫爾幫忙。

「我有點、意外呢。」

亞林姆說著，聲音染著淺淺的笑意。

他的嗓音一如往常地像雨點一樣，一句一句落在空間當中，聽起來不可思議地令人感到平靜。

「沒想到、你會放手讓他離開。」

「該說是放手嗎……」

利瑟爾說到一半停頓了一下，露出苦笑。

他身邊的伊雷文正露出得意的笑容看著這裡。

「他突然失蹤，父母到現在還是非常擔心吧。」

儘管原因出自於小夸特的好奇心與嚴重暈船，但光就結果而論，他還是被人家拐走了。而且，眾所皆知獸人的小孩獨立得特別早，但就連伊雷文都是到了十一歲才離家，而夸特失蹤的時候年紀甚至更小，雙親一定特別擔心。

「啊——所以你才要他去露個臉喔。」

「總得先跟父母報個平安呀。」

「說得、也是呢。」

嗯，亞林姆在布料底下點點頭。

雖然利瑟爾他們都是放任天生秉性自由成長的小孩，但無論形式為何，他們在長大過程中也都同樣受到了父母的愛護，伊雷文和亞林姆都明白利瑟爾的意思。

利瑟爾雖然也算是失蹤狀態，不過他目前還找不到回去的方法，而且也在可能範圍內通知父母自己一切平安，因此應該不算數吧，暫且擱置自己的狀況不提也是可以被原諒的。

「而且，小孩遭人拐走的時候父母會變得很可怕哦，看了都會嚇哭呢。」

「隊長，你是不是有什麼心理創傷啊？」

「有一點。」

利瑟爾還記得自己被綁架的時候沒哭，看見前來解救自己的父親卻嚇到哭出來的滑稽過去。

「老師，你不打算去群島、呀。」

「隊長，你之前不是說什麼對群島有點好奇？」

「這個嘛……光是來回就要花上一個月，還是太久了一點。」

而且視天候而定，航程還可能拖得更長。

群島地處遙遠，航程期間必須一直待在船上。賈吉的店裡有一種叫做保存庫的迷宮品，雖然效果僅限於食材，但可以防止食物腐敗。不過考量到船員人數，船上不可能使用保存庫，三餐吃的想必都是魚類，要不然就是單調乏味的乾糧。

海上的風景一成不變，而且無論是多麼巨大的船隻，船艙裡的空間肯定也算不上寬敞。再加上魔物全部都由魔鳥騎兵團擊退……

「你一定會覺得很無聊吧？」

「啊，這樣我真的無法欸。」

伊雷文同樣想像了一遍之後這麼說道，好像剛剛才發現這件事。

「感覺大哥倒是有辦法默默忍耐。」

「但群島那邊沒有迷宮哦，攻略新迷宮可是劫爾的興趣呢。」

「沒有迷宮，還是有魔物吧？啊……但好像沒必要特地搭那麼久的船過去喔。」

簡而言之，對劫爾和伊雷文來說，群島並不具有花費兩週時間搭船過去的吸引力。

群島是片未開化之地，除了貿易船停泊的海港小鎮之外，只有小型聚落零星散布在各個島嶼上，也沒有冒險者公會，因此就算真的到了那裡也無事可做。

「我也不知道戰奴聚落的確切位置，但既然要在那裡尋找故鄉，還是讓他一個人行動比較方便吧。萬一他帶著外地人四處跑，反而引起不必要的懷疑，那就太可憐了。」

「畢竟，幾乎沒有人會到群島觀光、呀。」

亞林姆笑著這麼說。果然是這樣嗎？利瑟爾有點惋惜地垂下眉。外地人在那種環境總是特別引人注目，那麼乾脆讓外表一看就是戰奴的夸特一個人尋找故鄉比較妥當。不過要是沒那麼偏遠，利瑟爾還是會毫不客氣地和他一起去就是了。

「讓他和一刀一起潛入迷宮，也是因為、這一點？」

「是的。難得回到故鄉，萬一顯得格格不入就太可憐了。」

「畢竟他們，都被稱作戰鬥民族了、呢。」

看夸特的特質就知道了。

即便遠離戰火，他們依然沒有改變身為戰奴的生活方式。揮舞刀刃等同於他們生活的一部分，狩獵總是讓他們感到興奮雀躍。既然要回到這樣的民族當中，還是盡可能填補先前的空窗期比較好。

然而，假如只是讓夸特回去露個臉，這未免考慮得太周到了。

亞林姆從布料底下凝視著利瑟爾。他說不打算放手，那麼這到底是……

「什麼嘛，結果你還是要把他丟掉喔？」

愉悅的聲音在安靜的書庫裡響起，打斷了亞林姆的思緒。

伊雷文再度把手肘撐在桌上，托著腮、吊起唇角，雙眼也彎成盈滿笑意的弧度。

伊雷文確實聽利瑟爾說過，他本來就想讓夸特回故鄉一趟。但這麼想來，他給予夸特的冒險者指導未免太過用心，而且他明明能讓夸特親口說想要回去，但也沒這麼做。

利瑟爾放任夸特和他親近，一直把夸特留在身邊，從來沒有推拒。

「該怎麼說咧，以隊長的作風來說好像很沒效率，該說是半吊子嗎？」

「確實是這樣、呢，我也不太明白、老師的目的。」

這並不是譴責，只是單純的疑問。

感受到兩人投來的視線，利瑟爾露出苦笑，闔上了剛才開始一直沒在閱讀的書本。

「兩位就不覺得我是好心照顧人家，出於善意才想送他回去嗎？」

「如果真的是這樣，不就顯得你個性超級惡劣的嗎——」

伊雷文哈哈笑著這麼說，亞林姆聽了也贊同。

明知當事人不想離開還送他回故鄉去，這種惡質的漂亮話利瑟爾連說也不會說，更遑論真的這麼做了，因此更加令人好奇真正的原因。

伊雷文每一句話都語帶挑釁，學者性格的亞林姆則一心想解決疑問，面對這兩人很難蒙混過關。利瑟爾下了這個結論，反正他原本也不打算隱瞞，於是便坦率地開了口。

「嗯，該怎麼說才好呢……」

該從哪裡說起？他的指尖滑過書皮，緩緩偏了偏頭。

「難得回故鄉去，我是真的希望他可以過得愉快。重要的事物不嫌多，能夠安心休息的地方最好也不要只有一個。」

「喔——？」

畢竟故鄉還是有它特別的意義。

除非有過特別不好的回憶，否則家人的存在相當重要，故鄉還是讓人安心自在的地方，對於離開故鄉多年的夸特來說也一樣。即使他本人說不想和利瑟爾分開，但這麼說並不等於他不想回去。

「而且，一開始他是因為我『成為奴隸』的要求才待在我身邊的。現在的狀況已經不同於當時，我希望他能擺脫這種價值觀重獲自由，這也是其中一個原因。」

「是喔——」

利瑟爾說到這裡便打住了，看向身邊的人露出苦笑。

伊雷文從剛才開始就一直發出不置可否的回應，此時正愉快地瞇細眼睛看著他，雙唇勾勒出意味深長的笑容，看起來一副有話想說的樣子，卻不發一語。

他不說話，只是一味敦促利瑟爾繼續說下去。不曉得這個答案是否能滿足他的期待呢？利瑟爾以沉穩的嗓音繼續說下去。

「還有，這個嘛……雖然這種話不太適合光明正大地說出口……」

他彷彿坦承秘密似地開口，語氣卻又像說出理所當然的事實一樣波瀾不驚：

「我不太喜歡別人用了刪去法才選擇了我。」

他要別人依舊擁有珍視的事物，憑著自由意志選擇來到自己身邊，而不是因為除此之外別無選擇。利瑟爾帶著溫柔的微笑，說出了這句自我本位又傲慢的話。

但是在場的兩人卻不覺得反感。一個是想要什麼總能搶到手的前盜賊首領，一個是太過忠於求知欲、因而被稱為學者的王族，聽利瑟爾這麼說，他們反而恍然大悟。

伊雷文和亞林姆都早已經知道，利瑟爾雖然給人一種高潔的印象，但絕對稱不上清心寡欲。

「（與其說是欲望，到了這個地步反而該說是價值觀、比較貼切吧。）」

亞林姆在布料底下隱約露出笑容，看著利瑟爾他們你一言、我一語地開著玩笑嬉鬧。

「這種話光明正大地講有什麼關係，我聽了很高興欸。」

「那我算是合格了嗎？」

「如果說不是為了那傢伙，而是為了隊長的話，那我原諒你。」

自己也是受到利瑟爾如此強烈的渴求才會身在此地——利瑟爾這話等於是重新宣告了這件事，伊雷文聽了心情大悅。畢竟自己加入隊伍的時候，也曾經借助利瑟爾的幫忙清算盜賊相關的身分，這點程度的小事還是原諒他好了。

利瑟爾的指尖梳過他的瀏海表示感謝，伊雷文則沉浸在優越感當中瞇細雙眼。

「唔呵、呵，追求最佳條件是好事、喲。」

「很高興您願意這麼說。」

「不過……這樣啊，原來時間、差不多了……」

亞林姆愉快的嗓音頓了頓。

「你要離開阿斯塔尼亞了、呢。」

他思索似地低下頭去，層層疊疊的布料隨之晃了一下。

伊雷文把額頭往利瑟爾手上蹭，像在叫他多摸幾下，利瑟爾應他的要求將指尖伸入滑順的紅髮當中溫柔撫摸，小心不弄亂他的頭髮。伊雷文趴在自己的手臂上，脫力似地把臉頰擱在上頭開口：

「那接下來要去哪啊？」

「我想應該是回帕魯特達吧，賈吉他們好像很寂寞。」

考量到王都與阿斯塔尼亞之間遙遠的距離，利瑟爾和賈吉、史塔德他們書信來往的頻率算是相當頻繁了。他們總是認真地在信中報告自己的近況、關心利瑟爾是否平安，到了最近，也越來越常見到賈吉不著痕跡地、史塔德則是露骨地表達寂寞的心情。

這樣他們未免太可憐了，時間上這時候回去也正好。

「你覺得如何？」

「好啊。大哥知道了嗎？」

「還沒有，我剛剛才決定。」

對於冒險者來說，往來於各個國家之間並不稀奇。

但對於隊伍而言，移動到下一個國家是件大事，必須徵求隊伍全員同意……可是利瑟爾並不知道這點，只憑著一時興起就決定了。

反正劫爾他們肯定不會不高興，這樣就足夠了吧。畢竟劫爾已經攻略了所有感興趣的迷宮，而伊雷文只要不無聊就什麼都好。

「你們出發的時間……」

「是？」

聽見亞林姆喃喃這麼問，利瑟爾邊回答邊從伊雷文的頭髮上抽開手。

「你們會先送那個當過奴隸的男生出海，然後才出發、對吧？」

「是的，聽說那艘船再過不久就會回港了。」

「往群島的貿易船……嗯，差不多。回港之後，大概過兩天、出港。」

與群島之間的貿易事宜是由第三親王，也就是亞林姆年紀最相近的弟弟管理。

不過這麼看來，亞林姆也掌握了貿易船的時程表。坦白說，伊雷文一直以為亞林姆是個窩在書庫、跟外界完全沒有交集的繭居族，因此一臉意外地看向了那個布團。

伊雷文的視線太過露骨地表達了上述心聲，利瑟爾於是喊了他的名字加以勸阻。

「請問，有什麼不方便的地方嗎？」

「不是不方便、喲。」

亞林姆輕聲笑著，從布料縫隙間伸出褐色的手臂。

手腕上的金飾隨著他的動作發出細微的沙沙聲，骨節分明的修長手指輕輕搭上利瑟爾面前讀到一半的那本書。

「老師，你們可以安排在十天之後、出發嗎？」

「應該沒有問題。」

夸特出航的時間想必不可能比那更晚，利瑟爾於是乾脆地點了頭。

反正他原本就還沒決定確切的出發時間，要怎麼變更都沒問題。

「那之前是有什麼事喔？」

「應該說是那一天、吧。終於到了可以派遣使者前往撒路思的階段，那天是、魔鳥騎兵團出發的日子。」

「派遣使者，也就是說……」

利瑟爾點了點頭。

毫無疑問，一定是不久前的魔鳥全體產卵之亂……不對，是不法人士對魔鳥發動魔法攻擊的事情吧。

雖然說是到了派遣使者的階段，但利瑟爾猜測，阿斯塔尼亞方面應該只發出了「請貴國把脖子抹乾淨等著」的通告而已。在這麼短的期間之內，透過使者進行對話的次數有限，利瑟爾猜得多半沒錯。

「要提出強烈抗議了呢。」

「沒錯，強烈抗議。」

利瑟爾並不知道使者是誰，但想必是位足以體現阿斯塔尼亞這個國家的王族吧。

假如先前的襲擊只是信徒他們自作主張為之，那撒路思也真可憐。兩個國家感覺很合不來呢，利瑟爾在內心這麼想著，看著桌面上那本書緩緩遠離。

「所以，反正時間差不多，回程你們要不要、也搭魔鳥回去？」

「可以的話我會非常開心的，不過這樣真的好嗎？」

「嗯，反正使者也會經過附近、呀。」

「謝謝您，這真是幫了我們一個大忙。」

利瑟爾笑了開來，毫無保留地表現出內心的喜悅，亞林姆見狀也在布料底下露出笑容點頭。

亞林姆生來就是王族，因此差遣別人去辦事的時候是不會猶豫的。具體來說，他是這樣想的：只要全部丟給納赫斯去辦，那位副隊長就會一邊碎唸一邊想辦法安排妥當了吧。以這個國家的風氣，也不會有人批評「怎麼可以載送跟公務無關的冒險者」。

既然決定了最好還是盡早吩咐下去，亞林姆於是叫來了在門口待命的士兵，要他去轉達利瑟爾一行人與魔鳥騎兵團同行的事情，邊說邊把拉近到自己面前的書本靜靜收進布料當中。

「殿下，那本書我才讀到一半……」

等到士兵離開書庫之後，利瑟爾略微垂下眉這麼說，對那本被收起來的書依依不捨。

那本他不久前還在閱讀的書很少在市面上流通，而且他正讀到精采處。

「唔呵、呵……」

層層疊疊的布料當中，傳出了一如往常富有磁性的嗓音。

亞林姆靠著的椅背微微發出吱嘎聲，遮掩身體前側的布料從膝蓋上順著重力往側邊滑落下來。

身體胸部以下的部分因此難得露了出來，依舊穿著與阿斯塔尼亞王族身分相稱的服裝。身材高挑的他把書本放在修長的腿上，緩緩撫過封皮。

「所以，才要收回來呀。」

修長勻稱的褐色指尖輕輕敲了敲書本。

話語和動作在在訴說著，即使只有一點也好，希望在這裡留下讓利瑟爾留戀的事物。

「那真是太可惜了。」

「唔、呵呵、呵，這樣我算是、終於贏過老師一次了、吧？」

亞林姆的聲音當中帶著點愉悅，看來是不打算讓他閱讀後續部分了，利瑟爾聽了放棄地這麼想。

那本來就是亞林姆的書，他沒有怨言，但果然還是有點惋惜……而這正是亞林姆想要的效果吧。

利瑟爾有趣地露出微笑，轉而拿起了堆在桌上的其他書本。他挑了放在書堆最上方的一本，翻開封面開始閱讀。

在他對面，亞林姆也翻開從利瑟爾手中沒收的書本，兩人不約而同地再度展開寧靜的閱讀時間。伊雷文也從原本撐著頭的姿勢趴到了桌上，把臉埋在手臂裡，進入睡午覺態勢。

就這樣，和緩的時光開始在書庫當中流動。就在這個瞬間……

「為什麼一直到最後離開前都是這個樣子，你們這些人真是！！」

納赫斯猛地打開書庫大門衝了進來，讀書時間因此被迫中止。

到了天邊還殘留著一點陽光，但已經開始看得見星光的時間。

利瑟爾終於結束了在阿斯塔尼亞的最後一段密集讀書時間，踏上歸途。周遭是同樣準備回家的行人，街上的喧囂聲聽在習慣了寂靜的耳朵裡，讓人產生音量比平時更大的錯覺。

走出密閉的書庫，外界的風冷卻了他專注過度而發熱的頭腦。雖然阿斯塔尼亞氣候溫暖，不過到了夜晚氣溫一樣會下降，微涼的海風吹過身邊的感覺非常舒適。

「書都讀完啦？」

「想讀的算是都讀過一遍了吧。」

由於利瑟爾讀得前所未有地投入，伊雷文也就前所未有地被晾在了一旁。聽見他揶揄似地這麼問，利瑟爾一面感到抱歉，一面帶著心滿意足的表情對著走在身邊、紅髮像蛇一樣隨步伐擺動的伊雷文點頭回應。

那就好，伊雷文乾脆地點點頭。

「不好意思，你一定覺得很無聊吧。」

「不會啊，我都在睡覺。反正我晚上要出去，這樣正好啦。」

伊雷文忍住一個呵欠這麼說。

看來他接下來就要出門了。伊雷文在晚上出門、徹夜不歸都不是什麼稀奇的事，因此利瑟爾正打算一如往常送他離開……這時，一個猜測忽然閃過腦海，於是他開口說：

「如果你要去跟父母道別的話，也讓我準備一些禮品吧。」

「啥？啊——不是啦不是啦。」

猜錯了。

「你們在這方面真的不太會捨不得呢。」

「過來阿斯塔尼亞的時候就回去過一趟啦，之前老媽也跑到旅店來了，這樣很夠了吧。」

「不去見你父親一面嗎？」

「老爸喔，時候到了不用回家也見得到他啦。」

簡而言之，是時機的問題。

雖然聽起來很不可思議，但利瑟爾曾經在王宮這種匪夷所思的地點見過伊雷文的爸爸一次，他好像明白伊雷文的意思。原來是這樣嗎？利瑟爾點了個頭。

「總之，這次沒遇到就是沒有緣分的意思啦。」

伊雷文以不帶惋惜的語氣這麼說著，以指尖撥開擺動的馬尾。

「獸人都是這樣嗎？真的就像字面上那樣，離開雙親獨立的感覺。」

「欸——我也不知道耶，蛇族可能比其他獸人更不在乎這種事情吧？」

無從得知其他人的家庭狀況，因此伊雷文也不太清楚。

話雖如此，聽說犬族獸人見到父母還是會很開心，貓族獸人回到老家也會非常自在地窩著耍廢。這麼想起來，蛇族獸人這方面的反應果然算是非常淡薄。

不過這並不代表當事人之間處不好，他們的關係反而相當融洽，所以這也沒什麼好在意的。

「那麼，對戀人也是這樣嗎？」

利瑟爾忽然惡作劇似地這麼問道，伊雷文雙眼瞇起了愉快的笑弧。

「你說咧？這種事就要看每個人的個性了吧？」

「那麼伊雷文的個性是？」

「請你自行想像囉——」

伊雷文這麼說著，輕盈的步調和語氣都毫無波瀾。

看他哈哈笑著熟練地閃躲問題的模樣，說不定真的很習慣這方面的話題呢。利瑟爾有趣地笑了，既然伊雷文都這麼說了，就想像看看吧。

伊雷文有點愛面子，應該不會露骨地跟戀人撒嬌。還有，感覺他不喜歡讓戀人知道自己真正的心聲，反而更享受把對方玩弄於股掌之間的感覺。

換言之，就是看見對方因為自己而亂了陣腳會感到開心的類型。

「感覺有點扭曲呢。」

「隊長，你到底想像了什麼啊？」

在他們愉快地這麼聊著的時候，太陽已經完全下山了。

街上的行人少了些，不過面朝大街的酒館和大眾餐廳開始傳出熱鬧的喧囂聲，從大開的店門可以看見酒客們張著嘴大笑的模樣。看來距離夜晚寧靜的時段還很遙遠，利瑟爾想著，笑意染上了嘴角。

經過店面前方的時候，門口流瀉而出的光線照亮了利瑟爾他們的腳步。

「你待會也是去喝酒嗎？」

「不是喲，去找點樂子。」

拐進這個轉角之後，再走一小段就到旅店了，利瑟爾卻在轉角邊停下了腳步。

「送我到這裡就好。」

「喔？」

伊雷文擺出一副「我也要往這方向走」的樣子，理所當然地走在他身邊，但通過旅店門口這條路想必不是他前往目的地的最短路線。

向他道謝就太不懂得體察人心了，倒不如說，伊雷文自己不太喜歡對方在這種時候向他道謝，因此利瑟爾只是褒獎似地露出微笑，浸在夜色中顯得更加深沉的紫晶色眼眸也隨之漾開。

伊雷文見狀挑起一邊眉毛，一副頗為滿意的樣子，看來這確實是正確解答。

「那隊長，你明天要去公會嗎？」

「是呀，我想接點委託。」

「嗯，我知道啦。」

利瑟爾他們總是在想接委託的時候才接，假如行程不合、心情不對，利瑟爾也可以一個人去接取委託，不過看來這次伊雷文願意陪他去。

熬夜隔天不會想睡嗎？利瑟爾雖然感到疑惑，但他也常有書讀到停不下來、一回過神就是深夜的時候，因此他並未多加干涉，就這麼送伊雷文離開。

「那麼，你別太亂來哦。」

「我不會做出需要你出手善後的事情啦，放心。」

伊雷文銜著他露出刻意的燦爛笑容，光明正大拋下這句乍聽像是回答、卻沒給出肯定答案的話，然後就這麼離開了。那頭在夜色中反射星光的紅髮真美，利瑟爾看了一會兒，接著也邁開腳步走向旅店。

這時間劫爾他們多半也回來了吧，不曉得夸特是否平安歸來了呢？他邊想邊走過短短數十步的距離，打開了旅店大門。

「啊。」

「……你看書看到現在？」

一進門就遇上了剛從浴室裡出來，正拿毛巾擦著頭髮的劫爾。

不過劫爾是淋浴派的，想必沒有真的進到浴池裡泡澡。目前只有利瑟爾一個人真正享受到了這間旅店的賣點。

「你們剛回來嗎？」

「嗯。」

劫爾往房間走，利瑟爾也跟在後頭爬上階梯。

一抬頭，就看見劫爾光裸的背。剛洗完澡很熱，劫爾和伊雷文在這時候打赤膊是司空見慣的情景，但利瑟爾一點也不想模仿。

只要把身體練得這麼結實，自己也能成為敢打赤膊的人嗎？利瑟爾一邊想著這種無足輕重的瑣事一邊開口：

「對了，我想差不多該離開這個國家了。」

「不錯啊。」

「聽說在十天之後離開的話，就像過來的時候一樣有魔鳥車可以搭哦。」

「這樣啊。」

劫爾隨手擦著頭髮，看起來並不排斥。

他應該也覺得省事一點比較好吧，利瑟爾這麼想著點點頭，登上了最後一級階梯。

「你那是哪來的情報？」

「殿下說的，亞林姆殿下。」

「接下來去撒路思？」

「不是，我們去王都。」

劫爾走進自己的房門，利瑟爾也理所當然地跟了進去。

房間主人隨手把毛巾扔到一邊，在床鋪上坐下，利瑟爾則走過他身邊，坐到了房裡的椅子上。他漫不經心地看著劫爾嫌煩似地把濡濕的頭髮往上撥，這時那雙眼睛忽然朝他看了過來。

從劫爾詫異的眼神中，利瑟爾察覺了對方想說什麼，於是露出苦笑。

「魔鳥騎兵團的目的地是撒路思沒錯，但是對他們來說前往王都和撒路思好像差不多，所以願意順道載我們過去。」

話雖如此，想必仍有某位王族會作為派往撒路思的使者與他們同行。

因此騎兵團不可能只為了利瑟爾他們特地停靠王都，多半是在王都附近放他們下車，或者給予他們破格的待遇：一部分騎兵分頭行動，專程送他們到王都。

這方面他們會配合騎兵團的計畫，無論如何都很值得感謝。

「你很擅長利用那些有權力的人啊。」

「這是殿下的好意。」

聽見劫爾無奈地這麼說，利瑟爾抗議似地回了這麼一句。

「在那之前開往群島的船也會出航，我希望能送他回故鄉。」

「所以最近才這樣安排嗎？」

雖然沒指名道姓，但劫爾知道他說的是夸特。

劫爾也看得出來，最近利瑟爾緊鑼密鼓地訓練夸特，如果是因為有出航的期限在，那也解釋得通了。劫爾帶著恍然大悟的神情，撥亂了殘存水氣的頭髮。

「明明不打算放他走，你就別裝了。興趣真惡劣。」

「你們為什麼都不覺得我是出於善意才送他回故鄉……」
「哈。」
劫爾嗤笑一聲，利瑟爾聽了有點沮喪。
「你不會做對他沒幫助的事，這點倒是很有『善意』啊。」
「對吧？」
「撇除這都是你任性而為這點不談的話。」
「我覺得先把人捧高再貶得一文不值比較惡劣哦。」
眼見利瑟爾鬧起彆扭來，劫爾壞心眼地挑起一邊嘴角，顫動喉頭笑出聲來。
劫爾也不認為利瑟爾會只為了自己的任性而行動。他做這些事情毫無疑問是真心為夸特著想，但同時又能滿足他自己的欲求——劫爾很清楚，這男人就是懂得找出這種巧妙過頭的折衷平衡點。
他這麼說只是開開玩笑而已。利瑟爾也明白，因此立刻露出了拿他沒轍的微笑。
「我是真的覺得，暫時放手讓他離開或許比較好。」
利瑟爾說著，背脊依舊挺直，十指在腿上交疊。
他往窗外看了一眼，接著又將視線緩緩轉回劫爾身上。
「照現在這樣下去，伊雷文大概無法放下對他的仇恨吧。」
「那傢伙那麼執著，已經不會原諒他了吧。」
「可是，要是因此累積了壓力還是很可憐呀。」
夸特曾經把利瑟爾從自己身邊奪走，伊雷文絕不會原諒他。

現在由於利瑟爾交代他不能做得太過分，因此伊雷文每天藉由一點小事洩憤，但效果薄弱，他心中仍然存在著利瑟爾遭人奪走時同樣的憎惡。

即使目前情況還好，持續下去還是會造成壓力吧，無論對於伊雷文，還是承受這些的夸特而言。

「只要對象暫時消失，這種情緒應該也會緩和下來。」

「這倒是。」

假如像某復仇者一樣，把復仇當成活著的意義，那又是另一回事了。

但伊雷文不可能變成這種人。如同他母親說過的，他容易對人感到厭倦，當對方根本不在身邊，他不太可能一直想著這件事。

「即使還是無法原諒他也沒關係，只要能找到一個比較輕鬆的狀態安定下來就好了。」

「像你這樣？」

利瑟爾也沒有原諒夸特差點取走他耳環的事。

但假如夸特不會再做出這種事，那也就沒關係了。這不是出於夸特本人意願的行動，而且他也深自反省，利瑟爾沒有理由繼續責怪他。

「真要說的話，比較像是你和伊雷文那樣吧。」

「啊？」

利瑟爾露出惡作劇般的笑容，引述了那位不在場的隊伍成員的話：

「他是這麼說的：『我是不恨他啦，但哪天真想把他的手腕也捏碎。』」

「都要做到這地步了還是恨我吧……」

劫爾無奈地嘆了口氣，反手拿起丟在床鋪上的劍。

想必是打算在晚餐前做好武器的保養吧。他把出鞘的大劍擺在腿上，從同樣丟在床上的腰包裡拿出保養刀劍用的布。

利瑟爾看著劫爾的動作，最後又補了一句：

「還有，你心裡的仇恨也一樣。」

聽見利瑟爾微微偏了偏頭這麼說，劫爾正準備開始保養大劍的手停了下來。

緊接著傳來的是一聲咋舌，利瑟爾有趣地笑著站起身來。

「晚餐你會在旅店裡吃吧？待會跟我說說今天在迷宮裡發生的事吧。」

「……他現在大概死在房裡了吧。」

劫爾以苦澀的聲音草草拋下這麼一句話。什麼意思？利瑟爾的困惑只持續了短短一瞬間，回到自己房間，看見夸特像死人一樣睡在地板上，利瑟爾恍然大悟地點了點頭。

夸特給人一種無機質的印象，彷彿沒有任何正、負面情緒，但其實他的表情相當多變，尤其面對利瑟爾的時候更是顯著。

今天總是不著痕跡地找碴的伊雷文不在，他可以隨心所欲吃到自己愛吃的菜，因此晚餐時間夸特開心得笑咪咪的。請旅店主人再添一碗的時候沒人跟他搶食，盛在大盤子裡的料理也不會只有離自己最近的那一側被吃得精光，也沒有人會在坐在對面的利瑟爾面露微笑對他說話的時候刻意打岔。

夸特正帶著幸福美滿的心情，大口大口品嘗著美味的晚餐。

「事情就是這樣，我也拿到了一人份的船位。」

原本應該是這樣才對。

「我決定送你回故鄉去。」

但他哭了。

「……、……、……」

夸特鼓脹著裝滿食物的臉頰，眼睛眨也不眨，眼淚就這麼撲簌簌掉了下來，看起來十足悲壯。

利瑟爾瞥向劫爾，劫爾也投來「沒想到他居然會哭」的視線。

原本就知道夸特會難過，但這反應他實在沒料到，利瑟爾為難地垂著眉放下了叉子。雖然這件事不得不說，但看見夸特掉眼淚還是讓他有點歉疚。

「你有父母，而且是在父母的疼愛當中長大的，這些你都知道吧？」

「嗯。」

「你覺得父母親是在你突然失蹤之後，一點也不會擔心的那種人嗎？」

「……嗚嗚……」

夸特還是把含在嘴裡的食物咀嚼之後吞了下去，顫動喉嚨發出小小的嗚咽聲，接著在停頓一拍之後搖了一下、兩下頭。

當他一點一滴回想起過去的記憶，關於故鄉和家人的回憶總是帶著溫暖而令人懷念的色彩。

「既然如此，就得讓他們看看你平安無事的樣子才行。」

「我知道，可是、不要……不對，不是、不要。」

他不是不想回故鄉，只是更不想離開利瑟爾。

身為奴隸的那段時期對於夸特而言並不特別悲慘，但同時也沒有任何樂趣。是利瑟爾讓他明白了這件事、讓他成為自己的人，在回想起故鄉之後，這點也不會改變。

可是，他也明白利瑟爾說得有道理，因此內心才如此混亂。

「我、呃，可是……」

「嗯？」

「……我、嗚嗚……」

利瑟爾溫柔地敦促，但他一句話也說不出口。

原來說出自己的想法是這麼困難的事嗎？面對散亂的思緒，夸特無助地閉上了嘴，這才終於注意到平常都是利瑟爾在幫助自己思考。

他對於自己如此依賴別人感到羞恥，而明知如此仍然忍不住想尋求利瑟爾的幫助，也讓他覺得自己很沒出息。但即便他尋求幫助，現在利瑟爾也不會對他伸出援手。

夸特戰戰兢兢地窺探著利瑟爾溫柔的微笑，然後不知所措地垂下視線。

「我呀。」

聽見沉穩的嗓音發話，夸特反射性地抬起了低垂的臉龐。

「如果看見你回到故鄉、在那裡生活，我會很高興的。」

夸特瞠大雙眼，一瞬間感覺自己的呼吸靜止。

接著他痛切領悟到一件事。身為奴隸的時候，人家總說他順從聽話，這是他唯一得到的讚美。但他哪裡順從呢，面對自己想要跟隨的人，他居然如此拚命地尋找違抗的辦法。

那雙刃灰色的眼睛只是不斷閃動，映照出利瑟爾的身影。

「但是，假如到了那時候，你還是選擇了我……」

夸特的雙肩顫了一下。

心臟跳得隱隱作痛，是出於強烈的期待，還是出於恐懼？映在雙眼中利瑟爾的笑容溫柔而甜美地綻放開來，牢牢定住夸特閃爍的眼眸。

「那麼我會滿心喜悅地接納你的。」

然後，那雙嘴唇唸出了那個詞語。

「夸特。」

砰的一聲，響起椅子倒下的聲音。

夸特一時間無法理解為什麼會傳來這種聲音，他晚了一拍才發現自己下意識站了起來，這才明白撞倒椅子的正是自己。

但這種事根本無關緊要，他的嘴唇一張一闔，卻發不出任何聲音。

在那間牢房前面，他第一次產生了這種渴望。無論如何他都希望利瑟爾喊自己的名字，於是他乞求，但利瑟爾未曾這麼叫過他。每一次聽到那雙嘴唇道出其他人的名字，夸特總是感到落寞。

但現在，利瑟爾給了他一直以來所想要的，把這種感受牢牢刻在他的本能當中。對於夸特而言，這並不是那麼簡單就能放棄的欲求，他不可能不明白其中代表的意義。

「啊、嗚……」

「嗯。」

「謝……謝謝、你。」

他連忙道謝，利瑟爾聽了眨了一下眼睛，接著有趣地笑了。

看見他的笑容，夸特臉上的神情也明亮了起來。

利瑟爾和他約好了，等到他回來，就會給予他所想要的。有了這個承諾，夸特反倒期待起出發的日子來，他按捺不住雀躍的心情，莫名坐立難安地來回看了看利瑟爾他們、又看看桌上的餐點。

說到底，對於回故鄉這件事本身他一點也不排斥，反而還覺得開心。既然如此，不久前的自己到底有什麼好煩惱呢？現在的他已經完全不明白了。

「好了，在用餐期間站起來不合乎餐桌禮儀哦。」

「嗯。」

在利瑟爾的敦促之下，夸特拉起倒在地上的椅子，再次坐了下來，重新展開幸福的用餐時間。

窩在廚房忙碌、剛才什麼也沒聽見的旅店主人正好端來追加的料理，他注意到夸特的神情似乎特別開心，於是滿意地點了點頭。

「刀子客人心情很好呢，這是好事。今天晚餐我有煮得這麼好吃嗎？這麼說來肉熬得比平常更久喔，吃起來怎麼樣啊？」

「普通。」

旅店主人消沉地回廚房去了。

夸特所謂的普通是「和平常一樣」的意思，他想說的是和平常一樣好吃，但看來這層意思沒有傳達給旅店主人。

聽起來今天的晚餐比平常費了更多心思，事後還是跟他說清楚吧。利瑟爾這麼想著，目送他的背影走進廚房。

「你喔。」

就在這時，劫爾忽然喊了他一聲。

利瑟爾往旁邊一看，劫爾正帶著欲言又止的眼神看著這裡。他大致猜得到劫爾想說什麼，於是一邊拿起叉子準備繼續用餐，一邊露出苦笑。

「特地繫了項圈又把他放回野外，你的興趣果然很惡劣啊。」

「比起明明想要卻裝作漠不關心，這樣還比較健康吧？」

由於今晚伊雷文不在，旅店主人也有閒暇講究餐點的擺盤裝飾。

肉類料理上的淋醬讓人聯想到大海的波紋，利瑟爾叉起一塊肉送進口中。即使比不上專業大廚，以旅店供餐來說這裡的料理仍然非常優秀，吃起來果然和平常一樣美味。

利瑟爾仔細品嘗那道菜，接著朝劫爾微微一笑。

「我是真的希望他隨自己的心意自由選擇。不過，盡自己的努力獲得他的青睞，也是我的自由。」

「你確定那叫努力？不是暗中打點？」

「也可以這麼說。」

夸特聽不太懂，因此毫不介意地繼續吃他的飯。

在他面前，劫爾一臉無奈地搶走了利瑟爾一塊肉，而後者則津津有味地品嘗著旅店主人使出渾身解數烹調的晚餐。

自從聽說了利瑟爾安排他回群島的事情之後，夸特每天都非常努力。

基本上他每天都會接委託賺取現金，和利瑟爾他們一起行動的時候，則會收到隊伍人數等分的報酬。一有空閒時間，就和劫爾一起潛入迷宮。

這種時候他也會接取討伐類的委託，這麼一來在迷宮當中總會演變成他和劫爾的獵物爭奪戰。

因為在夸特動手之前，劫爾總會先把他的獵物殺死。這並不是故意跟他作對，利瑟爾的確是這麼交代的：「這是練習，所以劫爾也不需要手下留情喲。」劫爾不是故意的，所以不算是找他麻煩。

「動作快點。」

「嗚嗚……」

由於兩人並未登錄為隊友，因此夸特必須自行打倒規定數量的魔物。

劫爾總會搶先把魔物打倒，但劫爾只是以自己戰鬥的步調打倒魔物，不是故意妨礙他，這點道理夸特也明白。

「還有、五隻……」

「在吃飯時間前打完啊。」

或許是受利瑟爾之託的緣故，劫爾在夸特達成委託之前總會與他一起行動。

這絕不是為了保護他，而是為了喚醒夸特對獵物的嗅覺。然而劫爾不會提供任何建言，也沒有任何溫柔的鼓勵，只是一味叫他「快點結束」，因此夸特打得非常拚命。

他已經搞不清楚敵人到底是魔物還是劫爾了。夸特必須隨時意識到對方的動作，一有空隙便竄到劫爾身前，在自己的獵物被打死之前下手，其中完全沒有半點合作意識。

其中有一、兩次，他覺得自己好像朝劫爾揮了刀，也曾經一回神就發現自己被打飛出去了。不過應該是錯覺吧，陷入戰鬥亢奮狀態中的夸特記憶曖昧不清，於是自己下了這樣的結論。

順帶一提，得知這種情況的利瑟爾是這麼說的：

「我想像中的是，戰奴之間組成搭檔一起狩獵的那種……嗯，算了。」

最終他好像恍然想通了什麼，至於確切想通了什麼，夸特也不知道。

即使是平時能輕鬆應付的魔物，他也必須全力以赴，否則連碰也碰不到獵物。經過這樣一整天的戰鬥，他總是睡得像昏死過去一樣。

在這樣接取委託的過程中，他也慢慢存到了一點錢。

利瑟爾一次也不曾要求夸特「成為冒險者」。

那張公會卡只是為了讓他前往群島的身分證明，接取委託也是為了賺取回故鄉的旅費。只要夸特開口問，大多數的疑問利瑟爾都會為他解答，但利瑟爾很少主動告訴他成為冒險者的必要知識。

這是因為夸特一旦選擇在群島生活，就不需要那些知識了嗎？

「陷阱，好難。」

「說到底，或許你本來就不擅長閃躲這一類的機關呢。」

在某座迷宮當中，當他喃喃這麼說的時候，利瑟爾也沒要求他學習找出陷阱。

在他上了伊雷文的當，踩過無數次陷阱，或即使沒上當也照樣踩到陷阱之後，利瑟爾仍舊對他微微一笑：

「面臨這種陰招的時候依然正面迎戰，回以顏色，或許這才是戰奴的本能吧。」

利瑟爾邊說邊操作牆上的機關，打開了下一道門。這種機關也很困難。

不過，劫爾和伊雷文也都把這種不屬於陷阱的機關全部丟給利瑟爾處理，所以夸特不會因此感到沮喪。

雖然三人之間存在著「認真起來大部分解得開」、「認真起來偶爾解得開」、「再怎麼認真還是完全解不開」的差別，但既然他們都不會動手，那就是半斤八兩。

「如果你很介意的話，要不要練習一下呢？」

「練習？」

「聽說應付陷阱需要的，是察覺陷阱的洞察力、解除陷阱的靈巧度，以及萬一失敗時的爆發力哦。」

在這句話以「聽說」開頭的時候，說服力就已經減了一半，但率真的夸特還是乖乖點了頭。

在他身後，劫爾和伊雷文正以「這傢伙是從哪裡聽來的」的眼神看著利瑟爾。從設想到了失敗情況這點看來，應該是跟其他冒險者打聽來的吧。

「爆發力你已經有了，至於洞察力……」
「欸，那邊有陷阱。」
「！……?!」
「……短期內要提升感覺有點困難。」
一聽說有陷阱，夸特連忙停下腳步，結果正上方忽然掉下長槍，被他躲過了。
若是會牽連到周遭的陷阱，伊雷文也不會刻意引誘他去踩。夸特吃過太多次虧，對於伊雷文所說的話開始保持警戒，但就連這種心態也被伊雷文摸得一清二楚，因此他再怎麼提防都沒有意義。
雖然很不甘心，但夸特心裡覺得「那傢伙頭腦真好」。
「既然這樣，那我們就來練習靈巧度好了。嗯……不如就結合你擅長的領域一起練習吧。」
利瑟爾打著「練習」的名號，向他介紹了一種莫名其妙的魔物。
他對這種魔物的第一印象是貼在牆壁上的毛球，有一撮像長尾巴一樣的東西垂在毛球底下。
「這是一種叫『愛美毛球』的魔物，只要把這個長長的部分……」
牆上有四隻魔物窩在一起，利瑟爾朝著其中一團毛球的尾巴伸出手。
這樣不會被魔物攻擊嗎？在擔心的夸特面前，利瑟爾的指尖梳過毛球底下長長的毛髮，原來那不是尾巴，而是毛。知道了這點之後重新打量那些魔物，只有一撮毛特別長看起來讓人有點不舒服。

「像這樣，把牠的尾巴編成三股辮……必須準備好繩子最後才能紮成一束，編好之後就替牠綁起來吧。」

「這種魔物的名字也未免太直白了吧？」伊雷文說。

「聽得懂就好了。」劫爾說。

利瑟爾從腰包拿出帶有荷葉邊的緞帶，綁了個漂亮的蝴蝶結把辮子紮好。夸特難以理解眼前幫魔物編辮子的情景，因此大感混亂地來回看著利瑟爾和那條三股辮。

在夸特面前，那顆被綁了辮子的毛球開始顫抖，接著緩緩掉落地面，一落地就以驚人的速度不曉得滾到哪去了。

「只要牠對打扮感到滿意，就能獲得各式各樣的東西哦，你看。」

從毛球掉落的地板上，利瑟爾撿起了某樣東西。外觀看起來像是寶石，不過似乎是一種魔石。

「啊，剛才那隻果然是女孩子呢。把荷葉邊用在男生身上會惹牠們生氣的。」

「隊長，這你到底是怎麼看的啊？」

「憑直覺呀。來，你們也示範一下吧。」

假如編髮失敗，或是不滿意新造型，愛美毛球就會發動攻擊。

因此絕大多數冒險者都選擇對牠們視而不見。利瑟爾刻意對這種魔物出手，夸特卻絲毫不感到疑惑，看來他也慢慢融入這群人當中了。

「之前我幫這種魔物編了辮子頭，結果牠掉出寶石給我欸。」

「辮子頭？」

「就是編超多條小辮子的髮型啦。」

伊雷文一邊興致盎然地說著，一邊靈巧地編起四股辮來。

他從利瑟爾手中接過綁繩，同樣綁了個漂亮的蝴蝶結。這顆毛球也啪答掉到地板上，留下一瓶回復藥之後不曉得滾到哪裡去了。

「……」

劫爾一臉「為什麼我非得做這種事不可」的表情，皺著眉頭編起辮子來。

他不時停下手想一想，最後完成了一條平凡無奇的三股辮。他從利瑟爾手中接過綁繩，隨便綁了個死結固定。

毛球停頓了一瞬間，接著同樣啪答掉到地上滾走了，但沒留下任何東西。

「差點就不及格了欸。」

「已經夠了吧。」

「劫爾認真起來明明能做得很好的，要拿出你的服務精神來呀。」

「對魔物哪需要什麼服務精神。」

接下來輪到夸特了。

「這是在驅逐魔物的同時，順便進行靈巧度的特訓，加油哦。」

在利瑟爾的催促之下，夸特戰戰兢兢地將手伸向毛球。

坦白說，他這輩子根本沒綁過什麼三股辮，雖然利瑟爾他們為他示範了三次，但他一點也不覺得自己編得起來。

不過還是要盡力而為才行，夸特鼓足了幹勁，一把抓住那撮毛。

「啊。」

只說結果的話就是，爆炸了。

就這樣，時至今日夸特依然無法戰勝陷阱。

他也見過了利瑟爾口中的「精銳盜賊」。

那是從迷宮回到城裡，他和利瑟爾在咖啡店休息時發生的事。在安穩的氣氛當中，夸特邊喝著果實水邊感到有點想睡，這時利瑟爾忽然閒聊似地對他開口：

「這麼說來，你有辦法注意到精銳盜賊他們呢。」

「？」

「咦？我聽說他們被你甩開了呀。」

兩人偏著頭面面相覷。

利瑟爾一說他才知道，原來他擄走利瑟爾的時候有人在後方追蹤。完全沒注意到，夸特眨著刃灰色的眼睛這麼想。

夸特所做的，就只有按照指示擄走利瑟爾、按照說好的路線前往森林，然後按照信徒們吩咐的步驟回到地下通道而已。看來是由於信徒們事先準備好隱蔽魔法的關係，造成了夸特甩開追兵的結果。

「也就是說，你沒有察覺到囉？」

「嗯。」

「他們果然很懂得隱藏自己呢。順帶一提，我完全無法察覺他們。」

聽見利瑟爾光明正大地這麼說，夸特理解地點了點頭。
人家說的「氣息」他不太懂，不過他能夠察覺迫近而來的攻擊，除非距離太遠，否則他也能大致知道魔物的位置，不知為何也能預測牠們下一步會如何行動。
然而假如沒有殺氣、只是躲藏在暗處，那麼他實在無法察覺。
「察覺不到，不行？」
「不會呀。也就是說，這對你而言是不必要的能力，對吧？」
「？」
「也就是你不把不主動進攻的對手放在眼裡的意思。」
聽見利瑟爾揶揄似地瞇細雙眼笑著這麼說，夸特眨了一下眼睛。
這好像是句很不得了的話，不過既然利瑟爾這麼說，那應該不會錯吧。夸特下了這個結論，也不覺得特別得意，只是逕自喝著味道濃郁的果實水。
「不過，讓你見見他們或許也是好事呢。」
「為什麼？」
「算是一種學習吧，知道世界上也有這樣的人。嗯……」
利瑟爾沉吟著環顧周遭，夸特則納悶地看著他。
就在這時，從人來人往的大街、客人不時走進店內的腳步聲、店員說著「歡迎光臨」的招呼聲當中，從一直存在於那裡，人們卻未曾意識到的背景當中，那個男人現身了。不，或許「現身」這種形容還不夠精確。
感覺就像一回過神來，這個人已經坐在身邊。男人絲毫沒有抹消自己的氣息，極其自然地坐在那裡，夸特晚了一拍才發現哪裡不對勁：他知道利瑟爾正在尋找某人，卻完全無法認知到這個男人在身邊坐了下來。

「……！」

「嗨，你好。應該算是初次見面吧？」

「不好意思，突然找你過來。」

「不會啦，我剛好在那邊那家店抽菸。」

每天的精銳盜賊不會是同一個人，其中有些人就算利瑟爾呼喚他們也不會露面，更別說他們好像也不是隨時都待在附近，因此這次運氣很好。利瑟爾面帶微笑這麼說著，夸特則是內心一片混亂地來回看著他和那個突然出現的男人。

那男人留著遮住雙眼的長瀏海，看不出他的眼睛正看著哪裡。他的坐姿放鬆，就像和老朋友同桌閒聊似的，感覺不到任何威脅性。

可是，夸特沒來由地覺得——

「離開他。」

夸特威嚇似地這麼說，手中緊握的玻璃杯發出擠壓聲。

只剩冰塊的杯子從他手指捏緊的位置裂開到杯緣，裂縫間滲出水滴，但夸特無暇顧及，只是瞪大了眼睛，以猛禽翱翔荒野般銳利的眼光緊盯著男人的一舉一動。

「……好可怕喔。」

在他視線另一端，男人臉上唯一暴露在外的嘴角挑起扭曲的笑容。

夸特繃緊了渾身的肌肉，彷彿一頭毛髮倒豎的野獸。男人見狀，也微微直起了靠在椅背

上的身體，肅殺的氣氛一觸即發。
然而，這樣的氛圍也在下一秒煙消雲散。
「不可以喲。」
一道沉穩的嗓音平息了整個場面。
夸特困惑地看向利瑟爾，男人也聳了聳肩靠上椅背。
「他們就是精銳盜賊，請跟他們好好相處哦。」
「唔……」
「不用這麼提防他們沒關係的，你別看他這樣，剛剛說的『好可怕』可是真心話哦。」
「是啊，感覺都要被殺掉了。是說你居然直接把我的心聲講出來喔？」
看著他們兩人尋常交談的模樣，夸特緩緩放鬆了緊繃的身體。
他感到有點困窘，於是不知所措地把玩起手中的玻璃杯來，這才發現杯子不知什麼時候裂開了，嚇得他肩膀跳了一下。
這該怎麼辦？他不敢放下那個杯子，坐立難安地過了一會兒，又聽利瑟爾說像這樣的人還有七個，驚訝到他最後把那個玻璃杯整個毀掉了。已賠償。
自從那次之後，有一陣子夸特總是很想把躲在某處的精銳盜賊找出來。雖然一次也沒成功過，不過這點他倒是不怎麼介意。
夸特也和那些幫忙安排往群島的船位的作業員們見過面了。

那天利瑟爾帶他來到了酒館，那是他第一次在外面的餐廳吃飯，心裡有點不安。先前他在外面吃飯的經驗，只有在委託當中吃過旅店主人準備的便當而已。

他和利瑟爾兩人來到那間酒館的時候，那些利瑟爾稱作作業員的男人們，已經喝起酒來了。

「喔，冒險者先生！」

「你們好。」

「就是這傢伙啊？」

「是的。」

講到「這傢伙」的時候對方將視線轉向他，夸特也目不轉睛地回望。

那些作業員招呼他們坐下，並且替他們把料理端到面前。夸特低頭道了謝，接著不客氣地開始享用餐點。在他身邊，利瑟爾也一邊端起店員送來的茶水，一邊和那些男人交談著。

「哈哈，看來你帶了個很懂禮貌的小子來啊。」

「他是很直率的好孩子。話說回來，船位安排得還順利嗎？」

其實他要搭的船還沒確定下來，這事實聽在夸特耳中相當衝擊。

他不禁看向利瑟爾，後者只是粲然一笑，無視於他的震驚。

「嗯，接下來你們只要在貿易船出港那天去說一聲，他們就知道了。」

「是找那艘船的船員，對吧？需要出示公會卡之類的嗎？」

「不用，只要你隨便找個船員搭話就行啦。」

聽見作業員這麼說，利瑟爾疑惑地偏著頭想：這是什麼意思？不過一切順利就好，他點了點頭。

其實利瑟爾有所不知，當時作業員是這麼跟船員說的：「有個看起來超像貴族、很有氣質，一點也不像冒險者的冒險者會帶一個乘客過來。」對方困惑地問這是什麼意思，而作業員自信滿滿地說：「到時候你看了就知道啦。」

「麻煩你們了，真的非常感謝。」

「不會、不會，真的一點都不麻煩啦。」

「是這樣嗎？」

利瑟爾露出高興的微笑，從桌上的碟子裡夾起一片生魚片。

他在咀嚼之後吞下口中的食物，拿起名為菜單的那張紙片。夸特也停下了手邊用餐的動作，從旁邊探頭過來看。

「有什麼想吃的東西嗎？」

「這個，什麼？」

「這是焗烤貝肉，熱呼呼的哦。」

「那這個？」

「串烤雞肉丸，外皮酥酥脆脆的哦。」

夸特不識字，因此指著菜單上的插圖這麼問。

沒有插圖的菜他就點不到了，不過反正他沒什麼不敢吃的東西，也沒有特別愛吃的食物。不管什麼菜端上桌他都能吃得津津有味，所以不太介意。

由於肚子正餓，他最後指了指焗烤和炸雞塊，利瑟爾便替他喊了店員過來。
「喔，好久不見！請問要點什麼？」
「焗烤貝肉、炸雞塊，還有……再來份串燒拼盤，和冷漬番茄。」
「好，感謝點單——」
「對了，請問這邊可以喝自己帶的酒嗎？」
「只要有點我們店裡的酒就沒問題喔——」
看見店員爽快地點頭，利瑟爾安心地掏了掏腰包，從裡頭取出一支酒瓶。
那是個有著四方邊角的高䠷瓶子，透著威士忌高雅的顏色，而且貼在瓶身上的還是燙金字的藍色標籤，更加提升了它的檔次。
作業員們看了不禁吹著口哨歡呼起來。
「這是先前說好的，劫爾推薦的好酒。」
「居然是藍標，太大方啦！」
「沒想到一刀是很懂得送禮的人啊！」
「雖然我除了這是威士忌以外就不太懂了。」
作業員們興奮地從利瑟爾手中接過酒瓶。
他們開心就好，利瑟爾露出滿足的神情，這時他點的幾道料理也上桌了。店員收走了空盤，新送上的餐點一道道填滿騰出的空位，看得夸特雙眼閃閃發亮。
要吃就要趁熱，毫不客氣的夸特立刻動起刀叉來。
「你能喝酒嗎？」

「？……沒有，喝。」

「咦，原來你沒喝過酒呀。」

「嗯。」

這是要配飯，所以該這樣那樣喝……作業員們請店員拿了氣泡水、冰塊來，夸特側眼看著這一幕點了點頭。

「那你要喝喝看嗎？」

「你，喝？」

「我不能喝酒。」

看著利瑟爾有點惋惜地吃著冷漬番茄的模樣，夸特邊吃著炸雞塊邊想了想。

劫爾和伊雷文常在晚餐的時候喝酒，他確實有點好奇那種飲料好不好喝。在久遠的記憶中，他依稀記得父親也喝過酒，自己應該不至於不能喝吧。

看著接下來上桌的串燒拼盤一支接一支被作業員們拿走，夸特也順從自己的好奇心點了點頭。

「喔，小哥你也要喝嗎？」

「要喝。」

「我記得那不是很烈的酒嗎？」

「又不是小毛頭，怎麼能用一種酒烈不烈決定要不要喝……呃，不過你要喝的話還是挑淡一點的比較好喔。」

就在夸特正看著受到謎之顧慮的利瑟爾的時候，有一位男性作業員把玻璃杯拿起來遞給了他。

經過冰鎮的玻璃杯摸起來特別冰涼，杯中的威士忌以兩倍以上的氣泡水稀釋過，失去了盛在酒瓶中那種寶石般濃重的色彩，在玻璃杯裡透出透明的光。

在眾人「快喝、快喝」的催促之下，亐特把玻璃杯端到嘴邊。

「……？」

他朝杯中嗅了嗅。

聞起來像帶點酸甜的果乾，又像微苦的木質氣味。亐特對酒並不瞭解，也不懂得品味酒香，因此偏著頭毫不客氣地喝了一大口。

「如何呀？」

利瑟爾愉快地這麼問他。吞下之後，香氣的餘韻仍然留在口腔中久久不散，亐特驚訝地眨著眼睛，又喝了一口。

「苦苦的，有一點甜。」

「好喝嗎？」

「好喝……？」

亐特想了幾秒，不太確定地微蹙著眉頭開口：

「喝得下去。」

「都是這樣的呢。」

「太糟蹋啦小哥，這麼高檔的酒，你居然不懂它的好！」

「不過酒這種東西，你喝久了馬上就變好喝啦。多喝點多喝點！你喝這個太浪費了，我隨便幫你點個其他的酒吧！」

就這樣，他先喝乾了手上那杯酒，在利瑟爾確認他是否沒醉的過程當中，他把作業員們替他點的酒當成水一樣一杯接著一杯喝下肚，不過重點仍然是吃料理。

吃飯、喝酒、吃飯、吃飯、喝酒，他記得興致不知怎地越來越高昂，也記得那種腦袋暈乎乎的感覺讓人飄飄然，記得越喝越覺得酒真是無比美味。

可是在那之後的事情，他完全記不得了。

「……嗚嗚，這是、怎麼樣……」

「是宿醉喲。」

回過神來，他已經躺在利瑟爾的旅店房間裡，不知為何睡在床鋪上。

飄飄然的感覺消失得一乾二淨，只剩下頭暈目眩的不適感，讓他難受得哀哀叫。他喝下坐在床邊讀書的利瑟爾替他端來的水，在利瑟爾坐下準備重新開始讀書的時候，動作不穩地抓住他的衣服下襬。

利瑟爾朝他伸出手，手掌敷在額頭上的感覺非常舒服。

「你喝太多酒了，下次要記得自制哦。」

「好……我，最後，喝醉了？」

「嗯，你不記得了嗎？」

眼見夸特連自己最後是怎麼回到旅店的都不記得，利瑟爾別開了視線，彷彿在思考些什麼。

夸特抬眼看了他幾秒，也不太清楚自己想不想睡，沉重的眼皮自然就落了下來。自己可能會就這樣睡著吧，他這麼想著，感受著額上傳來利瑟爾手心的溫度，閉上了眼睛。就在這時，利瑟爾開口說：

「那麼，這就當作我的秘密吧。」

發生了什麼值得當成秘密的事嗎？

劫特的意識微微上浮了一瞬間，最後還是以利瑟爾沉穩文靜的笑聲作為搖籃曲，放開意識沉入了夢鄉。

除此之外，還發生了好多事。

和劫爾一起潛入迷宮的時候，他一把抓住劫爾揮向魔物的大劍，硬是搶走了那頭獵物。或許是這種做法實在太過犯規，下一秒他的後背就被踹了一腳。

在他睡覺的時候，也曾經被到房間裡來找利瑟爾的伊雷文狠狠踩了一腳。在迷宮的混戰當中，伊雷文也曾經絆住他的腳害他一頭栽到魔物身上，伊雷文還曾經以下略，還有以下略。以下略。

「旅店主人準備的便當你拿了嗎？」利瑟爾問。

「拿了。」

劫特一邊點頭，一邊感慨地回想起來。

他被異形支配者當作奴隸的時間，長得能以年為單位來計算，這段時間累積的各種經驗，卻比那幾年的密度高出許多。身為奴隸的日子就像什麼事也沒發生過一樣，根本不能相比。

「沒忘記什麼東西吧？我不太擅長這種事情呢……」

「這也不奇怪。」

他們三人正走在港口邊，終於到了出航前往群島的日子。

聽見利瑟爾一邊思索、一邊喃喃這麼說道，劫爾也表示贊同。利瑟爾總覺得這也需要、那也需要，想把所有東西都準備好，基本上是不擅長打包行李的那種人。不過在原本的世界，周遭其他人會替他全部打點好，在這裡也有空間魔法可以使用，所以沒造成什麼問題。

「想隨時把書帶著走真是有病。」

「那是必需品耶。」

「閱讀成癮。」

「我哪有那麼嚴重。」

一來一往開著玩笑的兩人身邊，沒看見伊雷文的身影。

他並不是討厭為別人送行，只是正好有其他行程而外出了而已。

「船，還沒？」

「很快就會看見囉。」

走在他們身後一小段距離的夸特，快步趕到了利瑟爾身邊這麼問道。

他背著一個背包，是皮革製的，看起來相當牢固，裡頭主要塞滿了食物，一看就知道脹得鼓鼓的。

他只把手臂穿過一側的背帶，使得背包在他背上隨著步伐跳動。

「食物也帶了兩週份的樹果備用……」
「一次，一顆。」
「沒錯，不過這只是以防萬一。」
作業員替他拜託過船員，讓他在船上打工交換三餐。
畢竟是利瑟爾的同伴，原本作業員他們不敢貿然這麼提議，不過在酒館一起吃飯的時候判斷夸特可以勞動，於是主動提出這個建議。
利瑟爾也覺得這樣比較好，而聽說船上沒有其他事可做，夸特也乖巧地點了頭，因此他不必仰賴樹果，應該也能在船上吃到像樣的食物。
「你搭過船？」劫爾問。
「搭過。」
「我知道，不是說你。」
「我也搭過喲。不過當時不是渡海，只是沿著海岸移動而已。」
走海路比陸路更快的時候，利瑟爾也會以船隻作為交通工具。
不難想像，他經歷過的航程一定與冒險者截然不同。難保他哪天不會說想接航海的護衛委託，劫爾忽然擔憂了起來。賈吉購入船隻的日子說不定也不遠了。
「穿過軍港之後，馬上就到了。」
一行人穿過碼頭，登上通往軍港的陡峭石階。
他們走過海風與振翅聲不絕於耳的軍港，來到另一側的階梯，一路上衛兵都忍不住多看他們一眼。站在這裡放眼望去，底下莊嚴地停泊在軍港裡的巨大船隻盡收眼底。

往下看是奮力勞動的人們，與視線齊平的高度可以在近距離看見雄偉的船首，朝上方仰望則是背著豔陽的桅杆，和陽光下燦然發亮的白帆。

「船還真大。」劫爾說。

「是呀，不知道船上有沒有提供同行魔鳥使用的設備。」

「在那裡吧，船尾那個。」

「你是說突出來的地方嗎？」

利瑟爾邊說邊朝著劫爾所指的方向望去。在他身邊，夸特則只是目瞪口呆地張大了嘴巴。

一開始他為什麼會成為異形支配者的奴隸呢？起因是他兒時對船隻強烈的好奇心。眼前的船舶和他當時見過的船隻有所不同，但看見大船的感動無論在過去還是現在都沒有改變，依舊在夸特胸中沸騰。

也就是說，船隻對他來說是一種浪漫。

「我要，看船。走，一起。」

「好呀，我們走吧。」

「這麼興奮啊？」

看見利瑟爾露出微笑開始走下階梯，興奮得一刻也坐不住的夸特也露出閃閃發亮的笑容跟了上去。階梯陡峭，利瑟爾一階一階慢慢走，夸特每次追過他總會停在原地等待，一邊走下階梯一邊頻頻回頭。

讓劫爾來評論的話，他會叫他要下去就趕快下去，不要再回頭啦。要是伊雷文在場，早就把他踢下去了。

「對了，先前有位女性說他是『酷酷的人』哦。」

「啊？」

利瑟爾說悄悄話似地說出了這個情報，劫爾蹙起眉頭，好像沒聽懂他在說什麼。這也難怪，眼前看見大船興奮得不得了的夸特，實在很難跟「酷」這種印象連結在一起。

順帶一提，聽見對方這麼說的時候，利瑟爾也滿頭問號，一時間不知道她說的是誰。後來他從對話的前後文推測應該是夸特，才若無其事地繼續聊下去。

「你說他啊，只看外表的話確實……」

「對於不認識他的人來說反差很大呢。」

利瑟爾有趣地笑著這麼說道，劫爾也一面拉開領口散熱，一面表示同意。

畢竟對利瑟爾他們而言，夸特打從一開始就是這樣的人。不過仔細想想，夸特沉默不語時散發出的那種無機感，確實容易讓初次見面的人產生誤解。

「怎麼到現在才在說這個。」

「我聽說的時候也很驚訝，現在已經沒有辦法用那種眼光看他了呢。」

「你不在的時候說不定還真的有點酷。」

「是嗎？」

「發呆的時候看起來還滿有那麼點樣子的。」

在聊什麼？夸特納悶地回過頭來，利瑟爾朝他揮揮手表示沒事。

他們就這樣邊聊邊走下最後一級階梯，填滿整個視野的是來來往往的作業員和船員們。

不愧是出航的日子，人還真不少，三人邊說邊走向船隻。

聽說往群島的船停在最接近這一側的位置。突出的船頭在地面投下輪廓清晰的陰影，一行人踩著影子在船隻正前方停下腳步。

「上船？」

「不，應該得先找人打聲招呼才行。」

聽見感動地仰望大船的夸特這麼問，利瑟爾邊回答邊環顧周遭，想著該怎麼辦才好。就在這時……

「啊?!喔、喔喔，原來你就是……」

有個男人一看見他們便驚訝得叫出聲來，接著恍然大悟似地朝他們走近。

從服裝看來，他應該是位船員。該不會就是跟作業員談好船位的人吧？眼看男人筆直朝這裡走來，利瑟爾也轉向對方開口：

「你好，請問是這艘船的船員嗎？」

「對，你……您好。」

聽見他生硬的敬語，劫爾意味深長地看向利瑟爾。利瑟爾也很無奈啊。

「這個嘛，我都聽那些傢伙講過了，那要上船的是……」

「我。」

「也是喔！！」

船員發自內心鬆了一口氣似地點點頭，彷彿在說「包在我身上」。

作為程序上的確認，船員看過了夸特的公會卡，稍微檢查了一下帶上船的行李，並簡單告訴他們乘船的注意事項。禁止使用魔法，嚴禁用火，至於遇上魔物時的應對方式以及房間分配，到了實際上船之後會有更詳細的說明。

利瑟爾興味盎然地聽著船員說明，夸特也乖乖點了頭。以他的個性本來就不會亂來，也沒什麼特別需要注意的吧。

「那現在就可以上船啦，你要上去了嗎？」

「咦？」

夸特眨眨眼睛，看向利瑟爾。

利瑟爾只露出了敦促似的微笑，想必是要他自己決定的意思。

「啊……」

得說些什麼才行。但他才剛開口，又不發一語地默默閉上嘴。

他就這麼垂下目光，緊抿著嘴唇，彷彿想要斬斷什麼似的。利瑟爾偏著頭，像在問他怎麼了，又像在問他想怎麼做，夸特緩緩抬起低垂的眼眸，看向眼前的人。

「我要，上船。」

「這樣呀。」

「嗯。」

利瑟爾的手掌伸來，撫過夸特的臉頰，彷彿在祝福即將遠行的旅人。

夸特蹭上他的手心，瞇細了刃灰色的雙眸。

「幫我跟你的家人打聲招呼吧。」

「嗯。」

「好好學習現在的戰奴應有的生存方式。」
「我會學習。」
「好好愛你的故鄉。」
「……」
夸特隱忍著什麼似地蹙起眉頭。
太狡詐了，他想。利瑟爾明明說自己是屬於他的人、告訴他可以回來，也從來不掩飾這些，卻直到現在仍然溫柔地告訴他，即使在故鄉扎根也沒有關係。
不過，這全都是利瑟爾的真心話吧。利瑟爾並不是強制他去做什麼，只是要他把遲早得面對的某些糾葛，趁現在做個了斷。
為了讓他自己發自內心，認同自己所做出的選擇。這肯定就是利瑟爾想要的。
「我知道了。」
夸特使勁點點頭，握住包覆著自己臉頰的手掌，忍耐著不握得太過用力，同時又牢牢抓住它，好傳達自己的心意。
「所以——」
他的聲音幾乎顫抖，並不是因為想哭，而是由於願望太過強烈。
夸特按捺著喉間的震顫，有如祈禱似地彎下身，將額頭抵在他握住的手掌上，使勁閉上眼睛。
「——不要原諒我。」
當他緩緩抬起眼瞼，那雙高潔的紫晶色眼眸就近在彼此額頭幾乎相碰的距離。

夸特眼睛眨也不眨地凝視著利瑟爾的雙眸，直起背脊，放下了他一直握著的手，然後鬆開掌心。

「走了。」

「好的，一路順風。」

這就夠了。

他想要確認的唯有一件事情——那就是利瑟爾允許他回來，只要知道這點就已經足夠。

「上船。可以？」

「咦，呃、好……嗯?!」

看見他們倆似乎很捨不得分開，卻這麼乾脆地道了別，船員完全搞不清楚狀況。

直到不久前，兩人之間還散發出一種儀式般聖潔的氣氛，彷彿和普通人居住在不同世界，這麼突然的轉變到底是怎麼回事？即使內心感到困惑，他還是以生硬的動作替夸特帶起路來，可說是船員之中的典範。

「那麼，路上小心。不可以亂吃奇怪的東西哦。」

「不會亂吃。」

「來，劫爾也叮嚀些什麼吧。」

「啊？……別在水裡跟海洋魔物戰鬥。」

「知道了。」

聽見他們的囑咐，夸特各點了一下頭，和朝他揮著手的利瑟爾揮手道別，登上船梯準備出航……雖然在船隻準備好之前還不會真的出航就是了。

這一次，夸特再也沒有回頭。目送他的背影上了船，利瑟爾忽然開口：

「他沒問題嗎……」

「什麼？」

「我先前聽他說過，他從群島來到這裡的原因……」

那又怎麼了？劫爾一臉納悶，而這時夸特的身影已經完全從他的視野中消失，進到了船內。

下一秒，響起某種重物倒下的聲音，同時船員的慘叫聲響徹港口。

「是因為他出於好奇，跑上了異形支配者的船，結果暈船暈得太嚴重，等他醒過來的時候船隻已經出海了。」

「那傢伙是笨蛋吧……」

由於夸特本人一點也不擔心，利瑟爾原以為他暈船的毛病已經治好了，看來沒這種事。夸特怎麼會以為現在的自己不會暈船？

事先有所準備真是太好了，利瑟爾從腰包拿出了一個瓶子。瓶中裝滿了色彩繽紛的糖果，看起來就像七彩的碩大寶石一樣，非常美麗……雖然只是暈車藥。

「是那個老頭送你的？」

「我去買了同一種藥，既然是因薩伊爺爺推薦的，效果一定不錯吧？」

利瑟爾搭乘魔鳥車之前也一定會吃一顆。

這是預防作用，他根本不知道自己會不會暈魔鳥車就吃了藥，也不曾忘記服藥，因此不確定實際上究竟有多少效果。不過可以確定的是，他吃藥之後一次也沒有暈過車。

這種藥對暈船一定有效吧？利瑟爾一手拿著瓶子上了船。多虧了立即發揮的藥效，最後夸特得以活蹦亂跳地離開了阿斯塔尼亞。

129

利瑟爾他們三人身穿冒險者裝備，站在旅店門口。

這身打扮並不是為了前往公會，而是因為今天就是他們離開阿斯塔尼亞的日子了。他們將在日出的同時啟程，因此現在天色仍然漆黑；不過雲層稀少，可見今天一定是放晴的好天氣。

是個相當適合出行的日子。

「仄四便當……」

「謝謝你。」

在他們三人面前，站著滿臉鼻涕眼淚、顏面崩壞的旅店主人。

他本人似乎拚了命想忍住淚水，繃得死緊的顏面肌肉呈現出嚇人的表情，但該流的東西還是全流出來了，一點意義也沒有。然而利瑟爾對此並未多提，只對他露出無比溫柔的微笑。

「旅店的主人為了客人出發哭成這樣，就太沒面子囉。」

「可四以前從來沒有客人住得仄麼久哇……」

嚴重的鼻音讓人難以聽清楚他在說什麼，不過可以確定的是旅店主人非常捨不得和他們道別。

利瑟爾伸出雙手，珍重地接過了旅店主人交給他的便當。他知道旅店主人特地把昨天的晚餐煮得特別豐盛，也知道他從那時候就開始用心製作這個便當了。

「我們會珍惜著吃的。」

「請照著平常那樣吃就好惹……」

「也是呢，旅店主人的料理平常也總是非常美味呀。」

「貴族客人每次都會這樣跟我梭嗚哇啊啊啊啊——」

旅店主人大哭起來，整個人幾乎要趴到地面上了。這該怎麼辦？利瑟爾雙手捧著便當，不知所措地低頭看著他。這份心意讓人非常高興，但坦白說「沒想到他的反應這麼激烈」的心情比較強烈。

一方面或許也是因為利瑟爾他們離開之後，旅店主人就不得不面對零房客的現實了吧。利瑟爾他們留宿這段期間也有幾組客人來來去去，不過現在已經沒有任何房客了。從旅店經營者的角度看來，利潤最可觀的長期單人房住客也相當少見。

「大家都在看我們欸。」伊雷文說。

「不要這樣啊……」劫爾說。

順帶一提，這裡是大街上。

街上可以看見三三兩兩在日出時分展開工作的人們，落下男兒淚的旅店主人使得他們加倍吸引路人的目光。

「別哭了，旅店主人，這樣子會弄髒膝蓋哦。」

「不好意只……」

旅店主人邊吸著鼻子邊站起身來，發出了一聲充滿大叔味喉音的「啊……」，勉強算是平靜了下來。他充血的眼球看起來還是有點恐怖，不過已經能看見旅店主人面帶笑容為他們送行了吧，利瑟爾於是開口道別。

「那麼我們走了，這段時間謝謝你的照顧。」

「要我照顧多久都行所以你們一定要再來住啊，我說真的。」

「這就不知道有沒有機會了。」

「貴族客人在這種時候說話很老實我聽了好難過啊……！」

利瑟爾把便當遞給了劫爾，朝著雙手掩面的旅店主人一臉抱歉地這麼說。

畢竟他哪天甚至可能從這個世界離開，所以無法給出承諾。不為了安慰別人而說出無憑無據的話，還真符合這傢伙的作風，劫爾一手拿著便當嘆了口氣。

「不過，這個嘛……」

「是……？」

「如果再次來到這個國家，我們一定會到這裡留宿的。」

「貴族客人總是對我露出這麼高雅的微笑嗚哇——！！」

旅店主人已經完全沉浸在離別的氣氛當中。

他再次大哭起來，抽著氣目送三人組離開。利瑟爾他們就這樣離開了旅店門口，朝著王宮前進。他們會在那裡和負責外交的王族會合，由魔鳥騎兵團載著他們一起出發。

「聽到人家像那樣說希望以後還有機會見面，很令人高興呢。」

「一看就知道那是他的真心話嘛。」伊雷文說。

畢竟都這個年紀了，旅店主人也通曉社交辭令，不過看他剛才惜別的模樣，完全不像出於禮貌的場面話。
一看就知道旅店主人發自內心捨不得和他們道別，因此利瑟爾也直率地感到高興。正因為利瑟爾對人心機微相當敏感，才覺得這種事特別難得。
當然，劫爾和伊雷文也不覺得排斥……不過只是不排斥而已，他們的確有點嚇到。要惜別沒關係，但還是稍微自重一點嘛。
「時間應該來得及吧？」
「叫你起床就是為了不要遲到啊。」劫爾說。
「大哥，你都是怎麼醒來的啊？」
「自然就醒了。」
他們不趕時間，以尋常的步伐走出巷子，來到平時攤販雲集的大街。
現在攤位上幾乎沒有人，街道兩側排列著空攤，或許是阿斯塔尼亞總是熱熱鬧鬧的關係，這景象讓人有點哀傷。
這時，利瑟爾忽然注意到一名女子從正前方走來。她穿得很隨興，睡眼惺忪地推著手推車，一綹由於剛睡醒而分線不見的頭髮落到臉上，她伸手把它往上撥，像一種習慣動作。
女子也注意到了利瑟爾他們，帶著仍有點想睡的眼神露出笑容，朝他們揮了揮手。
「那誰啊？」
「擺攤的老闆，就是那個糖漬花瓣的攤位。」
「喔——」
利瑟爾和那個賣糖漬花瓣的老闆說過幾次話。

看來她正準備開店，推車上放滿了瓶瓶罐罐，在顛簸中撞出哐噹哐噹的聲響。天還沒亮，中間又隔著一條街道，因此利瑟爾只揮了揮手回應她。

「你們出發前也跟大家打過招呼了嗎？」

「算是吧。」劫爾說。

「大哥，你在這邊有需要打招呼的熟人喔？」

「你沒資格說我。」

伊雷文無意挑釁，只是出於單純的疑惑這麼問，因此劫爾也並不覺得不高興。

這也不奇怪，他們並未掌握彼此所有的交友關係。一有空就往迷宮跑的男人居然在這裡結交了熟人？利瑟爾也是第一次聽說這件事，不可思議地看向劫爾，說：

「劫爾，你先前沒有到過這個國家吧？」

「有個老朋友在這裡開酒館。」

「哦，在這裡重逢真巧呢。」

是曾經的冒險者，還是故鄉的熟人呢？

無論如何，劫爾肯定沒想過會在阿斯塔尼亞這種邊境地區遇見舊識。真想看看他當時的反應，利瑟爾這麼想著露出微笑。

劫爾提起老朋友的時候語氣沒有他意，這想必是一場令人愉快的重逢。對方只看一眼一定就注意到那是劫爾了吧，利瑟爾看著那張兇神惡煞般的臉暗自心想。

「又怎麼了？」

「不，沒什麼。」

此舉招致劫爾狐疑的眼神，利瑟爾於是敷衍過去。
「啊對啦，我後來見到我老爸了欸。」
「啊，那太好了，在哪裡遇見的呀？」
聽見伊雷文忽然想起什麼似地這麼說，利瑟爾意外地眨了眨眼睛。
伊雷文先前說過離開前多半見不到父親，最重要的是他父親是究極嚴重的路癡。利瑟爾也是明白這點，才會一聽他這麼說就問「在哪裡」。
「沒什麼特別的欸，就在路邊遇到。」
伊雷文邊說邊趕過他們前方緩慢前進的推車，順手拿起車上的一顆果實咬了一口，邊吃邊把銅幣拋向拉著車的老翁。那枚銅幣掉進了老翁掛在脖子後方的草帽，一聲沙啞的「多謝惠顧」從他身後傳來。
「他說他是為了躲那個魔力聚積地……魔力點？所以才跑到城裡避難。」
「這麼說來你好像說過。」劫爾說。
「魔力點來到了你老家的位置呀？」
在森林中形成的魔力聚積地會緩慢移動。
先前伊雷文說過，魔力聚積地靠近住家位置的時候，他們家會進城避難，這一次也是類似情況，他的父母都待在阿斯塔尼亞城內。
「結果如何？」
「也沒有如何啊……就打個招呼說好久不見，剛好是吃飯時間嘛，我們就在附近隨便找間餐廳聊了一下。」

伊雷文邊嚼著水果邊回想道。總而言之，他和父親見到面了就好，利瑟爾點點頭。儘管對親情看得比較淡，但既然不排斥，那有見面總比沒見到好。

在他們造訪阿斯塔尼亞的途中，主動提議回老家一趟的是伊雷文自己。即使那只是一時興起，即使目的不是探望雙親、而是炫耀自己的隊友，父母在伊雷文心裡仍然是特別的人吧。他們能度過一段親子獨處的時間真是太好了。

「對了，昨天我聽到傳聞說，有一對親子把餐廳裡所有的儲備食材都吃光了。」利瑟爾說。

「那大概就是我們啦。」

「原來你像到老爸啊？」劫爾說。

「是啊？」

劫爾恍然說道，伊雷文則嘻皮笑臉地回應。

利瑟爾覺得他的五官還滿像母親的，不過這麼看來大食量顯然遺傳自父親。每次見到伊雷文的母親，她總會叫他們多吃點，或許是因為她身邊的男人們都食量驚人吧。

「母親沒和你們一起嗎？」

「沒有欸，老媽每次進城都會跑到朋友那邊去。」

有些朋友非得趁著這種機會才見得到面。

看來魔力聚積地也是不錯的藉口呢，利瑟爾把頭髮塞到耳後，往路邊靠了一點，避開來自對街的推車。在推車經過身邊的時候，他不經意看了一眼，上頭堆著滿滿的椰子，彷彿隨時都會從車上滾下來。

「那隊長咧？」

「我跟團長他們打過招呼了，還有其他曾經關照我們的人，只要見得到面我都去拜訪過了。」

在這種地方發揮認真細心的特質，感覺很像職業病……劫爾這麼想，不過沒說出口。

「團長小姐好像也差不多在考慮離開阿斯塔尼亞了。」

「是喔——巡迴型的劇團好像都是這樣欸。」

「他們也會找護衛之類的嗎？」

「以他們劇團的規模，找護衛得花不少錢。」劫爾說。

阿斯塔尼亞稍微遠了一些，不過幻象劇團平常都在王都附近的國家巡迴。道別的時候，團長挺起胸膛說，感覺未來還會再見到他。雖然這話沒什麼根據，不過利瑟爾也沒來由地這麼覺得。他沒有多問劇團的下一站是哪裡，說不定馬上就能在王都見面呢。

「所有團員一起大喊了三聲萬歲歡送我哦。」

「糟透了。」

劫爾發自內心討厭這種事情。

利瑟爾倒是不排斥，當時高高興興地接受了。換作是伊雷文，他也會知道大家是鬧著玩，因此配合當場熱鬧的氣氛接受歡送，這就顯示了每個人性格的不同。

「說起來，不是有個冒險者對那個團長有著美好幻想嗎？」伊雷文說。

「是的。啊，對了……」

與其說是對團長，應該說是對於「團長飾演的魔王」比較精確。

劫爾和伊雷文都把這段戀情稱為「修羅之道」。利瑟爾的腦海中浮現那個男性冒險者的臉孔，回想起他和團長道別時聽說的事情。當紅演員實在太富有魅力，無論在哪個劇團都難免成為罪惡的存在吧。

「團長小姐說，那個人邀請她一起參加慶典哦。」

「真假啊？」

「那傢伙也不知道那個團長的真面目吧。」劫爾說。

「這個說法好過分哦。」

「是事實。」

劫爾說著哼笑一聲。確實說是「真面目」也不為過，利瑟爾露出苦笑。

事實上，那名冒險者只有在公會爭吵那次見過團長平常的樣子，當時他根本沒有半點心動的感覺。奪走他的心的不是團長，而是那位高傲而美麗，以威嚴與魅力使人臣服的魔王。

即使見到團長平常的模樣，這份戀慕也不會因此消失……這種事太過理想化了，不太可能發生。實際上，利瑟爾他們和團長本人都覺得，到時候那個冒險者一定會感到絕望吧。

「所以咧，她答應了嗎？」

「好像答應了哦。」

聽見利瑟爾乾脆地這麼回答，伊雷文訝異地張開嘴。

「團長小姐是帶著大膽的笑容這麼說的：『他都用那麼浪漫的方式邀請我啦，就讓他作一場好夢吧』。」

利瑟爾倒不覺得意外。
無論平常舉止如何，她也是位成年的女性，可沒有遲鈍到沒發現來自他人的好感。團長的表演實力不容小覷，至今飾演過無數充滿魅力的女性，也難免有人因此愛上她吧。
她一定也很習慣閃躲那些觀眾的好感了，要她演出一場優雅又斷得一乾二淨的道別戲是輕而易舉的事。
「你確定她不是打算親手粉碎人家的幻想？」劫爾說。
「這個嘛，那位冒險者那麼熱情地支持他們的表演，這方面她應該也滿高興的吧。」
劫爾說這實在難以置信，利瑟爾則笑著說他實在太失禮了。
假如動輒糾纏騷擾那當然另當別論，但那名冒險者只是個單純的粉絲。觀眾的美好幻想是劇團所給予的，身為劇團的一員，團長又怎麼可能破壞這種夢想呢？她可是個敬業的表演者啊。
「那她會保持魔王殿下的樣子，漂漂亮亮地拒絕他喔？」
「好像是這樣呢。」
「太無聊啦——我還以為那傢伙一定會絕望的咧。」
先撇開無不無聊不談，後半句坦白說利瑟爾和劫爾也是這麼想的。
三人從大街轉進小巷，這段時間他們多次造訪王宮，早已找到了一、兩條捷徑。
「還有，小說家小姐在旁邊聽到這件事，還捶著地板感嘆自己為什麼沒有豔遇呢。」
「因為她一有豔遇就代表該報警了吧？」伊雷文說。
劫爾深感贊同地點頭，彷彿在說「說得對」。

為了顧及小說家的名譽，利瑟爾沒跟著點頭，不過也沒有否認。

順帶一提，小說家雖然尋常地表示捨不得與他們道別，不過同一時間，她那雙因為連續熬夜而失神的眼睛，卻彷彿捨不得好用的靈感來源離她而去一樣炯炯發著光。由於幻象劇團決定離開阿斯塔尼亞前往下一站的關係，她與團長約定好的劇本也必須在劇團出國之前完稿，她正趕著在時限之前把它完成。

「小說家小姐完全把我們當成了靈感來源呢。」

「至少可以確定她完全沒把我們當作異性。」劫爾說。

「她看起來那麼怕男生，可是跟我們說話的時候還滿健談的，一看就知道是這麼回事啦。」伊雷文說。

各種意義上，他們三人都不缺女人緣。

因此，這次如此徹底地被排除於「異性」的範圍之外，他們反而覺得省事，雖然還是會疑惑這到底是為什麼。

「對啦隊長，你伴手禮買齊了嗎？」

「是的，託你的福。」

「還真勤快。」

「總是希望他們開心嘛。」

巷子裡瀰漫著清晨澄澈的空氣，以及獨特的寧靜氛圍。

道路狹窄，張開雙臂就能碰觸到兩側的牆面，伊雷文遊戲似地以指尖劃過牆壁的聲音在巷道裡微微迴響。不會被牆壁另一側的居民聽見嗎？利瑟爾不可思議地這麼想著，一邊回想起王都那些他準備送上伴手禮的對象。

應該沒有遺漏才對，賈吉、史塔德，還有……他在心裡數著，仰望微亮的天空。

「阿斯塔尼亞真的很不錯呢，有這裡獨到的特色，挑選伴手禮也挑得很開心。」

「雖然怪東西也多。」劫爾說。

「啊——真的真的，有些東西讓人搞不懂到底誰會買欸。」

劫爾他們回想起剛抵達阿斯塔尼亞的時候，面對那種無論擺在什麼房間肯定都格格不入的奇妙擺飾，利瑟爾也曾經站在它前方聚精會神地端詳。

當時利瑟爾沒有買下那個用途不明的擺飾，後來卻從迷宮寶箱裡開出了類似的東西，惹得他們大爆笑。

「啊，是在那邊轉彎嗎？」伊雷文問。

「是的。」

三人轉進伊雷文所指的那條巷子。

再走出大街的時候，就能看到白牆的宮殿背著初升的朝陽出現在遠方。這時仍然只看得見王宮高處，上空有幾隻小小的魔鳥正繞著圈飛行。

看見王宮之後，還得再走一段路。

他們穿過逐漸熱鬧的街道，終於抵達了王宮大門。果然，他們只說聲早安，衛兵就直接放行了，或許是知道他們三人要與派往撒路思的使者同行的關係……雖然他們平時也從來不曾被攔下。

「嗯，就在那裡呢。」利瑟爾說。

「是啊。」劫爾說。

一走進大門，就能看見魔鳥聚集在開闊的庭園裡。

深處還擺著兩輛魔鳥車，顯然就是準備前往撒路思的隊伍。有些騎兵正四處忙碌，進行最後準備，也有些騎兵已經準備完成，正在讓自己的魔鳥放鬆休息。

兩輛魔鳥車之間隔著一段距離，多半是有什麼顧慮吧。利瑟爾他們在其中一輛魔鳥車旁邊看見熟悉的身影，於是朝著那邊走去。

「喔，你們來啦。」

「早安，納赫斯先生。」

「嗯，早安。」

納赫斯轉向他們，笑著抬起手打招呼。

在他身後，他的魔鳥緩緩走近，把嘴喙往魔鳥車靠了過去。不知是不是閒得沒事做，牠反覆把嘴喙戳進半開的車門又抽出來，蓬起羽毛抖了抖身體。

「可以直接上車了嗎？我還很想睡欸。」

「這個嘛……」

伊雷文一開口馬上指著魔鳥車這麼問，納赫斯卻不知為何欲言又止。

這麼說來，他剛才看起來確實很煩惱的樣子，利瑟爾疑惑地看向另一臺魔鳥車。

「我們搭那一輛比較好嗎？」

「不，那輛姑且算是王族用的……」

「那不就好了？」

或許是想早點開始睡回籠覺的關係，伊雷文莫名其妙地皺起臉來。利瑟爾拍著他的背加以安撫，伊雷文因此直起背脊，然後又鬧著彆扭把肩膀靠到了利瑟爾身上。

「雖然你說『姑且』，但那輛車確實是準備供王族使用的吧？」利瑟爾說。

「外觀看起來這麼豪華。」劫爾說。

看來一如預期，這次的使者是由某位王族成員擔任。

利瑟爾打量著那輛裝飾偏多的魔鳥車這麼想道，而劫爾也表示贊同。魔鳥車必須盡可能減輕重量，因此裝飾並不算特別華貴，但施加於各處的精工與飾布確實抬高了它外觀的格調。

那麼，究竟有什麼好煩惱的呢？利瑟爾看向納赫斯，只見他一臉為難地打開了眼前那輛魔鳥車的車門。

「啊。」

「原來是這樣喔。」

「說起來確實……」

確實有這麼一回事，三人看見車內的景象，紛紛表示理解。

「……這輛看起來比較舒適啊。」納赫斯說。

「因為賈吉非常努力改造嘛。」

聽見利瑟爾露出溫煦的微笑這麼說，納赫斯揉著眉心嘆了口氣。

阿斯塔尼亞當然也相當重視供王族使用的魔鳥車，甚至仔細觀察了賈吉施加的改良，一邊讚嘆一邊思考是否也能運用同樣的方法改造其他魔鳥車。

但正如前文所述，魔鳥車最重要的是減輕重量。賈吉之所以能夠改良魔鳥車，是因為他大量使用了稀有素材，要是真的想依樣畫葫蘆，預算和素材根本都不夠用。

結果，兼顧了輕量化與舒適度的賈吉特製魔鳥車，就這麼超越了王族所搭乘的車廂。

「你說他是商人對吧？」

「是商人沒錯。」

利瑟爾帶著自豪的微笑點頭。

看來實在改良得太好了，好到納赫斯得再次確認他的職業。

「不過，光看外觀還是那一輛比較豪華，所以你們就搭這一輛吧。」

「在外交上確實必須注意這種地方呢。」

「拜託你說話像個冒險者一點好嗎？」

面對不知為何表示理解的利瑟爾，納赫斯不留情面地吐槽。

在他們身邊，伊雷文和劫爾已經事不宜遲地彎下腰來，坐進魔鳥車。站在門邊的魔鳥把頭縮了回去，免得擋到他們上車，等到他們兩人坐進車廂，又再度探頭往車裡看。

「大哥，要是跟賈吉說這輛車拿去給王族搭了，你覺得會發生什麼事？」

「他會哭吧。」

「對吧，一定會哭。」

聽見這段夾雜著笑聲的對話，在車廂外與納赫斯交談的利瑟爾忍不住苦笑。

納赫斯顯得有些歉疚，利瑟爾搖了搖頭，要他不必介意。身為騎兵，納赫斯必須以王族的名譽為優先，但也是因為知道內情，他才會一直這麼煩惱，這些利瑟爾都明白。

劫爾他們這麼說也沒有其他意思，納赫斯真的不必介意。

「不好意思啊。」

「不會，我才該說不好意思呢。」

「利瑟爾先生，你也先上車吧。」

納赫斯環顧周遭這麼說，看來差不多該出發了。

「等到親王殿下到場，我們就出發了。」

「就是負責外交的那位親王嗎？」

「是啊。國王陛下排行第一，亞林姆殿下排行第二，這一次同行的則是排行第六的親王。」

利瑟爾若有所思地點了點頭。

負責這一帶的外交事宜，行動力強，由於喜歡與人交流而被拔擢為外交負責人……從納赫斯的口吻聽起來，不難想像那是位深受人民仰慕的王族。

「親王殿下會和兩位擔任貼身侍衛的侍衛兵一起搭乘那輛魔鳥車。」

「我們不需要去打聲招呼嗎？」

「嗯，不需要吧。亞林姆殿下已經都交代清楚了。」

這樣你們也比較輕鬆吧。納赫斯理所當然地這麼說，只能說他顯然徹底習慣了利瑟爾他們的作風。有哪個冒險者會這樣白白放過讓王族記住自己的機會？

一般來說，這種時候讓冒險者去打聲招呼才是善意的表現，但納赫斯早就放棄了這種想法。

「親王殿下很擅長和人縮短距離，不過……他也是很積極跟人打交道的類型。要是不想在路上一直被殿下糾纏，你還是早點上車吧。」

「確實，感覺劫爾他們不太喜歡遇到這種事呢。」

基本上伊雷文對人非常親切，不過視對象而定，他有時候也會嫌煩。

因此為了平穩的旅程著想，還是聽從納赫斯的建議比較好。利瑟爾站在車廂門前，伸手揉了揉一旁魔鳥胸口的羽毛。

「有時間的話請像之前一樣，讓我坐在你背上吧。」

利瑟爾微笑著這麼說，魔鳥從喉間發出「嘰咕」的叫聲回應。

雖然不清楚這是答應還是拒絕，不過可以確定的是魔鳥接受了他的撫摸。那麼應該可以期待一下吧？利瑟爾把撫摸胸前羽毛的手移到厚實的嘴喙旁，搔了搔牠的喙部前端。

魔鳥把嘴喙往他手上蹭，輕咬著他的手，感覺有一點癢。利瑟爾有趣地笑著，彎身上了車。

「好，所有人該帶的東西都帶了吧？」納赫斯說。

「是的。」

「嗯——」

伊雷文拍著椅子要利瑟爾坐在他旁邊，利瑟爾於是在那裡坐了下來。劫爾也環抱雙臂，倚在有靠枕的椅背上安頓下來。

納赫斯把手搭在車門上，探頭向他們做最後一次確認，利瑟爾他們則點點頭表示一切都沒問題。從近處、遠處，零星傳來幾道魔鳥的叫聲。
「送給王都朋友的伴手禮也買了嗎？」
「是的，按照人數買了。」
「這種東西要多買幾份啊，總是不知道還需要送給誰嘛。」
納赫斯這麼說著，無奈地往懷裡掏了掏，然後朝利瑟爾伸出手。
那隻手裡握著色彩鮮豔的絲線編織而成的美麗飾繩，繩子底下掛著……三個稍嫌過大的木雕人偶。
造型完全就是那種讓人納悶收到這種禮物有誰會高興的擺飾。不，木雕技術本身是非常精良的。
「來，這是平安符，很適合當作伴手禮吧？」
「平安符……」
「我早就料到會有這種狀況，提前買下來備用真是太好啦。」
納赫斯心滿意足地笑著把平安符遞給利瑟爾，後者這次也一邊聚精會神地打量那些木雕人偶，一邊伸手接了過來。手掌上傳來和尺寸相符的重量，沉甸甸的，看來使用了質地相當優良的木頭。
劫爾和伊雷文也不禁面無表情地湊過來打量那些木偶。
「為什麼要……」
「噓。」
利瑟爾制止了忍不住發出質疑的伊雷文，向納赫斯道了謝。

這麼說來，先前騎在魔鳥背上兜風的時候，也聽納赫斯說過他想送旗魚給西翠，卻被對方拒絕的故事。明明是這麼細心體貼的人，缺乏送禮品味未免太可惜了。

「再來就是……公會那邊的手續也辦完了吧？這我可沒辦法幫你們處理喔。」

「請別擔心，出國不需要辦理什麼手續。」

「嗯？原來是這樣啊。」

「冒險者更換據點的時候，直接到新據點的公會辦理相關手續就可以了。」

納赫斯在各方面都這麼關心他們，利瑟爾心懷感謝地一一回答。

就在這時，納赫斯的搭檔忽然鳴叫了一聲。怎麼了？納赫斯抬起臉來，中斷了說到一半的話語。利瑟爾也抬頭看著直起上半身的納赫斯，注意到外頭顯得有點嘈雜。

劫爾不感興趣地瞥了車門一眼，伊雷文則把手肘撐在車門對側的車窗上看著窗外。利瑟爾也偏著頭，從門口被納赫斯身體擋住的空隙窺探外面的情況。

「唔喔，我第一次看到殿下走出書庫……」

「不過最近也聽到傳聞說，殿下偶爾會在走廊上走動。」

「可是這裡是外面耶，居然……」

該不會是……聽見走過魔鳥車旁邊的騎兵們這麼交談，利瑟爾心想。

就在這時，納赫斯從門口退開，同時照進車內的朝陽，被另一道人影遮擋起來。事後伊雷文說，那個布團彎下高眺的身體湊過來往車裡看的視覺效果實在有點嚇人。

「老師。」

「早安，殿下。」

「唔、呵呵，早安。」

利瑟爾站起身想出外迎接，褐色的手掌從布團裡悠然伸出來，制止了他的動作。手腕上的金飾隨動作輕晃，清涼的金屬聲傳入車廂。

「我來、送你們了。」

「深感榮幸。」

利瑟爾瞇起眼露出微笑，亞林姆也在布料底下露出柔和的笑容。

在他看來，利瑟爾是重要的書友，是能夠對等分享知識的對象，同時也是教導他古代語言、值得尊敬的老師。不用想也知道，前來送行是理所當然的。

「和令弟同行，讓人有點緊張呢。」

「不要管他、就好了。跟那傢伙扯上關係，他會很煩人的，我也交代過他、不要動不動跟你們裝熟了。」

亞林姆告訴弟弟的，是最容易理解的一刀的名號。

他的弟弟們也聽說過有冒險者出入王宮書庫的事，也知道這次演變成派遣使者談判的魔鳥騎兵團遇襲事件，表面上是由一刀保衛著亞林姆解決的。

為了表示謝意，這一次特別送一刀他們前往王都……把這當成利瑟爾他們同行的藉口，比較方便交代。

「面對孤高的B階冒險者，我想那傢伙也不至於太纏人吧。」

對吧？亞林姆偏了偏頭，布料隨之滑動，發出細微的沙沙聲。

劫爾瞥了他一眼，接著嫌麻煩似地又把視線隨便投向別處。亞林姆上述那段話的意思就是，「利瑟爾可以自行判斷要不要跟那個親王打交道」，同時也示意劫爾負責接下所有麻煩。

該說真不愧是王族嗎？犧牲他人、守護該保護的對象的手腕還真熟練，劫爾撇撇嘴，諷刺地笑了。

「殿下，時間差不多了。」

「是嗎？」

納赫斯確認了負責擔任使者的王族已經現身，於是向亞林姆稟告了一聲。

亞林姆習以為常地應道，緩緩直起了腰。恢復端正的站姿之後，他頎長的身高顯得更加醒目，布團動了動，不曉得他在裡面做了什麼。

然後他再度彎下腰來，從布料縫隙間伸出了一隻手。

「老師。」

「是……」

看見掛在那指尖上搖晃的東西，利瑟爾眨了眨眼睛。

金色的手環反射著淺淺的光輝，那是亞林姆平時隨身佩戴的飾品之一。

它沒有鎖釦，是個形狀圓潤的金屬圈，一部分金屬經過加壓似地變寬，上頭刻著阿斯塔尼亞王族的紋章與數字「II」。

「這個、給你。」

「我想這應該是不能由我保管的東西……」

「沒關係，而且這也有可能、派上用場、呀。」

眼見利瑟爾露出苦笑這麼說，低沉富有磁性的聲音愉快地輕語。

言下之意是，萬一利瑟爾有需要，拿出這個手環來使用也沒有關係。這等於是允許了利瑟爾運用自己的名號，主動授予利瑟爾這分恩惠，並允諾負起相關的責任。

「殿下……！」

「唔呵、呵。」

這實在有點過火了，納赫斯焦急地出聲勸諫，但亞林姆只是一笑置之。

亞林姆確信，利瑟爾不會拿這手環去為非作歹；利瑟爾會有效運用它，使用的時候不僅不會為亞林姆帶來損失，反倒還會帶來利益。

不過他也並非是要刻意追求利益，只是覺得利瑟爾一旦動用它，多半會帶來這樣的結果而已。

「雖然不確定能否滿足您的期待……」

「隨你的意思使用，就好了、喲。」

亞林姆沒把手環放到利瑟爾伸出的手掌上，而是把掛在指尖的手環重新拿好，十指圍繞著那個金環。利瑟爾明白了他的意思，於是收窄五指，讓亞林姆替他戴上手環。

金飾在利瑟爾的手腕上晃動。

「——‧‧——……」「（我期待與你再次重逢。）」

當亞林姆抽回手，可以看見布料縫隙間隱隱露出的嘴唇勾著笑弧。

聽見那雙嘴唇哼出的簡短音韻，利瑟爾並未多加回應，只是微微一笑。

但這已然足夠。亞林姆從車門前退開，整個人再度被裹在層層疊疊的布料底下。

「殿下，謝謝您。這段時間各方面都受您關照了。」
「我才是，路上、小心喲。」
他一轉身，色彩鮮豔的布料隨風翻動，逐漸走遠。
這時，想必是這次與他們同行的親王正好現身，那道驚訝地叫住亞林姆的聲音一路傳到了車廂內。
「亞林姆兄長大人?!你怎麼會在外面……啊，該不會是特地來替我送行？」
「不是、耶。」
「什麼嘛，這太讓我難過啦。」
總覺得這聲音有點耳熟。
就在利瑟爾納悶地這麼想著的時候，納赫斯關上了他們的車廂門。剛才他也說過王族抵達之後立刻出發，這麼一來一切都準備就緒了。
亞林姆似乎真的不打算替弟弟送行，就這麼跟那位親王擦肩而過。車廂裡隱約聽得見親王抗議的聲音，不過只持續了一會兒就聽不見了，應該是坐進魔鳥車裡了吧。
「他剛才說什麼啊？」
「嗯？」
「那句古代語言啊。」
利瑟爾把手環從手腕上摘下，珍重地收進腰包。
手環尺寸偏大，感覺隨時都會輕易鬆開，戴著實在太提心吊膽了。這畢竟不是適合到處招搖的東西，亞林姆也不是為了讓他平時隨身佩戴才送給他的吧。

「這個嘛……」

聽見伊雷文的疑問，利瑟爾忍不住笑了出來。

周圍陸陸續續傳來魔鳥的振翅聲，利瑟爾他們所搭乘的魔鳥車也在四個方向的拉力下晃動起來。

「『我難過與你再次重逢』。」

車廂大幅晃動了一下，利瑟爾他們各自扶著車窗或牆面穩住身體。

起飛時容易搖晃，他們去程已經體驗過很多次了，因此一點也不怕。

「啊？」

「隊長你說啥？」

「應該是想說『期待』卻說錯了吧。」

單一方向的離心力，以及內臟下沉般的飄浮感。

往前進的同時，感覺得到高度也緩緩抬升。利瑟爾他們看向窗外，俯瞰阿斯塔尼亞的街景。

車隊繞著大圈飛過整個國家上空，在空中劃出和緩的弧線，或許是在通知國民們使者要出發了吧。無論何時，每當魔鳥的影子遮蔽阿斯塔尼亞高照的豔陽，每一位國民總是會停下手邊的工作抬頭仰望。

往下方看去，可以看見許多人朝著這裡揮手。

「也太搞笑了吧——」

「殿下在書寫方面明明很無懈可擊的呢。」

從窗口也可以清楚看見飛在近處的魔鳥騎兵。

在翅膀劃破空氣的銳響當中，他們對著下方自己應該守護的國民高興地揮著手回應。利瑟爾見狀，也從窗口露出臉來，試著朝大家揮了揮手。

「你這副樣子怎麼看都是個貴族啊。」劫爾說。

「咦？」

「對欸，看起來很像是『大家好我來視察了』那種感覺。」

明明只是揮揮手而已。利瑟爾擺出有點賭氣的態度，把頭縮回了車廂內。

朝著這裡揮手、以及他們揮手回應的那些人群當中，是否也有熟悉的面孔呢？他心想。

「啊，是老爸欸。」

「咦？」

「在哪裡啊……」

「就是那個人啊，拖著一頭大野豬的那個。」

三人聽了全部聚到同一側車窗前尋找伊雷文爸爸的身影，後來納赫斯立刻飛了過來，生氣地叫他們搭魔鳥車時不要擠在同一邊。

「啊。」

那是幾天之後的事情。

亞林姆在書庫研究古代語言的時候，終於發現自己把送別的那句話徹底說錯了。發音果然很難呢，他這麼想著，把指尖按在手中那本書的書角上。

「不過，沒關係吧。」

誘人的嗓音發出了缺乏抑揚頓挫的竊笑聲。

他已經毫不吝惜地對利瑟爾表現出善意，甚至露骨到了身為王族不該這麼做的地步，對方不可能照著字面理解他的意思。亞林姆下了這個結論，把手中的書本又翻過一頁。

這裡是對他而言最為安寧的書庫。安坐在原位不動的布團，沉入了撤掉書桌椅、恢復從前模樣的書架之海，在其中自在地漂蕩。

130

從魔鳥車頂端四個角落延伸出去的繩索，由四隻魔鳥分別牽引。

由於騎兵們精湛的騎乘技術，魔鳥飛得井然有序，再加上魔鳥車動員了阿斯塔尼亞所有的技術專家來設計、製作，旅途中的搖晃遠比想像中還要輕微，就算魔鳥飛到一半打個噴嚏也不會造成影響。

優雅享受著這段舒適的天空之旅的其中一位旅客，也就是身為王族的男子忽然開了口。

「太無聊啦。」

男子環抱雙臂、蹺著腿，鬧彆扭似地這麼說，同車的兩名護衛不約而同地嘆了口氣。

「這句話剛才就聽您說過了。」

「一直坐在原地不動也坐膩啦。」

「午休時間不是才剛結束嗎？請您安分一點。」

護衛們習以為常地敷衍過去，男子皺起凜然的眉毛表示不滿。

他也不是想在魔鳥車裡蹦跳玩耍的意思，但什麼事也不做一直坐在原位實在太難捱了。看風景吧，看個三十分鐘之後也沒什麼趣味了，然後同車的又是兩個抱起來一點也不柔軟的粗壯男人。

「如果你們是女的就好啦……這趟一定會變成一刻千金的旅程。」

「您不要玩女人玩得太過火，否則又要被國王陛下罵囉。」

聽見護衛責備似地這麼說，男子擺了擺手，露出充滿自信的笑容。

「玩女人不是王族的義務嗎？」

「您至少說是嗜好吧？」

「請您不要引發繼承權爭奪戰喔。」

護衛嫌棄地皺起臉來，男子見狀拍著大腿豪邁地哈哈大笑。

他把手肘撐在大開的車窗上，眺望鋪展在眼前的天空，覺得稍微轉移了一點注意力。男子深深吸了一口氣，俯瞰底下的景象。

散見於地面的樹木看起來只剩下小點，可以看出現在飛行的高度相當高，比起駕馬過去，速度確實快了很多。

然而比起搭乘魔鳥車，男子比較偏好平常和他那兩匹被稱作「象馬」的愛馬一起進行的旅程。一步一腳印地踏著連綿不斷的大地前進，有那麼些瞬間，他會覺得連一草一木都是那麼可愛。

「要是這趟出差沒那麼趕時間就好囉。」

當然，他也並不討厭魔鳥。

男子托著腮，把臉頰整個壓在手掌上這麼喃喃自語。這時，有隻魔鳥掠過他的視野邊緣，然後又逐漸遠離，看見覆蓋牠整個胸口的鞍座上繫著繩索，男子才想起這次的旅程還有另一輛魔鳥車。

是他那位平常老是蝸居在書庫、鮮少見面的哥哥，所允許同行的冒險者。

「我記得是一刀吧？」

男子露出笑容，從窗口探出頭看向後方。

理所當然只看得見魔鳥車，看不見坐在車裡的人。原本想說會不會剛好有人從窗戶探頭出來，但這麼巧的事並沒有發生，男子一臉惋惜地把頭縮了回來。

「騎兵不是交代過不要隨便把頭探出去了嗎？」

「只是稍微看一下而已嘛。不過，最強冒險者啊……真想見識一次看看。」

身為王族的男子是什麼時候聽說這號人物的？

他擔任外交要角，經常帶著護衛四處拜訪各個國家。其中當然以附近的國家居多，應該是在造訪當中某一國的時候聽說的吧。

那是他和同樣負責外交的人物交談時，對方提起的話題。

『要是能聘請最強冒險者擔任護衛，身邊就不用帶著那麼多保鑣，行動起來應該也會更方便吧。』

對方半開玩笑地笑著這麼說道。原來還有這樣的冒險者？男子第一次聽說，驚訝之餘也相當好奇。

仔細一問才知道，原來所謂的「最強冒險者」也不過是傳聞。傳聞內容淨是些稱之為「最強」確實當之無愧的事蹟，不過實在太令人難以置信，就算經過加油添醋也未免太誇張了。

「我今晚去找他好了。」

「拜託您不要這樣。」

馬上被護衛否決，男子再次把頭撐在窗框上。

他吊起一邊嘴角笑了，這表情相當做作，卻很適合他這個人。

「果然不行嗎？」

「不行，萬一出了什麼事，我們可無法保護您啊。」

「你們是我的護衛，怎麼可以放棄職責呢？」

他挑釁地這麼說道。但正是因為實力優秀，兩名護衛才明白雙方的實力差距，因此只是聳聳肩並未理會。

「就連我們侍衛長，第一眼見到一刀都說『這傢伙制不住啦』，直接放著他不管了。」

這兩名護衛隸屬於王宮侍衛兵。

他們平時負責王族周遭的守備工作，在阿斯塔尼亞軍隊當中也屬於精銳當中的精銳，而他們口中的侍衛長，當然就是虎族的那位王宮侍衛長了。

「連那位猛將都這麼說嗎？難道一刀真的跟傳聞中一樣厲害？」

「怎麼可能。」

護衛大動作聳了聳肩膀。

「我不知道您說的是什麼樣的傳聞，不過對那傢伙來說應該連冒險事蹟也算不上吧。」

男子睜大眼睛，雙眼興味盎然地閃閃發亮。

居然連他完全不相信、當初一笑置之的那些傳聞，都不足以表現這名最強冒險者真正的價值。果然好想見見他啊，這些護衛豈止沒有勸阻他，說這話反而是搧風點火，男子怨恨地瞪了他們一眼。

「可是……兄長大人事先警告過我了啊。」

男子立刻放棄了這個念頭，把視線投向低矮的天花板。

他把脫力的身體深深沉進座椅當中，膝蓋幾乎和坐在對面的護衛相碰。空間狹小的問題就不能想點辦法嗎？他心想。不過就是沒辦法解決，所以車廂才一直都這麼狹窄吧。

「您是說亞林姆殿下？」

「是啊。昨天他把我叫到書庫，交代我『千萬不准給我做出勾搭裝熟、有損禮節的事情』。」

被哥哥搶先將了一軍，男子大嘆可惜地垂下肩膀。他絕不會輕忽兄長的忠告。

阿斯塔尼亞王族的所有兄弟姐妹，全都知道二哥亞林姆的頭腦有多麼聰明，也知道他的頭腦不僅能為國家帶來利益，同時也會為了守護國民而運作。

「他還跑來送行了不是嗎？那個兄長大人耶。」

話雖如此，這一次亞林姆或許沒有別的意思，只是警告他不要給人家添麻煩而已。

「是啊。」

「我已經好幾年沒見過他在外面、在太陽底下行走的樣子啦。」

男子邊蹺起腿邊這麼說，態度與其說是在鬧脾氣，倒比較像是覺得有趣。

他的腳踝隨著動作露了出來，褐色的肌膚上戴著許多金飾，在每一次晃動相碰時發出清脆的撞擊聲。

「贏得那位兄長大人信賴的冒險者啊……」

果然還是好想見上他一面啊。男子撇撇嘴露出好勝的笑容，接著又開始抱怨實在太無聊了，「沒有撲克牌之類的可以玩嗎？」

啪沙、啪沙，紙牌滑過桌面的聲音連續而不規則地響起。

「先前好像沒有午休時間欸。」伊雷文說。

「應該是因為這次有王族同行吧。」利瑟爾說。

那是撲克牌一張接著一張疊在桌上的聲音。桌子是賈吉裝設的摺疊桌，平常可以摺起收納在旁邊。

「這麼說起來，先前確實是邊飛邊吃午飯。」劫爾說。

「聽說魔鳥背上載著人還可以連續飛行三天哦。」

「好省油喔——」

紙牌聲中斷了幾秒，接著又像什麼事也沒發生似地重新響起。

三人談論的是大約兩小時前結束的午休時間。從王都飛往阿斯塔尼亞的時候並沒有午休，正如利瑟爾所說，這是為了禮遇同行的王族，至少在午餐時間讓王族離開狹小的車廂透透氣。

「午休有沒有到一小時啊？」伊雷文說。

「差不多就是這個長度吧……劫爾，你吹牛。」

「……」

劫爾嘖了一聲，以指尖彈了一下原本打算蓋在桌上的牌。

翻過來的紙牌確實與他們按順序數過來的數字不同。這傢伙到底是怎麼看出來的？劫爾皺著臉把桌上的牌全部加入手牌當中。

數量是十二枚，仍然在足以取勝的範圍內……假如對手不是利瑟爾的話。不過最後這一點，劫爾和伊雷文打從牌局開始之前就已經假裝視而不見了。

「旅店主人的便當很好吃呢。」

「有夠豪華。」劫爾說。

「他拿來的時候我就一直想說，這便當怎麼這麼大一個啊。」伊雷文說。

旅店主人為他們準備的居然是五層錦盒便當，剛才被他們三人（主要是伊雷文）吃得一乾二淨。

考慮到午休時間並不長，他們選在魔鳥車裡用餐，看來是正確的選擇。要是把那個豪華便當盒拿到外面坐著吃，根本就是歡樂野餐時間嘛，看起來一定很突兀。

「不知道那個親王午餐吃什麼欸……隊長吹牛！」

「太可惜囉。」

「唉唷……」

翻到正面的紙牌和利瑟爾喊出的數字一致，伊雷文脫力地把頭靠在一旁的牆壁上。

他維持著軟爛姿勢，伸手把紙牌拿起來加進手牌，不過這張數也不多。

「不太可能吃得多豪華吧，也沒有那個空檔煮飯。」劫爾說。

「畢竟這趟也沒有主廚同行呢。」

「居然有可能帶主廚一起出門喔？」伊雷文問。

「這種事很少發生，不過偶爾會喲。」

三人再度開始按順序把牌打到桌上。

不規則的節奏也是心理戰的一部分，苦惱的神情也可能是一種偽裝，就連手牌增加的懲罰也可能是掌握其他人手牌狀況的戰略。發出咋舌聲的人到底是不是虛張聲勢，故作惋惜的表情背後是不是藏著笑容？這些爾虞我詐也是這個遊戲的醍醐味之一吧。

過程中有多苦惱，成功揭穿對方的時候就有多痛快。

「嗯……」

該怎麼辦呢？利瑟爾由左至右把手牌看過一遍，然後露出微笑。

劫爾和伊雷文都擅長這種心理戰，和他們玩起來很有意思。劫爾平常掩飾得很好，偶爾卻會刻意露出一點破綻；伊雷文總是把謊言和真實全部表露在外，以此煽動對手，卻把最重要的部分隱藏起來。

「對了，你聽說過這次的行程嗎？」劫爾問。

「嗯，雖然也只知道個大概。」

利瑟爾動作輕柔地把數字不符的牌蓋到桌上。沒有人質疑他吹牛。

這張倒是希望他們能抓到啊，利瑟爾不動聲色地想著，邊說邊朝劫爾點了點頭回答他的問題。假如說他們其實猜到了這張是假牌，那麼手牌數量少反而礙手礙腳。

「五天？」

「不，如果順利的話是六天。」

「怎麼會多一天啊？」伊雷文問。

「好像是氣流之類的關係。」

這方面利瑟爾也沒聽說，不太清楚詳情。

只不過可以確定的是，這趟回程會比去程花費更多時間。聽見利瑟爾這麼說，劫爾他們隨遇而安地接受了事實，並未因此感到不滿。反正也沒什麼急事，多一天或少一天都不構成問題。

「伊雷文，吹牛。」

「居然在這時候抓我喔——」

利瑟爾在伊雷文蓋牌之後馬上出聲，只見後者笑嘻嘻地把牌翻到正面。

出現的數字和他剛才喊出來的一致，受罰的是喊了吹牛的利瑟爾。利瑟爾拿起桌上的七張牌，加進手牌當中。

他從劫爾和伊雷文剛才打出的紙牌，猜測他們現在手中有哪些牌。即使和他們兩人即將輪到的數字交相對照，考量到這七張牌裡面肯定也藏了各種虛張聲勢的意圖，一切還是僅限於推測。

「我們要在哪裡下車？」劫爾問。

「關於這點，他們好像願意送我們到帕魯特達。」

順序在伊雷文之後的劫爾，把這一輪的第一張牌扔到桌上。

「他們好像要先在撒路思附近紮營，等待入國許可。」

「我想也是。」劫爾說。

魔鳥騎兵團能夠迅速達成運輸任務，但他們唯一的缺點就是這個。

魔鳥是魔物，而且就連習慣與魔物交手的冒險者，都覺得魔鳥非常難對付。要讓這麼大量的魔鳥進城，等到騎兵團派往撒路思的先遣人員取得入國許可再回來，至少得花上整整一天。
畢竟這一次是阿斯塔尼亞不顧對方意見逕自採取行動，撒路思不可能做好迎接他們的萬全準備。無論到了什麼地方，偏偏都是最重要的案件準備時間最少呢，利瑟爾一邊出牌一邊感慨地想。
「所以他們會趁等著進城的那段時間送我們去王都喔？」
「是呀，真是太感謝了。」
「不就是打發時間而已？」劫爾說。
也可以這麼說。
「這樣他們不會被懷疑喔？」
伊雷文以熟練的動作抽出手牌，忽然若無其事地這麼說：
「把魔鳥車派到王都，該不會阿斯塔尼亞跟王都那邊也有接觸……之類的啊，雖然魔鳥車裡面坐的是我們。」
「這兩國要是聯合起來，對撒路思來說確實很棘手。」劫爾說。
異形支配者在隸屬於帕魯特達爾的商業國引發了半人為的大侵襲，阿斯塔尼亞的魔鳥騎兵團也遭到同一勢力襲擊。假如這兩個國家在這個時間點彼此接觸，撒路思會怎麼想？
肯定是坐立難安吧？目前，這兩場騷動都起因於撒路思一事尚未公開，但萬一事態演變成這樣，撒路思將會一口氣被上述兩國視為仇敵。
看在撒路思眼裡，這兩個國家彼此接觸，怎麼看都像是通往這種最糟情況的第一步。
「阿斯塔尼亞或許是刻意想引起這方面的懷疑吧。」

聽見利瑟爾乾脆地這麼說，劫爾和伊雷文從手牌上抬起視線。

「他們想利用我們來挑釁撒路思喔？」

「不好嗎？」利瑟爾說。

「要是我們拿不到好處就不好。」伊雷文說。

「這樣我們不是能輕輕鬆鬆回到王都嗎？」利瑟爾說。

換言之，就當成付車票錢，雙方彼此彼此。

就連國家之間的外交謀略，利瑟爾都能當成代步工具來利用。聽他這麼說，伊雷文差點惡化的心情又再度好轉，咯咯笑出聲來；劫爾則無奈地把視線投向窗外心想，這傢伙就是這種人啊。也不枉費他們允許利瑟爾站在自己頭頂上了，兩人不約而同地這樣想。

「撒路思不知道會不會發現欸。」

「他們一定會注意到魔鳥車前往王都，至於裡頭載的是我們就很難說了。」利瑟爾說。

「他們知道了反而更搞不懂狀況吧。」劫爾說。

「啊——你是說，裡面載的根本不可能是冒險者？」

冒險者也可以搭魔鳥車呀，利瑟爾是這麼想的。

不過確實，這次騎兵團載的是派往撒路思的使者，一般來說隨行的不可能是毫無關聯的冒險者。

「也不可能一直讓王族等到調查清楚再進城。」劫爾說。

「那情報戰阿斯塔尼亞根本贏定了嘛。」

撒路思無法預測阿斯塔尼亞究竟藏著什麼樣的王牌。

如此一來，他們原本能夠使用的招數也不敢盡情施展。撒路思的立場本來就居於劣勢，再被阿斯塔尼亞這麼一撼動，再怎麼巧妙周旋也是有極限的。

「啊，可是撒路思那邊有很扯的情報販子欸。」

「是這樣呀？」

聽見伊雷文嫌惡地皺起臉這麼說，利瑟爾眨眨眼睛。

既然連伊雷文都這樣講，那個情報販子一定相當厲害，不過這一次並不構成妨礙。

「沒問題的。即使被撒路思知道魔鳥車裡載的是我們，一樣正中阿斯塔尼亞的下懷。」

「為啥？」

「啊……你是說大侵襲嗎……」

劫爾蹙著眉頭盯著自己的手牌思索，心不在焉地喃喃這麼說。

他把紙牌正面朝下拋到桌上，那些牌在他手中從來不會不小心翻開，也不曾滑落桌面，力道掌控絕佳。

「喔，是這個意思喔。」

「是呀，撒路思知道了一定大感混亂吧。」

車上載的不是別人，正是在大侵襲當中擊敗了異形支配者的冒險者。

這些冒險者在騎兵團的護衛之下回到王都，實在太過引人聯想。撒路思不可能想得到這只是阿斯塔尼亞出於善意讓他們搭便車，肯定會不斷刺探這行動背後真正的用意。

「這招是那個布團想出來的喔？」

「我想，殿下應該知道這麼做對這次談判有利吧。」

實際上，亞林姆確實也是編出了這樣的理由，才為利瑟爾他們取得了同行許可。

沒錯，只是編造出來的而已。亞林姆知道以結果而論這件事對阿斯塔尼亞有利，也注意到這麼做表面上等於是利用了利瑟爾他們，不過最主要的動機，果然還是想載利瑟爾他們一程的善意而已。

利瑟爾深知這一點，因此高興地瞇起眼，又把一張牌蓋到桌上。

「『知道』？」

「不是他計畫好的喔？不過，這種感覺我好像也懂啦。」

劫爾他們說著，撇嘴露出意味深長的笑。

追求對國家最有利的決策，同時又能滿足自己的願望，亞林姆一定心滿意足吧。這種情緒，他們兩人實在太熟悉了。

「隊長，你去程的時候沒有借助那個子爵的力量，這次讓殿下幫忙就沒關係喔？」

伊雷文反覆把手牌靈巧地攤開成扇形、又闔起來，接著從中抽出一張牌。

造訪阿斯塔尼亞的時候利瑟爾確實說過，不要借助雷伊的人脈替他們和魔鳥騎兵團牽線比較好。這是因為撒路思可能因此誤會帕魯特達爾將利瑟爾他們當作有功人士來禮遇，而那個「功勞」就是把撒路思的要人，也就是異形支配者修理得體無完膚。

「那次是因為，我可能會害得帕魯特達爾被懷疑呀。」

「原來是這麼回事。」劫爾說。

伊雷文才剛蓋好牌，劫爾也立刻把自己的牌打了出去。

散落在桌面上的紙牌已經累積了不少，現在拿到這一大疊牌的人，肯定逃不過當輸家的命運。

「還真是面面俱到，一點破綻也沒。」

「對吧？」

「職業病。」

「因為我是冒險者呀。」

「錯了吧。」

聽見利瑟爾他們一來一往打趣般的對話，伊雷文納悶地皺起眉頭。

「什麼啊，啥意思？」

「撒路思不知道我們和這次的襲擊有關，對吧？」

「嗯啊。」

即使在阿斯塔尼亞方面，知道利瑟爾被捲入這場襲擊的人物也相當有限，就連這次擔任使者的親王也不知道。

這是因為牽扯到地下通道的關係。那條秘道屬於最高機密，絕不能被其他國家知道，為了隱匿相關情報，連利瑟爾涉入其中的事也一併成了秘密。

「那麼，從撒路思的角度看來，阿斯塔尼亞有什麼理由允許我們同行呢？」

「嗯、嗯……喔，原來是這個意思喔。」

也就是說，撒路思會認為阿斯塔尼亞是為了在交涉中取得優勢，而單方面利用了這些冒險者。

他們雖然和這次的事件毫無關聯，用來動搖撒路思的立場卻是最有效的。換言之，其中完全不存在上次那種「利瑟爾他們的行動導致某國遭到懷疑」的要素。

「等到襲擊犯被遣送回國，應該就能解開撒路思各方面的誤會了吧。」

「你是說，到時他們會知道你只是被捲入事件當中，阿斯塔尼亞是為了致歉才讓你搭便車？」劫爾說。

「難說喔，我下手有點重欸。」

伊雷文把腳蹺到座椅上，低頭看著手牌不以為意地說：

「說不定他們看到最敬愛的師尊會發瘋咧。」

他以指尖彈出一張牌，那張紙牌滑過桌面，卡在散落的紙牌之間停了下來。

聽納赫斯說，信徒們的情況已經穩定了不少，預計根據這次或是往後的協商情況，將他們遣返回撒路思。

回國之後，他們的下場會是如何？無論是信徒求見師尊也好，或是異形支配者主動召見他們也好，他們和師尊不太可能從此不再見面。

「這感覺有可能會喚醒異形支配者的創傷呢。」

「咦──？」

「伊雷文，你不是把他虐待到血肉模糊了嗎？」

「你的手段真的有夠兇殘。」

伊雷文一臉笑咪咪的表情，感覺就是故意的。

他還是老樣子，懂得往對方最嫌惡的地方捅，手法這麼精準反而讓人佩服。

「剛剛講到哪啊？所以說，隊長這次覺得沒差，是因為我們不會造成什麼後果？」

「差不多就是這個意思。」

利瑟爾點點頭答道，從手牌中拿起一張。

接著又苦惱地停下手，轉而將隔壁那張牌蓋到桌面上。他的手牌只剩兩張了。

「無論如何，撒路思都會注意到我們，不過這也沒什麼關係。」

劫爾和伊雷文交換了一瞬間的眼神。

這是在把宣告利瑟爾吹牛的責任推卸給對方。假如利瑟爾出的不是假牌，質疑他吹牛的人就得收下桌上所有的紙牌。現在累積了這麼多牌，誰也不敢輕易抓人。

「這點程度的小事，和先前也沒什麼差別。」

然而，聽見利瑟爾露出理所當然的微笑這麼說，他們兩人的視線自然而然被吸引過去。被撒路思這樣的魔法大國盯上，居然還能說是「小事」，這證明了利瑟爾確實是個立於國家高層的貴族。

不在乎不是因為他莽撞，不是因為他無知，更不是因為他特別勇猛或賢明。只是因為他是率領國家的人物，應對其他國家是他日常的一部分，根本不足為奇。

「該說不愧是隊長嗎？」

「你最後的結論，還不就是能搭魔鳥車樂得輕鬆而已。」

劫爾他們心情很好似地這麼說著，依序把紙牌覆蓋在桌上。利瑟爾見狀，也笑著靜靜打出了一張牌。

手牌只剩一張，順利的話下一回合就能獲勝了，但是──

「「吹牛！」」

聽他們這麼說，利瑟爾毫不猶豫地把剛才放到桌上的紙牌翻到正面。

那是他應該打出的數字沒錯。果然是這樣，劫爾他們脫力地仰頭看向車頂。

「先說的是誰呀？」

「是大哥。」

「明明是你。」

先開口的人就得收下大量的牌，因此兩人推卸個沒完。

利瑟爾也搞不太清楚，在他聽來兩人似乎是同時開口。恐怕是誰也不想當那個先宣告的人，一直拖到最後一剎那才喊出來，所以時間點才重合在一起。

「我手上還有一張牌呢。」

「你那張抓了肯定也沒用。」

「隊長怎麼可能在最後的最後留下有破綻的牌啦！」

聽見他們倆先入為主地如此斷言，利瑟爾有趣地笑了出來。

這是代表自己受到他們信任嗎？如果是這樣，倒是很值得高興，利瑟爾邊想邊看著劫爾他們展開激烈的猜拳大戰。動作快到他根本看不見兩人手邊的動作。

根據他們三人的規矩，只要有一人手牌清空，接下來的排名就以剩下的手牌張數決定，因此這次猜拳的輸家等於輸定了。

「嘿、再來、再來！——贏啦！」

「該死……」

伊雷文揮下最後一拳之後興高采烈地大力比出勝利姿勢，劫爾則是緊緊皺著眉頭，兩者的對比看起來相當有趣。

「你們這麼期待，最後我要是沒辦法獲勝就很丟臉了呢。」

「事到如今還說什麼……」

劫爾已經懶得把大量的手牌拿在手上了。

他把桌上那些牌直接撥成一堆，推到桌子邊緣，顯然已經斷定這一局在下次輪到利瑟爾的時候就會結束。

「不過，阿斯塔尼亞也很懂得挑釁人家欸——」

「事實上，現在的情勢確實很適合他們積極進攻，換作是我的話也會選擇挑釁。」

事到如今出什麼牌都沒差了，伊雷文隨便丟出了一張牌。

「你會怎麼做？」劫爾問。

「如果是我的話，這個嘛……」

利瑟爾露出悠然的微笑，看著劫爾打出下一張牌。

他連手牌都混在那疊紙牌堆成的小山裡頭，看也不看數字就拿起一張牌丟了出去，隨便疊在伊雷文的紙牌上方。利瑟爾低頭看著那張牌，張開了雙唇：

「我想，挑釁之後讓他們自取滅亡，應該是最安穩的做法吧。」

不過，感覺阿斯塔尼亞不會喜歡這種風格。他這麼補充道，加深了笑容。

「劫爾，吹牛。」

「啊？」

伊雷文愣愣張開嘴巴。事到如今還抓？劫爾也莫名其妙地收下了桌上僅僅兩張的紙牌。

下一秒，他們倆才注意到自己致命的失誤，捂著臉發出悔恨的呻吟。

利瑟爾悠哉地將最後一張手牌蓋在清空的桌面上。好了，你們會怎麼做呢——他揶揄似地瞇細雙眼，打量另外兩人的臉色。

「啊——竟然是這張喔……早知道剛才不要抓就好了！」

「夠了，你來說吧。」

「這是最後一張沒錯啦，但根本就沒有意義嘛！」

伊雷文懊悔地說。劫爾先是嫌棄他吵死了，接著放棄一切似地把手肘撐在大腿上，伸出一隻手揭開了蓋在桌上的唯一一張牌。

顯露出來的是錯誤的數字——但與利瑟爾下一輪即將喊出的數字相同。即使現在宣告他吹牛，也無法動搖利瑟爾的勝利寶座。

「還真是技巧高端的安全牌。」劫爾說。

「特別是不讓人家注意到自己被挑釁的地方？」伊雷文說。

「承蒙誇獎，太榮幸了。」

三人彼此開著玩笑這麼說。他們開始動手把桌上的撲克牌收好，一邊討論：接下來該玩什麼呢？

幾小時之後，撲克牌也玩膩了，利瑟爾他們開始各自想辦法打發時間。

有人看書、有人欣賞窗外的風景，一邊有一搭沒一搭地閒聊。「不知道待會晚餐吃什麼？」「聽說再過去有個地方有天然溫泉。」時間已接近黃昏，他們交談的聲音當中也帶了點睡意。

就在這時——

「——！！」

原本斜靠在椅子上、姿勢懶散到幾乎快從座椅上滑下去的伊雷文突然跳了起來，以堪稱反射動作的速度掩住了身旁利瑟爾的嘴巴。他睜大眼睛，一雙豎瞳緊縮到了極限。

利瑟爾對此還來不及反應，魔鳥車便突然劇烈晃動，同時從車廂外傳來魔鳥威嚇的叫聲，以及騎兵們安撫牠們的聲音。

「喂。」

坐在對面的劫爾把自己的鞋底踩在對側座椅上，一隻腳卡在利瑟爾腿間防止他掉下去，並壓低聲音喊了伊雷文一聲。然而伊雷文只是往外盯著不知名的方向，空氣緊繃得幾乎令人耳鳴。

車廂仍然微微晃動，剛才讀到一半的書本內頁朝下掉在了地板上。

「……伊雷文？」

確認伊雷文按在自己嘴上的手放鬆了一些，利瑟爾才悄聲喊了他的名字。

利瑟爾不動聲色地打量他，看見那雙眼睛瞪著虛空，眼神極度專注，一滴汗水流過他的臉頰，彷彿表現出了他緊張的心情。

「你們沒事吧？晃得很嚴重吧，不好意思。」

窗外忽然傳來說話聲，看來整隊騎兵都已經暫停前進。

由於魔鳥張開翅膀飛行的關係，納赫斯無法靠得太近，但依然盡可能朝車廂靠過來，而且說話聲也壓低到了極限，這一切在在告訴他們緊急狀況尚未結束。

「在那邊的是什麼東西？」劫爾問。

「感覺有夠嚇人……」伊雷文說。

「你們感覺到了嗎？實力真不是蓋的。」

壓低聲音詢問的劫爾，似乎也察覺到了什麼。

伊雷文也一樣，他之所以能夠察覺不對勁，和魔鳥多半是同樣的理由。

「是龍。」

因為他察覺到了足以驚動生物本能的強大存在，儘管放棄了思考，同時卻也跟隨本能採取了行動。

「有條龍棲息在前面那座溪谷。牠每隔幾年會換一次巢穴，現在看來好像回來了。」

在納赫斯身後，幾名騎兵以騎兵團隊長為中心，集合在一起商討對策。

其中一隻魔鳥大幅拍動翅膀，離開群體往前方飛去，準備向王族報告目前的情況。

「我們準備直接飛過牠的上空，千萬不要發出任何聲音，也不要驚動牠。」

納赫斯神情嚴肅地說道。王族現在一定也正在聆聽同樣的說明吧。

「我們不繞路。太陽快下山了，天黑之後要繼續飛行有困難，這附近也沒有能紮營的地方。」

「是古代龍？」劫爾問。

「沒錯。只要不輕舉妄動，牠不會對我們做什麼。前進路線會稍作調整，我們也會抬升飛行高度。」

古代龍，指的是遠古時代就已經存在的龍族。

儘管年歲已高，這些龍族仍然擁有不斷成長、強大到難以置信的力量。有些地區將牠們支配的地盤稱為聖域，視之為一種信仰；有些地區則稱呼牠們為災難，避之唯恐不及。

無論什麼樣的力量都不足以與古代龍敵對，牠們和迷宮當中見到的魔物完全是不同級別的存在。

「我們兩分鐘後出發，之後再過五分鐘就會與牠接觸。沒問題吧？」

納赫斯這麼說完，就與其他騎兵會合去了。

數秒的沉默之後，利瑟爾忽然彎下身來，從地上撿起書本。那本書內頁朝下摔在地上，在頁面上留下了摺痕。

「……這樣一講我才想起來，確實是有龍把這附近的溪谷當作地盤欸。」

伊雷文深深吐出一口氣，緩緩放鬆了緊繃的肩膀這麼說。

此時此刻本能的警鐘仍然在他腦袋裡敲得震天響，不過他的心情放鬆了不少，於是放開下意識扶著的劍柄，甩了甩僵硬的手腕。

「隊長，你還好嗎？」

「我還是什麼也沒感覺到，劫爾能察覺真是太厲害了。」

「不知怎地就是感覺得到啊。」

儘管納赫斯說有龍，但或許是距離還遠的關係，利瑟爾沒有任何感覺。

獸人擁有強大的生物本能，伊雷文能察覺到確實合情合理，但劫爾到底為什麼也感應得到？就連他說的「感覺」是不是本能也沒人知道。

「不過，好險是古代龍呢。」

「要是惹牠生氣，一樣不是開玩笑的啊。」劫爾說。

年輕的龍當中以好戰的個體居多。

牠們並不會無差別發動攻擊，大多是在地盤遭到入侵或感受到敵意的時候才會襲擊對方。但由於以魔物為食的個體在各地輾轉移動，偶爾會有人員或貨物在牠們獵食的時候遭到波及而受害。

然而古代龍就不同了。即使地盤遭人侵入、感受到敵意，牠們也不會行動——除非對方破壞、傷害牠們的領土。

「我在那一邊也見過古代龍呢。」

利瑟爾陶醉地垂下眼簾，彷彿正把至今仍無比鮮明的景象投影在眼瞼內側。

「就像一個世界盤踞在那裡一樣。或許，牠們就是世界上唯一完整的存在吧。」

對於古代龍而言，絕大部分的事情都微不足道。

就像大地被插上旗桿也不會喊痛，像小鳥在樹洞裡築巢，大樹仍然屹立不搖一樣，古代龍也只是恆久存在於那裡。

「喔，動了欸！」

魔鳥車晃了一下，車廂外的風景開始流動。

看來說好的兩分鐘已經到了。要讓懼怕古代龍的魔鳥朝著恐懼來源飛去，若不是經過扎實的訓練、搭檔間培養了深厚的信任，不可能辦得到這種事。

「原來在隊長那邊也有古代龍喔？」

「是的。在我們國內也有一隻，把山上的巨大湖泊當作牠的地盤。」
「很少聽說有龍把水域當作棲地。」劫爾說。
「是這樣嗎？牠沉睡在水底，白色的鱗片非常美麗哦。」
利瑟爾第一次見到的龍，就是那條古代龍。
牠大半時間都在優美的水中度過，身上帶有的魔力也因此溶進湖裡。水從那座靠近山頂的湖泊，滲透進整座山林，孕育生命，也帶來豐收。
在利瑟爾他們的國家，那條龍被視為豐饒的象徵，民眾對牠畏懼之餘也尊崇有加。對於古代龍本身來說，牠不記得自己施過什麼神蹟，對於民眾的敬拜更是一無所知，但所謂的信仰對象，或許就是這麼回事吧。
「這種……恩惠？之類的東西啊，只要是古代龍當作巢穴的地方都會有喔？」
「不，我想應該與魔力的質地有關。」
「像我們的風屬性和闇屬性一樣？」
「應該是吧，我也不太確定。嗯……」
利瑟爾把手抵在唇邊思索。
撇除迷宮產的魔物不談，龍這種生物的整體數量相當稀少。牠們仍然充滿謎團，一般流傳的相關文獻也只有一些近似傳說的故事而已。
話雖如此，似乎還是有狂熱的龍族愛好者，私底下寫出了相當深入的研究書籍。以利瑟爾的立場實在不希望他們做出惹怒古代龍的舉動，不過那些研究都採取了堪稱完美的多重考量和保護措施，看得出作者的堅持。

「這就要期待未來的研究了。」

「要研究這種生物喔，我受不了啦。」

就算是古代龍的死屍，一定也會讓人寒毛直豎，伊雷文皺起臉這麼說。

換作是平常的狀況，伊雷文早就對利瑟爾表現出「趕快來安慰我」的態度了，想必是因為現在古代龍近在眼前，因此他處於相當緊繃的狀態吧。利瑟爾摸了摸他的背，接著忽然把視線轉向劫爾。

「劫爾，你打倒的是年輕的龍吧？」

「嗯。」

利瑟爾之所以如此斷定，並不是出於實力之類的原因。

古代龍可說是一種「環境」，一旦喪失牠們，帶來的影響無法估計。利瑟爾知道，劫爾不會對這樣的古代龍出手。

當然，利瑟爾並不是盲目相信劫爾一定會獲勝，只是儘管沒有任何偏袒他的想法，利瑟爾仍然把「劫爾不會對古代龍出手」視為前提。還真是榮幸，劫爾半帶無奈地在心裡這麼想。

「是委託喔？」伊雷文問。

「B階怎麼可能有這種委託。是我在對付別的魔物的時候，被牠闖進來攪局。」

「攪局嗎？是怎麼回事？」

「那是一條體型特別大的岩蛇，牠應該是把蛇當成獵物了吧。」

岩蛇是一種體型龐大的魔物，由於盤繞在地上的模樣酷似巨大的岩石而得名。

對於龍族來說，岩蛇是肥美的獵物。看到平常總是擬態成石塊的獵物和別人打成一團，不管在空中飛得再怎麼快都會注意到，那條龍也就把握這個好機會攻了過來。

「牠從上空咬住那條蛇的時候，我一時沒反應過來就對牠表現出了敵意，後來就這麼打了起來。」

當時他壓根沒想到那居然是龍。劫爾一臉苦澀地說「那時候的實力還差得太遠了」，不過就結果而論他仍然取得了勝利，實在相當厲害。

「大哥，我記得你是不是說過手腳被扯掉了幾次啊？」

「沒有完全斷掉啦。」

「那應該是場長期戰吧？」利瑟爾問。

「打了半天以上。」

聽著劫爾的冒險故事，利瑟爾興味盎然地點著頭。

這時，傳來一聲魔鳥清澈的鳴叫。根據納赫斯的囑咐，從這裡開始，就連發出聲音都是不被允許的。三人彼此交換了眼神，沉默籠罩整個車廂。

利瑟爾眨了幾次眼睛，悄悄往車窗外看去。

「（這裡就是大溪谷了。）」

騎兵們帶著緊張的神情飛過天空，在他們腳下，一座彷彿劈開世界般巨大的溪谷一直延續到大地的盡頭。繁茂生長的樹林在這裡中斷，暴露出粗獷的岩層斷面。

眼下鋪展開來的壯闊景色，使得利瑟爾讚嘆地輕輕呼出一口氣。這是他們造訪阿斯塔尼亞時錯過的風景。

「（就快到了。）」

騎兵團緩緩提升飛行高度與速度，來到了溪谷上方。

這時候，他們終於得以看見谷底。谷底散落著粗礪的岩石，與深度相比這座溪谷並不算寬，但仔細一看，崖壁上、岩石上都長著突出的結晶，隱約反射著照進谷底的光線。

這座溪谷是座大規模的礦脈，這些原礦就這麼以最原始的樣貌坦露在外。

「……、……」

接著，利瑟爾終於看見了那條盤踞在谷底的古代龍。

他閉起下意識張開的雙唇。儘管提升了飛行高度，卻仍然感受得到牠散發出強烈的存在感，使人錯覺牠就近在眼前，彷彿牠身周的空氣帶著一股威壓一樣。

覆蓋牠表皮的漆黑鱗片，每一片都彷彿鑲嵌著夜空，寄宿著星辰般的光輝，就連區區的一枚鱗片都像夜空一樣存在於遙不可及的次元。

「不要看牠的眼睛。」

利瑟爾的耳邊忽然傳來說話聲。

坐在他身邊的伊雷文，不知何時從他身後靠了過來。放輕到不能再輕的聲音當中完全感覺不到先前的緊張，聽起來放鬆而自然。

想必是伊雷文憑藉著本能知道，這是最不容易刺激強者的姿態吧。

「把牠當作風景的一部分納入視野，不要把意識朝向牠。」

利瑟爾聽從了伊雷文的指示，他一點也不想移開目光。

古代龍盤踞在礦石和寶石原礦堆積而成的巢穴當中，看起來正蜷著身體沉睡。利瑟爾從視野一角打量牠，在這種距離之下不可能看出牠細微的動作，儘管如此，卻彷彿感覺得到牠的每一次呼吸都撼動空氣。

「……」

利瑟爾一瞬間轉過視線，瞥了劫爾一眼。

他環抱雙臂，以自然的姿態俯視著那條古代龍。看見那雙平靜的銀灰色眼瞳，利瑟爾沒來由地心想，這或許就和龍的眼睛有幾分相似吧。

那一瞬間，他忽然感覺到大氣偏移般的重壓。

一股有如冰塊掉進腹中般的寒意，以及即將墜落之前那種內臟飄浮、喘不過氣的感覺。從他肩口處一起看著窗外的伊雷文抓住了他的手臂。

視線的另一端，古代龍緩緩抬起頭，朝這裡仰望過來。

「（好厲害……）」

那雙眼瞳轉動幾公分，大地就隨之震動；從巨大身軀延伸出來的前腳抬起幾公分，就能拔起深深扎根於地下的巨木；牠撐起身軀的同時，整個世界也跟著被抬起。

這存在是如此強大，強大得足以激起最深的恐懼，讓人心懷敬畏。

古代龍緩緩放下了朝向天空的頭部，接著伏在巢穴裡張開翅膀，伸展僵硬的身體似地拍動了一、兩下，又把雙翼收回原位。

牠的身影和流動的風景一起消失在岩壁的另一側。

「果然好美呀。」

這場邂逅在時間上只持續了短短數秒。

在這之前或許一直屏住了氣息，利瑟爾緩緩呼出一口氣，不自覺染上笑意的雙唇下意識喃喃說道。

剛才那段時間如此濃密，讓人以為在古代龍面前連時間都會被凝縮。

「唉唷……這種真的嚇死人了啦……」

「你不是很喜歡刺激？」劫爾說。

「這根本不只是刺激的程度好嗎？」

伊雷文脫力似地放開利瑟爾的手臂，往他背上靠了過來。

利瑟爾越過肩膀摸了摸他的頭，像是在感謝他剛才的建言。騎兵也陸陸續續開口慰勞、稱讚他們勇敢的搭檔，聲音從車廂外傳了進來。

「不過，這座礦脈比想像中還要驚人呢。」

「啊？」

「有礦石、有寶石，魔石應該也相當多。」

回想起那些堆疊出夢幻情景的原礦，利瑟爾恍然點頭。雖然不知道那是古代龍帶來的恩澤，還是原本就存在於此的礦脈，不過……

「要是沒有那條古代龍在，各國為了那座礦脈而引發戰爭也不奇怪呢。」

龍族什麼也不知道，只是我行我素地活在大地上，對於人類的世界不感興趣。

即使如此，牠們的存在仍然擁有龐大的影響力。

沒有人知道牠們究竟會帶來戰亂或是平息戰爭，亡國或是繁榮，將大地化為荒野或築起森林——若是多虧了如此不確定的存在，人類才得以維持和平，那實在很耐人尋味。

「職業病。」

「劫爾動不動就這麼說。」

「這麼說來，牠剛才是不是看了我們一下啊？」伊雷文說。

「那應該是……不經意往天空一看，正好看到天上有鳥在飛，的那種感覺吧。」

「「啊——」」

就這樣，一行人平安越過了溪谷，順利在原本預定的地點紮營。

當晚，有個人影在騎兵團的野營地徘徊。

被人稱作親王的那名男子，正好像在尋找什麼似地朝四周張望。當時納赫斯正和其他騎兵一起喝酒，畢竟有王族同行，大家喝得比平常稍微節制一點。注意到男子的舉動，納赫斯叫住了他。

順帶一提，身為親王護衛的侍衛兵們也隨意找了些騎兵一起喝酒。在阿斯塔尼亞這是很正常的事情，並不是他們對親王不敬。

「親王殿下，您在找什麼東西嗎？」

「沒有，我只是想說能不能見到傳聞中的一刀。」

「這樣啊……」

眼見親王一副「我會聽取亞林姆的忠告，但只是看看沒什麼關係吧」的態度，納赫斯帶著有點五味雜陳的表情開口：

「他們出去了，說附近好像有溫泉。」

「什麼，也太令人羨慕了吧！」

「還拿了幾瓶酒過去，說要邊喝酒邊賞月，應該暫時不會回來。」

「可惡，太可惜了……」

131

前往王都的旅程，第二天早上。
「一刀在哪裡？」親王問。
「就是坐在那邊那個正在吃肉的黑衣男呀。」
「喔，看起來很有實力。他為什麼在看天上的魔鳥，他很喜歡魔鳥嗎？」
「不知道耶。啊，騎兵在叫他呢，那些傢伙還真習慣跟他們相處。」
身為親王的男子本來想跟坐在營火前的劫爾搭話，結果被護衛阻止了。
順帶一提，當時利瑟爾正騎在魔鳥背上，伊雷文則是還在睡。

前往王都的旅程，第二天晚上。
「嗯？是沒見過的生面孔啊。」
「啊——是那個親王殿下？」
「沒錯。你就是一刀的隊員嗎？」
「嗄？……喔，對啦，我是『一刀的隊員』。」
身為親王的男子注意到和騎兵們一起喝酒的伊雷文，興味盎然地跟他搭話。
順帶一提，當時利瑟爾在納赫斯的帳篷裡聆聽他的魔鳥講座，劫爾則在魔鳥車裡保養武器。
還有，親王的提問幾乎全被伊雷文閃躲過去了。

前往王都的旅程，第三天早上。
「聽說一刀的隊伍一共有三個人。」親王說。
「是這樣沒錯。」
「我只看過一刀和紅髮的獸人，剩下一個人在哪裡？」
「咦，您沒見過嗎？他很顯眼呢……啊，就在那裡。」
「嗯？」
身為親王的男子正要回頭的瞬間，正旁觀劫爾和伊雷文名為「訓練」的相殺現場的騎兵們之間爆出一陣歡呼聲，吸引了他的注意力。
利瑟爾好巧不巧就在這個空檔坐進魔鳥車，男子因而錯過了他的身影。男子本來想跑去車廂旁邊往裡面偷看，但被護衛制止了。

前往王都的旅程，第三天晚上。
「嗯？那是……一刀他們的帳篷嗎？」
「親王殿下，怎麼了嗎？」
「喔，是副隊長啊，巡邏辛苦了。」
「護衛正在找您呢……對了，我送您回帳篷去吧。」
這就沒辦法了。身為親王的男子聳聳肩，跟著納赫斯離開了當場。
在他身後，利瑟爾正從帳篷裡探出頭來往四周張望，然後朝著坐在附近跟大家喝酒的伊雷文招了招手。但男子沒有注意到。

前往王都的旅程，第四天早上。

「早安，侍衛兵先生。」

「早安呀，悠哉先生。」

「（悠哉先生？）」

「雖然只是坐車移動，今天也請你們多多指教了。」

護衛和利瑟爾打過招呼、彼此分別之後，又過了幾秒。

「……呼啊，這樣連續好幾天早起，實在很痛苦啊……」

「啊，親王殿下，早安。」

「早……剛才是不是有個陌生的聲音在講話？」

「你們還沒見過嗎？」

身為親王的男子環顧四周，頭上冒出問號。

怎麼就這麼不湊巧呢？護衛邊想邊搖搖頭表示沒事。

前往王都的旅程，第四天傍晚。

男子率領護衛，帶著無懼的笑容站在某座宅邸的玄關。

這座建築物的風格彷彿追求效率般洗鍊，明明時間已經臨近夜晚，整棟建築卻燈火通明，看看那些仍然沒有停止工作、忙碌來去的官員，就不難知道為什麼。

一見到男子，他們無一例外地停下腳步，低頭行禮。在這裡沒有人不認識這名男子。

沒過多久，一陣神經質的腳步聲就從前方傳來。男子游刃有餘地端正了站姿，腳踝處的金飾發出澄澈的金屬聲。

「好久不見啦。」

看見打開門扇、現身在眼前的人物，男子帶著不變的笑容這麼說。

腳步聲在數公尺之外停下，緊接著傳來的是低沉的男聲。

「親王殿下，許久不見了。」

那個相貌絕美的男人這麼說著，將手擺在腹部，行了個無可挑剔的禮。

披垂在肩上的闇色髮絲隨著他行禮的動作流洩而下，接著低垂的眼瞳抬起，露出殷紅的虹彩。儘管已屆壯年，他的目光仍然銳利，同時又帶著與年紀相符的色香。

這副美貌即使他自稱為妖精之王也不會有人懷疑，唯一的缺陷只有眼周濃濃的黑眼圈，就連這個缺點也被他的美貌襯托出一種不完整的美麗……然而如此俊美的臉上，卻半點笑容也沒有。

「由衷歡迎您到訪馬凱德。」

「如果真的歡迎，還真希望你迎接我的時候表現得更親切一點啊。」

雖然這麼說，被稱作親王的男子卻哈哈大笑，態度上沒有任何不滿。

「你說是吧？伯爵閣下。」

「我會善加考慮。」

一個是掌管帕魯特達爾全域大半物資流通的商業國領主，一個是代表阿斯塔尼亞負責周邊國家外交的親王，兩人當然不可能沒見過。

大多是每年一次，親王在往返建國慶典等活動的時候會順道到這裡和這位領主見面。每一次都叫他表現得親切一點，但這傢伙一直是老樣子，想必他性格就是這樣，也不打算改正了吧，親王一笑置之，並沒有放在心上。

「哪天真想拜見看看你露出空前絕後的燦爛笑容是什麼樣子。」

「……您真愛說笑。」

領主有點語氣不善地啐道。男子聽了抬起下顎，瞇細了帶著笑意的眼睛。

這副略帶挑釁的神情頗有王族尊大的架子，卻不引人反感，反而帶有某種表示雙方關係相對友好的親近感，真要說起來比較接近玩笑吧。

「不過，真不愧是商業國。我到街上看過了，明明大侵襲才剛結束不久，復興的速度很快啊。」

男子一下子改變了態度，換上晴空般的笑容這麼說。

上一次建國慶典時考量到商業國剛遭遇大侵襲，他並未造訪這裡，加上這一次正好順路，因此才決定到商業國來打個招呼。

「感謝您的關心，不過我看貴國這一趟似乎也來得相當匆忙。」

男子吊起唇角，聳了聳肩膀。

那雙眼睛筆直迎視對方，最後反問似地挑起一邊眉毛。

「算是吧，我們彼此運氣都不太好啊。」

「是啊。」

這段平凡無奇的對話，其實是隱含了大量情報的心理戰。以他們兩人的立場，除非徹底看清彼此掌握了多少情報、又有哪些情報還不知道，否則根本無法對話，而且這也是外交上習慣的作風。

有幾秒鐘的時間，兩人緘默不語，彷彿在試探彼此的真意。

「……我請人為您帶路，請您好好休息。」

「好，就麻煩你啦。」

在這段僅限於幾句寒暄的對話當中，雙方都取得了有意義的資訊。

兩人很有默契地終止了對話，重新面向各自的隨扈。這段時間的氣氛並不特別緊張，表面上仍然是一段閒談，他們都已經習以為常。

「喔，這次帶路的也是你啊。」

「您有什麼不滿嗎？」

「偶爾也好想被傾國傾城的美女接待看看喔。」

「那還真是抱歉了。」

造訪幾次之後在這裡總有幾個熟面孔，王族男子露出雍容大度的笑容，跟在領路的男人身後邁開腳步。「要是您真的傾了國會讓我們很困擾的。」「不不不，這可是男人的追求啊。」王族和護衛們這麼說著，頭也不回地走向宅邸深處。

領主目送他走遠，直到那道身影消失在視野當中，才蹙起柳眉輕輕呼出一口氣。

繼續待在這裡已經沒有意義了，於是他回頭折返，準備前往自己的辦公室……但他的腳步聲，卻由於有人叫住自己而停了下來。

「什麼事？」

「有事情想向您稟告……」

語氣聽起來不是什麼重大狀況，對方的神情卻有點不知所措，男性領主詫異地看著他。

聽見對方接下來告知的情報，領主那雙勻稱的薄唇之間，發出了一點也不適合他這副美貌的響亮咋舌聲。

這裡是領主官邸前方，鋪設著精美石磚的玄關入口。

入口兩側的庭院裡，草皮修剪得整整齊齊，魔鳥騎兵團的眾人正與搭檔們一同在這裡待命。每一次到訪都只有王族男子在護衛陪同下進入官邸，在他們與領主會面結束之前，騎兵們必須在允許的場所等候。

「這裡的領主是什麼樣的人啊？」

「是『我心目中的最強美男』。」

「噗……！」

利瑟爾若無其事地做出驚人發言，伊雷文忍不住噴笑。到底是什麼意思？納赫斯默默望向遠方，看向底下壯觀的景色。

隔著幾段階梯，商業國著名的「攤商廣場」就鋪展在他們眼前。只有廣場中央的噴水池周遭沒有攤位，其他地方都擠滿了各式各樣的露天商販。

「這裡還是一樣熱鬧呢。」利瑟爾說。

「是啊。」

從小吃到武器防具、雜貨，甚至是遊戲攤位，廣場上的攤位應有盡有，明明已經到了即將日落的時間，觀光客和商人仍然絡繹不絕。即使到了夜晚，商業國也會展現出與白天截然不同的熱鬧光景。

聽見利瑟爾懷念地喃喃這麼說，劫爾也表示贊同，伊雷文意外地看向他們倆。

「隊長，你來過喔？」

「來過呀，就是從商業國回去的時候被你襲擊的。」

「啊──是那個時候喔。」

三人悠哉地談論著駭人的話題，眺望著被夕陽染紅的市街。

幾個小孩聚集在階梯中段，搶著看罕見的魔鳥一眼。這道寬廣的階梯平常就是供人們休息的地方，因此膽子比較大的孩子們已經毫不客氣地爬了上來，躲在一旁看著魔鳥，眼睛閃閃發亮。

「好厲害，好大隻喔！」

「你們有看到牠們剛才在飛的樣子嗎？背上還載著人！」

「好帥！」

魔鳥騎兵團聽見小朋友這麼說，是絕對不可能不高興的。

想不想摸摸看啊？騎兵們注意到他們，於是讓魔鳥坐了下來，招手叫孩子們過來。孩子們嗶地發出歡呼聲，立刻跑了過來，在騎兵的鼓勵下戰戰兢兢地伸出小手。

被他們輕輕撫摸的魔鳥似乎覺得有點癢，不過並沒有抗拒。

「騎兵們在這方面很不拘小節呢。」

「看起來一點也不像在等王族。」
「哎呀，反正親王也不會回到這邊來，沒關係啦。」
剛才望著遠方的納赫斯回過神來笑著這麼說，沒有責備大家的意思。
不過大家從一大早開始飛到剛剛才停下休息，卻完全看不出疲態，精神飽滿地陪孩子們玩耍，真不愧是騎兵團。聽說連續飛行幾天也難不倒他們，一定經過了相當嚴格的鍛鍊吧。
「親王和領主會面之後，會直接到準備好的房間裡休息。」
「那納赫斯先生你們呢？」
「按照之前的慣例，我們應該會借住在面向中庭的客房。」
這麼一來就能讓魔鳥在庭院裡休息，也可以隨時看見魔鳥的狀態。
原來是這樣，利瑟爾點點頭。在親王向領主打過招呼之後會有人來帶路，到時候騎兵們會直接騎在搭檔背上移動到中庭吧。
「利瑟爾先生，那你們呢？我本來打算請對方幫你們多安排一個房間。」
「這個嘛……」
怎麼辦才好呢？利瑟爾漫不經心地往笑鬧聲傳來的方向看去。
這時候，正在和魔鳥玩耍的一個孩子正巧對上了他的視線，利瑟爾於是朝著那雙眨動的大眼睛露出微笑，那孩子立刻興奮地跑去跟附近的騎兵說：
「欸欸，就是那個人對不對！我知道，你們就是大人說的護衛對不對?!」
「呃……」
騎兵來回看著利瑟爾和那孩子。利瑟爾回以苦笑，在內心幫騎兵加油。

納赫斯也循著聲音和視線往那裡看去。確實是護衛沒錯，但保衛對象不是這位……這該怎麼解釋才好？眼見同僚正抱頭苦惱，納赫斯投以同情的目光。

「嗯，我們還是另外找旅店吧。」

「這樣啊？」

「是的，而且我還想把伴手禮送給這裡認識的人。」

那麼還是在外面找地方投宿比較方便，納赫斯也明白了。

畢竟明天也是一大清早就要出發，錯過今天的機會就沒有時間送禮了。現在去見對方，等到聊到盡興之後回來一定也已經很晚了，夜間的領主官邸無法隨意出入，還是隨便找間旅店比較省事。

「送禮是很好，但別弄到太晚啊。」

「不用擔心。」

利瑟爾微笑回道。也是，還有另外兩個人在嘛……就在納赫斯正要放下心來的時候……利瑟爾身後，劫爾他們的身影不經意進入了他的視野。他們正指著攤商廣場交談，納赫斯豎起耳朵一聽，卻聽見令人震驚的事實。

「就是那邊喔？」

「對，這傢伙就是在那邊被人誤認成領主，對方突然拿刀砍了過來。」

「白癡真的是到處都有欸。」

真的沒問題嗎？聽得納赫斯突然擔心了起來。

順帶一提，這時魔鳥把嘴喙戳進草地、抓出某種獵物進食的動作吸引了利瑟爾的注意力，因此他沒有注意到這段對話。

「……你們要不要趁著天還沒黑趕快去找朋友？不用跟我們一起等沒關係喔。」

「嗯？不是的……」

利瑟爾的視線離開了發出一聲短鳴的魔鳥，轉回納赫斯身上。

他輕輕搖了搖頭，把髮絲撥到耳後的模樣在夕陽映照下帶著幾分憂鬱。這畫面假如變成畫作一定很有藝術價值，然而看在納赫斯眼裡只覺得「這傢伙大概在想著什麼少根筋的事情吧」。他們已經認識太久了。

「這裡也有我想送伴手禮的人。」

納赫斯突然領略到他指的是誰，不禁嘴角抽搐。

「不過他總是很忙，如果見不到面的話，我就交給共同認識的朋友好了。」

「……這樣啊。」

納赫斯只能點頭。

要是希望別人把自己當成冒險者看待，為什麼就不能表現得更像冒險者一點？納赫斯真想抓著他連續質問一小時，但同時也猜得到利瑟爾大概會一臉困惑吧，畢竟他只是出於單純的善意，想要把伴手禮送給關照自己的熟人而已。

「喔，時間差不多了。」

這時候，一名女子從官邸當中走了出來。

外表精明幹練的她熟門熟路地朝著騎兵團隊長走近，實際上想必也已經見過了幾次。

「我們差不多要進去了。怎麼樣，需要幫你帶話嗎？」

「不用了，沒關係的。」

「這樣啊，那就明天見了，別睡過頭啊。」

納赫斯原想幫忙把利瑟爾也到了這裡的消息轉達給那個「贈送伴手禮的對象」。他對於利瑟爾的婉拒有點疑惑，不過既然本人都說不用，他也就沒放在心上，直接到隊長身邊集合去了。

小朋友們紛紛吵著說不想離開，剛才陪他們玩耍的騎兵們笑著告訴他們該解散了。在階梯下聊天的母親這時也來喊他們回家，孩子們於是對魔鳥揮著手跑下階梯。

「妮娜！」

一聲呼喚夾雜在幾道稚嫩的笑聲之中傳來，利瑟爾朝那邊看去。

「我們再不趕快回去會被媽媽罵喔！」

「好——」

聽見男孩站在階梯中段叫自己回家，小女孩開心地朝哥哥跑了過去。

這對兄妹的感情還是這麼融洽，利瑟爾微微一笑。這時，男孩抑制不住好奇心，為了看魔鳥一眼而抬起臉來，正好和利瑟爾四目相對。在茜色的夕照當中，男孩的笑容頓時染上了驚訝的色彩，利瑟爾見狀瞇細雙眼有趣地笑了，溫柔地朝他揮了揮手。

沒等對方回應，他便轉身折返，朝著官邸走去。

「那是誰啊？」

「就是大侵襲那時候的小男生呀。」

「喔，跑出城門的那個小鬼。」

「啊——我想起來了！」

騎兵和他們的搭檔陸陸續續起飛，利瑟爾一行人朝著仍然凛然站在原地的女子走去。女子彎腰行禮，恭送飛向天空的客人們離開，等到魔鳥的振翅聲逐漸遠離，才重新挺直背脊。

而她的視線，果然筆直朝利瑟爾他們看了過來。

「領主大人有口信要帶給各位。」

女子以略帶困惑的聲音轉述道：

「『要是還打算見面就給我進來。』」

這句話，也就表示沙德把所有選擇權都交給了利瑟爾。

沙德一向以工作為優先，厭惡在人前露面，光是他主動招呼人家進到官邸，看在認識他的人眼裡就已經相當震驚了。沙德不排斥會面，代表那個人物在他心目中有相當的價值，而且沙德還把拒絕見面的選項保留給對方，表現出最大限度的尊重。

而且，那個「對方」還是冒險者，所以女子才感到困惑吧。

「麻煩妳了。」

利瑟爾乾脆地答道，像要緩解對方的緊張似地露出柔和的微笑。女子愣了一下，接著立刻行了一禮，帶領他們進入官邸。

她走路的時候儀態端正，說話口齒清晰，讓人一聽就懂。

「不愧是伯爵，身邊留著相當優秀的人才呢。」

「哪有，我覺得比不上隊長欸。」

「你這不是自賣自誇？」劫爾說。

即將與統治商業國的領主見面，這三人卻持續著輕鬆的對話。

這絕對不是冒險者。女子把這個想法藏在心裡，俐落地替他們領路，好將客人帶到敬愛的領主面前。

「我不是叫你們不要把麻煩事帶回來？」

「您冤枉我們了。」

聽見沙德皺著臉這麼說，在沙發上與他相對而坐的利瑟爾泰然自若地回應。

這裡是位於官邸深處的會客室，是沙德在客人面前露面時使用的空間。

桌上擺著相當於人數分量的紅茶。阿斯塔尼亞人喜歡偏澀的茶，因此他們很久沒喝到格調高雅的紅茶了。

「對了，這是伴手禮，先交給您吧。」

利瑟爾這麼說著，遞出了一個包裝雅致的盒子。從外側看得到盒中的內容物，那是一支鋼筆，高雅的黑色握把上刻著低調的紋樣，筆管旁邊排列著幾個象牙色的筆尖。

「這是用魚類魔物的骨骼做成的，我試寫了很多款，就是這支最好寫。」

「……這是商業國市面上沒有的東西啊。」

沙德像在鑑定般低頭端詳著那支鋼筆，然後收下了這份贈禮。

設計看起來是獨一無二的訂製品，不過簡單樸素，不損威嚴。這和他現在使用的筆管粗細相同，寫起來感覺會很順手。

為了避免沾染墨水的顏色，筆尖象牙色的部分也包覆著有光澤的保護材料，外型呈現美麗的曲線，往尖端收束，一眼就看得出工藝有多精巧。
「在商談中展示出來會很有效果吧，謝謝。」
「請別客氣。」
持有罕見的工藝品，對於商業國領主來說不只是炫耀門面而已。
而是可以讓對方知道自己擁有買進珍品的人脈，也擁有足以購買高檔日用品的豐富資金，進而把商談往有利的方向推進。
這支鋼筆想必可以達到上述目的，又不至於引人反感……沙德的這種想法當中，也能窺見他工作狂的特質，利瑟爾露出微笑。看來沙德願意珍惜使用這份禮物，真是太好了。
「話說回來，伯爵您真是名不虛傳呢。」
「什麼？」
「剛才您說到了麻煩事，對吧？」
對沙德來說，這才是今天的正題吧？聽見利瑟爾在言談間如此暗示，沙德嘖了一聲。
還真是老樣子，敏銳的傢伙。沙德忿忿地這麼說著，把禮物收進上衣口袋，接著就這麼蹺起腿來。動作雖然高雅，卻莫名帶著點暴戾的氣質。
「嗯……這部分跟團長的想像好像不太一致呢。」
「反正本來只是魔物，沒差吧。」劫爾說。
「只要臉夠帥，那個小說家就會很開心了啦。」伊雷文說。
莫名其妙的對話讓沙德用力皺起臉來。
「駁回，快點說正事。」

「看來您不願意聽我們聊這些旅途趣談呢。」

該怎麼辦呢？利瑟爾有趣地笑著說完，端起紅茶思索。

前往阿斯塔尼亞的時候，他毫不猶豫地向納赫斯洩漏了大侵襲的真相。但那一方面是騎兵團讓他們搭便車的謝禮，另一方面，這也是阿斯塔尼亞派人調查即可得知的情報。而且，利瑟爾沒有理由做人情給撒路思，替他們隱瞞實情。

可是他和阿斯塔尼亞結下了緣分，而且身為一個冒險者，隨便洩漏情報也太不道德了。

「那麼伯爵，就請您問我問題吧。」

「什麼？」

因此，利瑟爾把這場對話的主導權交到了沙德手上。

對上沙德訝異的視線，利瑟爾露出了帶點惡作劇意味的笑容。

「畢竟我不知道從哪裡開始說起才好呀。」

世上大概沒有人比他更不適合說出「不知道」這種臺詞了，沙德心想。正因如此，他更加慎重地推敲這句話背後的真意。

然而他感覺到的並不是協商中特有的、像弓弦一樣緊繃的氣氛，而是遊戲般的氛圍，彷彿邀請他一起享受這場對話。

「居然露出這麼開心的表情。」劫爾說。

「隊長真的很喜歡這種事欸。」伊雷文說。

既然坐在利瑟爾兩側的人都這麼說了，表示他真的只是在玩吧。

沙德並未表露出心中感受到的些微滿足感，只是哼笑了一聲，像在告訴利瑟爾要享受對

話、要怎麼考驗他都隨他高興，他也會以同樣的方式回應。
不過這樣的表情也只維持一瞬間，就立刻恢復成了平常的撲克臉。
「我也不清楚詳情，只知道阿斯塔尼亞王宮上空出現了魔法陣，還有王宮在那之後臨時加強了警備。」沙德說。
「就這樣喔？」
「畢竟阿斯塔尼亞方面也盡量不聲張這件事，避免引起國民的不安呀。」
聽見伊雷文像條件反射一樣插嘴挑釁，利瑟爾出言制止。
一方面也是因為對方是友好國家，所以沙德不方便刺探得太過分吧。妄加揭露別國的機密恐怕會破壞外交關係，這麼一來對商業國是百害而無一利的。
「一部分也是因為這次判斷不要牽扯太深比較好。」
該說不愧是沙德嗎？他並沒有受到伊雷文的挑釁煽動，只是說出事實。
這只是沙德的直覺，但身為商業國領主，他與眾多國家建立過外交關係，也統領著無數閱歷豐富、老奸巨猾的商人，他的直覺有扎實的經驗作為基礎，已經足以當作判斷的根據。
「這次看到那個親王來訪，我就確信了。」
沙德俊美的臉龐因憤恨而扭曲。
「那場騷動跟撒路思有關係，現在阿斯塔尼亞正要去表達抗議吧？」
「您說的沒有錯。」
沙德立刻響亮地嘖了一聲，利瑟爾不禁苦笑。
沙德會有所顧忌也是當然的。同樣遭到撒路思的重要人物危害，阿斯塔尼亞在抗議途中在此停留，恐怕會使得商業國招致不必要的懷疑。
既然雙方有所接觸，萬一撒路思認為兩國締結了合作同盟也不奇怪。
「他為啥那麼不爽啊？」
「因為商業國被利用來挑釁撒路思。」劫爾說。
「喔——難怪。」
儘管實際上沒有做什麼虧心事，但考量到阿斯塔尼亞的意圖，這趟也稱不上是單純的訪問。
「阿斯塔尼亞的做法也相當強勢呢，是因為地理位置的關係嗎？」
「那裡易守難攻，再怎麼挑釁也不會輕易引起戰爭。」
「一個國家的民風影響還真顯著呢。」
這次事件的加害者和受害者都相當明確，因此除非提出太過分的要求，否則不可能引發戰爭。
然而，就算真的有可能引發戰爭，阿斯塔尼亞也不會減緩攻勢吧——這個國家確實擁有讓人如此相信的恐怖潛質，現在也善加利用這點作為威懾他國的力量。
這種做法實在模仿不來呢，利瑟爾喝了一口稍微冷卻的紅茶。
「……你們又為什麼跟阿斯塔尼亞的使者同行？」
沙德把對於阿斯塔尼亞和撒路思的咒罵吞了回去，繼續這麼問。
利瑟爾把嘴唇從杯緣移開，輕描淡寫地開口：
「阿斯塔尼亞有一位王族在停留期間對我們相當親切，聽說我們要回王都，對方就說願意讓騎兵團順路載我們一程。」

「這樣啊。」

聽說利瑟爾和王族建立交情，他已經不會感到驚訝了，雖然還是有點不解。沙德蹙起眉頭表示他的納悶，不過並未多說什麼，只是點了點頭。

他並不覺得那名王族這麼提議是打算利用利瑟爾他們。能夠和眼前這位高潔的男子建立交情，卻還想利用他……也就只有最無藥可救的無能之輩會產生這麼短視近利的想法。

「那也就表示，你們和這場騷動有關係吧。」

而利瑟爾深交的對象，不可能是這麼無能的人。

沙德也是道地的商人，看人、看物的眼光都相當出眾。

「您為什麼這麼想呢？」

「洩漏國家機密的無能王族，你怎麼可能會感興趣？」

「說不定是我無論如何都想知道呢？」

「手段也太沒效率了。」

沙德不客氣地啐道。

他知道伊雷文暗地裡的身分，假如只是想要情報，利瑟爾根本不必大費周章跟對方打好關係也能輕易取得。

察覺沙德暗指的是自己，把整個身體沉在沙發椅當中的伊雷文嗤笑了一聲。

「說到底，你對這種事件也沒興趣吧。」

「您不覺得我有可能是在同行的過程中察覺了一點端倪嗎？」

「是誰說過只要沒有十成十的證據都不能肯定？」

這對利瑟爾來說是理所當然的事情。

稟告商業國領主的情報，必須有相當的精確度。尤其他是以冒險者身分向領主報告，除非是明確的事實，否則可能觸犯不敬罪。

至於沙德是否只把利瑟爾當成普通冒險者這點，就先撇開不談。

「王族要是讓不知道內情的人和使者一起行動就太愚蠢了，所以你一定是知道事情始末，才會被允許同行。」

「是的，承蒙親王的好意。」

「而除了被牽扯進那場騷動以外，你沒有機會知道這些。沒錯吧？」

「畢竟我只是個冒險者嘛。」

聽見利瑟爾這麼說，沙德擺出一臉怎麼聽怎麼奇怪的表情，不置可否地點點頭。

沒錯，雖然看起來一點也不像，但利瑟爾是冒險者，立場上和國家的騷動沒有任何關聯。那他又怎麼可能涉入這次事件，甚至得知這麼多內情？

理由只有一個。使者的目的地可是撒路思啊。

「騷動的原因跟『異形支配者』有關吧？」

「伯爵真是明察秋毫。」

「讚美不會帶來任何實質幫助。」

鴿血紅寶石般色彩濃豔的眼瞳裡滲出了些許憤怒。

他想起了讓商業國陷入混亂的那個男人，無法抑制的怒火顯示了這位領主是如何深愛著自己的領地。

「……從這種待遇看來，也不像是異形支配者想對你復仇。到底怎麼會牽扯到你？」

「關於這點我也覺得很不可思議，他們用非常牽強的理由盯上了我。」

利瑟爾不解地偏了偏頭：

「他們好像想先除掉我，以免我干預他們的行動。」

「這是什麼藉口。」

「對吧。」

沙德的語氣滿是無法理解，利瑟爾聽了也高興地瞇細雙眼笑了。

沙德見狀，表情不動聲色，卻輕輕呼了口氣。剛才會面的阿斯塔尼亞親王說「彼此運氣都不好」，他原本猜測這件事和異形支配者有關，不過既然利瑟爾說理由牽強，聽起來不像是支配者本人做出了什麼行動。

既然如此，儘管被捲入這次事件，利瑟爾多半也沒出什麼大事吧。

沙德往沙發椅背上一靠，環起雙臂。他知道這種事不可能發生，不過還是刻意問道：

「姑且還是讓我確認一下。」

「是？」

「你這次沒被操縱吧？」

下一秒，沙德瞇細了雙眼。

把頭撐在扶手上的劫爾刻意把視線投向別處，坐在利瑟爾另一側的伊雷文則撇嘴露出了扭曲的笑容，像在說「哎呀」。

兩人的眼神都平靜一如止水，彷彿把所有的感情都沉進了眼底最深處。

那是讓人聯想到深淵的眼神。坐在他們兩人之間，利瑟爾微微垂下眉，說話罕見地含糊其辭：

「是沒有被操縱。」

「那被怎麼了？」

「說出口讓人有點難為情呢。」

「快說。」

利瑟爾開了口，語調聽起來有點困窘：

「被他們監禁了。」

沙德一瞬間瞪大雙眼，下意識看向劫爾他們。

那兩人表現得若無其事，但無論如何都不肯對上他的視線，這代表什麼意思？就在沙德正要開口說些什麼的時候……

「沙德伯爵。」

聽見制止般的呼喚，他最終什麼也沒說，就這麼閉上嘴。

清澈沉穩的嗓音強制占有了他的意識。利瑟爾承受著來自三個人的視線，彷彿什麼事也沒發生似地露出柔和的微笑。

「雖然我認為一個稱職的冒險者應該有能力保護自己……但那個情況實在沒有辦法。」

聽見利瑟爾面露苦笑這麼說，沙德放鬆了下意識繃緊的肩膀。

然後，他對利瑟爾投以狐疑的眼光。他還記得利瑟爾在異形支配者面前，一口氣操作好幾把火槍的模樣。

「連你都無法抵抗？」

「該怎麼說呢，對方某種意義上能和妖精相提並論。」

「你為什麼總是碰到這種傢伙？」

利瑟爾一副「您這麼說我也很無奈啊」的表情，沙德不理會他的反應，兀自思索。

雖說遭到了監禁，但既然還像這樣派遣使者協商，表示最後沒有演變成太糟糕的情況。假如對方傷害了利瑟爾，想必阿斯塔尼亞根本來不及派使者過去，撒路思就已經呈現地獄繪圖的景象了。

「沒有真的受到什麼傷害吧？」

「一點小傷也沒有，雖然染上了感冒。」

那些傢伙到底把利瑟爾關在什麼樣的環境？沙德一瞬間在腦中展開所有可能的經濟制裁，在腦中一一施加在撒路思身上洩憤。為了讓撒路思付出大侵襲的代價，現在商業國對撒路思的經濟制裁也已經多到王都方面介入勸阻，所以他不會真的實行。

假如真的這麼執行，他就沒有資格當領主了。

「您還有什麼問題嗎？」

「這個嘛……」

沉穩的嗓音拋來問句，沙德以平靜的語調回應，不暴露任何一點思緒。

老實說他還有很多事想問，但利瑟爾想必不會再透露更深入的資訊了。若是這男人連這點程度的判斷力都沒有，沙德不會覺得他有任何價值。

「你們今天還有什麼計畫？」

「我想去把伴手禮送給因薩伊爺爺，然後找間旅店投宿吧。」

「是嗎？」

沙德垂下眼眸，忿忿地小聲嘖了一聲，別開視線。

怎麼了嗎？利瑟爾納悶地等著。數秒的沉默之後，沙德張開雙唇：

「……對美味的晚餐有興趣嗎？」

利瑟爾先是眨了一下眼睛，接著領略了這句話的意圖，瞇起眼笑了開來。

這句邀約彷彿暗諷他們初次相遇的情形，其中蘊含的情緒卻與那天截然不同。

「如果因薩伊爺爺也一起的話，當然。」

「這我知道，不用你說。」

「謝謝您。」

沙德哼了一聲，放下環抱的雙臂站起身來。

「三十分鐘後出發，你們先在這休息。」

說完，他便踩著響亮的腳步聲離開了會客室。

他交代在門外待命的隨扈去向因薩伊傳話、預訂餐廳，接著走向自己的辦公室。他必須查核那些剛取得的情報、擬定對策，該做的事一口氣增加了不少。

在三十分鐘的時間限制當中，沙德盡可能排滿了代辦事項，真是不折不扣的工作狂。

利瑟爾把視線從關上的門扇移開，伸手端起冷掉的紅茶。

餐廳由最瞭解商業國的人物精心挑選，今天的晚餐肯定不會辜負他們的期待。不愧是商人，這項誘人的提議確實足以交換他帶來的情報。

他品味著冷卻之後仍然怡人的紅茶香氣，啜飲了一口茶湯。

「看你很高興嘛。」

劫爾忽然這麼說。

利瑟爾把仍然殘留著紅茶的杯子放回茶碟上，放鬆的嘴角彷彿表達了他的心情。那道笑容裡充滿了獲得回報的滿足感，以及完成一件事情之後深刻的感慨。

「當然高興囉。」

「為什麼？」

「因為那位伯爵居然願意邀請我呀。」

他剛放下的杯子立刻被伊雷文搶走了。

察覺到他已經不打算再喝，早已喝光自己那杯茶的伊雷文把利瑟爾剩下半杯左右的紅茶一口氣喝乾。

「你有那麼中意他喔？」

伊雷文把空杯往桌上隨便一擱，詫異地這麼問。

「不是這個意思。該怎麼說呢，伯爵他心裡有著非常明確的判斷標準。」

「標準？」

「沒錯。對他來說，唯一至高無上的就是馬凱德這座城市。」

劫爾想知道的應該也是這點吧，利瑟爾重新看向他，而後者倚在扶手上，以眼神示意他繼續說下去。三人坐在同一排，正對面卻沒坐人的感覺還真奇妙。

接著，利瑟爾同時對他們兩人開口：

「公認是個工作狂的他，可是停下了手邊的工作，為我空出了自己的時間哦。」

對此，劫爾和伊雷文不動聲色地揣摩這段話真正的意思。

這並不是「對方比起工作更重視我，因此讓我很高興」這種常見的感受。就是因為沙德不會這麼做，利瑟爾才這麼中意他，甚至對這位重視領地勝過一切、認真執行工作的領主心懷敬意。

若非如此，利瑟爾也不會在大侵襲發生的時候這麼樣地幫忙他，即使是為了換取報酬也一樣。

「（假如是這傢伙奇特的感受方式……）」

「（用隊長的思考方式來想……）」

然後，他們兩人都推測出了正確解答。

「獲得這麼高的評價，讓我有點不好意思呢。」

唯有在判斷這麼做能比繼續工作帶來更多益處的時候，沙德才會停下忙於工作的手。

也就是說，沙德在利瑟爾身上看見了值得犧牲工作時間的價值。這是基於他個人堅定不移的標準所做出的判斷，是最純粹的評價。

劫爾他們從沒見過被別人估量價值還這麼高興的人，是因為利瑟爾先前的地位理所當然會受人品評嗎？還是因為他一直處於評價他人的立場？

「不過這也是很有隊長的風格啦。」

「是這樣嗎？」
「哎，也不是不能理解。」劫爾說。
兩人理解了原因，敷衍地點了點頭。
利瑟爾也是因為自己獲得肯定的評價會感到高興，所以才傾向於評價他人的能力吧。和利瑟爾親近的，也同樣是會對這種事感到高興的人。
「是說那傢伙的黑眼圈也太重了吧？」伊雷文說。
「他也不打算消除它了吧。」劫爾說。
「在這種狀態下身體還很健康，真的很厲害呢。」
在那之後，三人隨心所欲地閒聊，直到沙德來告訴他們該出發了。

大街上空掛著五顏六色的旗幟。
牆壁上貼滿了各種海報，任何一個小空隙都擺滿了商販和地攤。已經到了太陽西沉的時間，街道上仍然燈火通明，人潮絡繹不絕。
觀光客來到店裡閒逛，居民在回家途中想順路買些東西，店老闆們為了盡可能消化掉貨架上的商品而努力對這些客人做最後的叫賣。
利瑟爾一行人走在熱鬧的人群當中，也不斷有商家想招攬他們進店。
「往這裡走。」
在沙德的帶領之下，利瑟爾踏進了一條小巷。
平時總是踏著響亮的腳步聲快步前進的男人，此刻放慢了腳步。一行人側眼看著經過風吹雨打、文字已經模糊不清的海報，跟著沙德繼續前進。

沒走多久，領頭的沙德就停下了腳步。正前方是一扇紅色的店門，掛著【CLOSE】的牌子。

「店根本沒開嘛。」伊雷文說。

「因為我們包場。」

沙德這麼說著，拿下了眼鏡。

這不是利瑟爾送他的那副阻絕認知的眼鏡。戴著那副眼鏡的時候，連利瑟爾他們都會認不出沙德，因此現在這副眼鏡只是為了簡單變裝而準備的。

這一行人都相當引人注目，不過意外地沒有人認出沙德。一方面是因為大侵襲時，真正看見沙德相貌的只有一部分憲兵，另一方面則或許是他今天的同行者比起他更加醒目的關係。

「歡迎光臨。」

一打開門，便響起細小的風鈴聲。

開口招呼他們的是位妙齡的女服務生，一身白襯衫、黑長褲搭配半身黑圍裙，臉上一如往常掛著面對客人的笑容，看見進門的客人，她的動作卻一瞬間僵住了。

她沒有見過統治這片領地的領主，然而看見眼前的壯年男子和利瑟爾這位顯然是貴族身分的人物一同現身，她心裡想，這個人該不會就是領主吧。

畢竟這群客人用來預約包場的名字，也太身分不凡了。

「喲，你們來得真晚啊。」

「你已經先到了嗎？剛才我用了你的名字預約。」沙德說。

「沒差沒差，老夫不在意。」

看見沙德走進餐廳，一個男人從座位上站起，抬起一隻手打招呼。

男人的外表看起來和沙德差不多年紀，有些人甚至以為他比沙德年輕，只有和外貌不相稱的自稱暗示了他真正的年齡。

在這個彎腰駝背也不奇怪的年紀，這身高鶴立雞群的男人卻站得筆挺，一手插在口袋走了過來，一看見利瑟爾他們便露出無畏的笑容，這表情非常適合他。

「好久不見啊，雖然在那邊也見過了。」

「好久不見，因薩伊爺爺。」

是公認的破天荒爺爺，因薩伊。

很好、很好，因薩伊滿足地點著頭，在他們三人面前停下腳步。

「利瑟爾，你又帶著不得了的大人物回來啦。」

「是對方『順便』帶著我過來才對喲。」

「說這話真不適合你。劫爾，大劍有沒有好好保養啊？」

「你不要再問這個了。」

「我就是要一直提醒你啦。怎麼樣啊伊雷文，有沒有乖啊？」

「沒有人說我不乖！」

那就好，因薩伊快活地笑了。

接著，一行人在悄悄復活的女服務生帶領之下來到了座位。

六人座的桌子上，已經擺好了五人份的餐具，其中一個位子上放了一杯迎賓酒，是為最先抵達的因薩伊送上的吧。美麗的琥珀色飲料盛裝在玻璃杯裡，杯中細小的氣泡冉冉上升。

「我不喜歡太高級的餐廳欸。」

「沒那麼高級，這裡一般的評價算是在紀念日享用的那種，稍微好一點的餐廳。」沙德說。

「包場的話很多餐廳都會比平常更加注重招待，可能是因為這樣，看起來才會顯得比較高級吧。」利瑟爾說。

「是喔。」

五名男性習以為常似地這麼說著，在桌邊坐了下來。

這情景各種意義上相當壯觀，女服務生忍不住看向遠方。

一個是馬凱德無人不知無人不曉的貿易商大老闆，一個是所有女性不分老少看了都不禁屏息的俊美男子，一個是散發出絕對強者氣場的冒險者，一個是散發出異樣乖僻氣質的冒險者，還有一個是絕對出身顯貴的高雅男子。

這組合太過奇特，她搞不懂自己接待的到底是什麼樣的客人，甚至沒來由地感到有點恐慌。

「來，快吃快吃，老夫聽說你們在大侵襲的時候吃了很多啊？」

「幾乎都是這傢伙吃的吧。」劫爾說。

「謝謝招待啦。」

「什麼，你不能喝酒？」沙德說。

「是的，我太容易喝醉了。」

但是看到他們和睦交談的模樣，女服務生立刻接受了事實心想：他們看起來這麼高興，感覺只是來吃頓飯，不用想這麼多吧。也可以說是在逃避現實，不過她的判斷並沒有錯。

「啊，對了。」

低頭看著菜單的利瑟爾忽然抬起臉來，看向因薩伊：

「先前我借用了因薩伊爺爺的名字。」

「小事，你隨便用啊。怎麼啦，哪個商人找你麻煩嗎？」

看見利瑟爾抱歉地垂著眉這麼說，因薩伊露出好戰的笑容。

在利瑟爾身旁，伊雷文正隨心所欲地點著菜，劫爾則是隨心所欲地點著酒。也可以說他們是為了這個原因才包場的，這種精緻料理的餐廳，烹調速度常常趕不上伊雷文的消化速度。

順帶一提，今天沙德請客，別人請客的料理特別美味。

「沒有到找麻煩那麼誇張，只是對方要我們接下護衛委託，我才搬出您的名字來拒絕。」

「你不喜歡護衛委託啊？」

「不是的……只是當時還不打算離開阿斯塔尼亞，而且……」

利瑟爾闔上了手中的菜單。

在女服務生回收菜單的同時，他以慈愛的語氣開口說：

「感覺賈吉不希望我這麼做呀。」

「這就沒辦法啦。」

回答得到了因薩伊全力的贊同。

「我個人倒是想接個幾次試試看。」

「駁回。」

意想不到的人物出言反對，利瑟爾不禁大感意外地看向沙德。

不過沙德只是一臉不悅地瞥了他一眼，便別開視線，自顧自傾了傾酒杯，看來不打算說明原因，利瑟爾於是放棄追問。

「我也不太喜歡護衛委託欸，那大哥咧？」

「不會積極去接。」

「你們對護衛委託都沒什麼興趣呢。」

利瑟爾有趣地笑了，啜飲了一口自己的無酒精迎賓飲料。

要順利完成護衛委託，溝通能力比起實力更加重要。雖說以劫爾和伊雷文這麼強大的實力，只要把該做的事做好，委託人也不會有什麼怨言，不過一般來說與委託人彼此合作、溝通，都是護衛過程中不可或缺的工作。

「老夫店裡需要請人保護載貨馬車的時候也會找冒險者，不過時不時就會發生爭執。」

「是這樣呀？」

「確實常聽說類似的情形，但也不能一概而論說都是冒險者災情。」

沙德板起臉露出平常不悅的表情這麼說，倒是沒有表現出責備的態度。

同一時間，餐點一盤盤上桌了。盤子幾乎填滿整個桌面，沙德投來「點這麼多做什麼」的視線，但沒什麼問題。

對伊雷文來說這點程度還只是開胃菜，他把利瑟爾的份分出來之後立刻開動。

「商人都這樣啦，碰到什麼事馬上就怪冒險者。啊，這個好吃欸。」

「謝謝你。劫爾要嗎？」

「不用。喂，你要酒嗎？」

「好……我已經說不能一概而論了。」

在形形色色的委託當中，護衛委託是冒險者和委託人最常發生糾紛的一類。

從冒險者的角度來說，遭到魔物襲擊還要求馬車和貨物一點都不能受損，根本是強人所難。但委託人反而覺得，自己已經付了相應的酬勞，冒險者當然得想點辦法替他們保護財物，否則就傷腦筋了。

雙方都有道理，因此沒有一勞永逸的解決辦法，冒險者和委託人時常因為報酬變更而發生爭執。

「啊，這個很美味呢。」利瑟爾說。

「對吧，來，老夫的也給你吃啊。」

然而利瑟爾無從得知這些。

他接過的唯一一次護衛委託是和賈吉的那趟馬車旅行，在和平愉快的氣氛當中結束了。

原來也有這種事呀，利瑟爾一邊感嘆一邊品嘗著美味的料理。

「對了，我也買了伴手禮給因薩伊爺爺哦。」

「這還真讓老夫高興啊。」

雖然不至於像溺愛賈吉那麼誇張，因薩伊還是笑了開來，眼神活像是寵愛孫子的祖父。利瑟爾先確認了現在是否方便交給他，才從腰包裡取出一個包裹。

和送給沙德的禮物不同，從包裝外側看不見裡面的東西。

「那就晚點再拆，保留一點期待吧。」

「希望您喜歡。」

因薩伊俏皮地搖了搖那個包裝這麼說著，把它放進了口袋。

順帶一提，裡面包的是一本手帳。這是商人的必需品，根據使用習慣甚至可以稱作消耗品了，是一定用得上的伴手禮。

「你送的東西怎麼會有不喜歡的道理呢，對吧，沙德？」

「不要問我。」

沙德忿忿回道，卻不置可否，因薩伊哈哈大笑。

接著，他換上了一副別有心機的笑容，把站在調理區前方待命的女服務生叫了過來。交談了幾句之後，服務生便走進廚房去了。

沒過多久，她立刻靈巧地端著幾盤料理回來了。

「來，這是老夫給你的回禮。」

擺在桌面上的餐點，看起來像是香煎魚肉。

紅酒醬汁華麗地灑在上頭，還加了迷迭香和洋香菜增添色彩。不知道是什麼魚，不過乍看之下看不出足以讓因薩伊稱作回禮的要素。

總之先吃吃看吧。就在利瑟爾正要拿起刀叉的時候……

「鎧鮫？好像不是，不過有點像欸。」

「喔喔，小子居然看得出來啊！」

伊雷文叉起了一大口魚肉，端詳著這麼說，應該是覺得氣味有點熟悉吧。因薩伊聽了讚許地拍了拍手。

「雖然不是鎧鮫那麼好的肉，不過咱們買到了魔物魚肉，老夫就事先帶過來啦。」

利瑟爾露出微笑道了謝。

先前在阿斯塔尼亞見面的時候，利瑟爾提過魔物魚肉相當美味，因薩伊肯定是記得他當時說的話吧。不過那時候，因薩伊是說要帶他去私藏的魔物料理餐廳就是了。

「至於說好的那間餐廳，就等下次的機會囉。」

「我會期待的。」

因薩伊眨起一隻眼睛，順理成章地取得了下一次見面的約定，不愧是精於經營人脈的貿易商人。

「這也很好吃啊。」劫爾說。

「該怎麼說，未知的美味？」伊雷文說。

「是相當精緻的料理呢，總覺得好久沒吃到了。」

看見三人吃得刀叉都停不下來，因薩伊露出了心滿意足的神情。沙德也在一旁吃著煎魚，他側眼打量著因薩伊，微微挑起一邊眉毛開口：

「你是那麼親切的人嗎？」

「老夫可不想被你這麼說。第一次邀請別人共進晚餐，感覺怎麼樣啊？」
「沒必要跟你說。」
沙德哼笑一聲。因薩伊放聲大笑，接著喝光了玻璃杯中的酒。
他看著這個領主長大，這個只對守護商業國有興趣的男人，終於開始對其他人感興趣了。彷彿祝賀他的成長似的，因薩伊把酒一口飲盡，又點了一瓶新的葡萄酒。
「……所以說，伯爵，可以請您帶著哀傷的表情說點什麼嗎？」
「給我等一下。」
在這期間，利瑟爾他們的話題已經發展到沙德完全無法理解的方向去了。
「情境是夜晚的河邊，與某位少女的初次邂逅。」
「我叫你等一下。」
「啊，請別說『肚子餓了』。」
「先給我從頭解釋為什麼要求我做這種事……」
他們到底在聊什麼，才會對別人提出這種莫名其妙的要求？
面對利瑟爾謎樣的要求，沙德皺著一張臉問道，這要求實在莫名其妙到他的思考都快停止了。
「先前我們在迷宮裡碰到了這樣的機關，伊雷文徹底失敗了。」
「我覺得那不只是我的錯欸。」
「但你那句臺詞真的沒救。」劫爾說。
「說到迷宮，老夫聽說沙德買了迷宮畫作啊，還真難得。」

「給我閉嘴。」
「啊，是送給雷伊子爵的禮物嗎？」
「誰要送他。」
就這樣，五個人一起度過了熱鬧的夜晚。
題外話，由於伊雷文狂吃個不停，因此餐廳賺到了遠超出一般包場的營業額。雖然很值得高興，不過這無底洞一般的食欲，中途把主廚弄哭了。
最後，利瑟爾他們還是跟著沙德回到了領主官邸，在那裡舉杯一直聊到了深夜。到了利瑟爾他們就寢的時候，沙德還跑回去工作，只能說工作狂真是名不虛傳。

隔天早上，官邸前方。
騎兵團和昨天一樣，在庭園裡集合。他們準備載送的那位親王正在官邸向領主道別，再過幾分鐘就會過來了。
問題在於，利瑟爾他們到現在還是不見人影。
拜此所賜，納赫斯一顆心七上八下地在魔鳥車前面來回踱步。昨天也沒聽他們說住在哪間旅店，無法直接去把人接過來。
「那個悠哉先生還沒來嗎？」
「是啊，只聽說他們在外面的旅店投宿……親王都差不多要出來了。」
納赫斯的語調壓得比平時更低，比起生氣倒不如說是擔心他們。
萬一真的沒趕上，騎兵團就必須丟下利瑟爾他們直接出發了。幾名騎兵把自己的搭檔叫到身邊來，打算試著從上空搜尋附近一帶。

然而，這項行動來不及真正執行。

「沒想到你居然會來送行，我看商業國的物價要暴跌囉。」

「不可能的。」

他們的親王從玄關入口現身。

在親王身後，一名有著漆黑長髮和驚人美貌的男子跟著走了出來。納赫斯多半是整個騎兵團當中最早推測出男子真正身分的人。

「（『我心目中的最強美男』……指的就是這位吧……）」

納赫斯在心裡頻頻點頭。

聽利瑟爾這麼說的時候他還半信半疑，以為利瑟爾在開玩笑，但利瑟爾其實是用最簡單明瞭的方式介紹了這個人啊，納赫斯深自反省。

「那我走啦，下次建國慶典的時候再見吧。」

「請您路上小心。」

親王帶著兩名護衛，走向自己的魔鳥車。

騎兵們有點苦惱地開始準備出發。與包括親王在內的所有成員確認過接下來的行程、準備妥當之後，他們就會起飛了，這過程只需要五分鐘。

看來沒有時間去找人了，納赫斯懊悔地握緊了拳頭。就在這時……

「好了，快一點。」

「不行了，我眼睛睜不開……」

「還不是因為你晚上又跑出去玩。」

「伊雷文昨晚出去了嗎？」

有人從官邸匆匆走了出來，是已經做好出行準備的利瑟爾和劫爾，以及剛睡醒勉強披著衣服的伊雷文。

利瑟爾替眼睛真的一條縫也沒睜開的伊雷文支撐著手臂，催著他挪動腳步，在看見沙德的身影時停下了步伐。沙德沒有施加任何變裝打扮，就這麼站在那裡，其實他應該很排斥這麼做吧。利瑟爾微微一笑，朝他走了過去。

「早安，沙德伯爵。」

在打招呼的同時，利瑟爾注意到納赫斯以咄咄逼人的氣勢靠了過來。

他立刻做好覺悟，這次一定會被罵的。這沒辦法，是他們遲到有錯在先，利瑟爾也很清楚沒趕上會有什麼後果。想到納赫斯有多擔心，他就決定乖乖挨罵了。

「為什麼你們在這種時候也一點緊張感都……?!」

利瑟爾預期聽見的說教，在困惑當中中斷了。

因為沙德伸出了一隻手，擋在利瑟爾和納赫斯之間，彷彿在袒護利瑟爾一樣。在利瑟爾眨了一下眼睛的短短一瞬間，那隻手臂隨即放了下來。

納赫斯愣了愣，接著立刻回過神來，往後退了一步。

「很抱歉，在領主大人面前失禮了。」

「不會。」

「要出發了，你們快點上車喔。」

納赫斯只留下這句話，便加入其他騎兵開始準備出發。

利瑟爾把還半夢半醒的伊雷文交給劫爾，打量了一下沙德的臉色。儘管沙德皺著一張臉，堅決不肯對上他的視線，利瑟爾仍然毫不介意地瞇起眼笑了。

「隔了這麼久能再次見到您，我很開心。」

「……是嗎？下次要被捲入什麼事件之前先好好篩選一下吧，雖然這也用不著我提醒。」

「我會的，謝謝您各方面的照顧。」

不遠處傳來伊雷文被劫爾扔進魔鳥車的哀號。

同伴好像在叫他了。利瑟爾轉向那邊，正好看見一隻魔鳥起飛，振翅聲在清晨清澈的空氣當中迴響，讓人下意識抬頭看向天空。

差不多得走了。利瑟爾重新面向沙德，惡作劇似地開口：

「謝謝您來為我送行。」

目送利瑟爾朝著魔鳥車走去，沙德揚起了自嘲般的笑容。

這裡還有他應該禮遇的阿斯塔尼亞王族，利瑟爾這句話卻暗示了沙德是為了自己才來送行。沉穩的嗓音裡沒有任何傲慢或優越感，只有毫無疑問、理所當然的色彩。

這句刻意的發言，就像一來一往的商談一樣令他滿意。

「這是當然的。」

他回應的話語無法傳入利瑟爾耳中，不過這樣就好。

魔鳥車飛向天空，沙德在眩目的日光中蹙著眉頭，目送一行人逐漸飛遠。接著，他毫不留戀地轉身走進官邸，準備快點趕上落後的工作進度。

132

從阿斯塔尼亞出發之後，第六天的早晨。

派往撒路思的使節團順利抵達了預定地點，在那裡紮營過了一晚。

這裡正好位於王都與撒路思的中點，魔鳥不用半天的時間就可以飛抵這兩個國家，平常外交訪問的時候也會利用這裡當作據點。

這裡是視野良好的平原，附近還有一小片森林，林中有水源可以取用。魔鳥聚集在一起的時候魔物很少靠近，即使真的有魔物，魔鳥也會立刻察覺。

「我們是從這邊開始分頭行動喔？」伊雷文問。

「是呀，只有我們會飛往王都。」

利瑟爾整裝完畢，正在野營地裡閒晃，看有沒有事情可以幫忙。

睡眼惺忪的伊雷文打著呵欠，跑來跟他會合。兩人側眼看著悠哉走動的魔鳥和摺疊起來的帳篷，穿行過這片略帶寒意的草原。

今天不再是太陽一升起立刻出發的行程，騎兵們久違地睡了一頓好覺，美麗的青空之下傳來的幾聲吆喝也充滿活力。

「早餐咧？」

「劫爾應該會獵點什麼回來吧。」

擦身而過的騎兵向他們打招呼，利瑟爾也面帶微笑回應。

這趟旅途中的三餐和前往阿斯塔尼亞那趟一樣，由他們自行準備。雖然騎兵們告訴他們可以一起吃野炊的食物，但騎兵團的食物大多是利於保存的乾貨，肉食主義的劫爾不太愛吃。

因此他總是信步走出營地，回來的時候總是帶著某些獵物的肉，利瑟爾和伊雷文吃的也幾乎都是劫爾的狩獵成果。

「啊，好像捕到了呢。」

稍微往森林深處的方向，傳來了野獸臨終前的哀鳴。

同一時間，許多鳥類從樹林中飛起，魔鳥和騎兵們紛紛好奇地看向那裡，不過沒過多久又不太在意地繼續手邊的工作。他們都已經習慣了。

「劫爾總是以體型龐大的獵物為目標呢。」

「可能是因為我？」

「可能哦。」

兩人打趣似地相視而笑。

順帶一提，真正的原因其實只是小隻的獵物抓起來費事而已。龐大的獵物會主動發動攻擊，因此容易發現也容易捕獵……完全是強者的論調。

「我本來想去幫忙騎兵團準備早餐，看樣子還是先等劫爾回來吧。」

「幫忙喔……」

伊雷文把說到一半的話硬是吞了回去。

表面上看起來，利瑟爾的確常常主動幫騎兵團的忙。只要他過去說一聲，納赫斯總會分配工作給他，利瑟爾做起事來也不至於成為大家的累贅，算是做出了合格的成果。

但是，伊雷文還是覺得有點一言難盡。

『請問有什麼事情需要幫忙嗎？』

『喔，原來是利瑟爾先生啊。你來得正好，你能不能幫我攪拌這鍋湯？不要讓它燒焦囉。』

『我知道了。』

『你幫大忙了，我沒辦法一直顧著那鍋，那就拜託你啦。』

『好的。』

那一次，利瑟爾站在深底的大鍋子前面，拿著湯杓勤奮地攪拌。

讓他碰火太危險了吧？一位騎兵悄悄這麼問納赫斯，讓伊雷文印象非常深刻。這些傢伙是不是太瞧不起我們隊長了啊？但他全力贊同。

還有另一次……

『納赫斯先生，我可以幫忙嗎？』

『哈哈，什麼啊，問得這麼客氣真不像你。不用客氣儘管幫忙吧。』

『謝謝你。那我也把這個切塊就可以了嗎？』

『不用，這邊人手已經夠了。這個嘛，如果你可以幫忙把那些夾進麵包裡，我會很感謝的。』

『好的，我知道了。』

『麵包還很燙喔，小心別燙到了。』

結果，利瑟爾負責把生菜和鹽漬火腿之類的配料夾進用營火烤熱的麵包裡。

伊雷文一直覺得，納赫斯的應對才是所謂的「迷宮應對」吧？迷宮應對是冒險者用語，指的是「超級懂得察言觀色、妥貼到不行的應對方式」。

「……不過，隊長看起來很開心就好了啦。」

「嗯？」

叫我嗎？利瑟爾轉頭看了過來，伊雷文露出燦爛的笑容搖了搖頭。

兩人改變了前進方向，往自己的帳篷走去。他們的帳篷搭在魔鳥車附近，旁邊還留著昨晚使用的營火堆。

既然劫爾獵到了肉，那麼一定需要用火烤，他們在營火旁等待就可以了。

「我們啥時出發啊？」

「納赫斯先生是說，我們兩邊都準備好就可以出發了。」

「是喔。那越早越好？」

「是呀。」

騎兵團應該也想盡可能留在野營地裡待命，還是早點出發最好。

一陣強風忽然吹過草原，吹動了利瑟爾的頭髮。他把搔過臉頰的頭髮撥到耳後，望著遠處一邊閒聊、一邊伸展身體的騎兵們。

「不過，騎兵團也很悠哉的樣子，應該不至於特別趕時間吧。」

「那些傢伙還說他們今天沒事做欸。」

伊雷文邊打了個呵欠邊表示贊同。

派往撒路思的先遣騎兵想必已經出發了，在收到撒路思方面的回覆之前，騎兵團都閒著沒事做，畢竟在其他國家附近也不好隨便讓魔鳥飛行。

「喔，剩下這麼多木柴一定夠了吧？」

來到帳篷旁邊，伊雷文這麼說著，動作熟練地把堆在一旁的木柴扔進營火的灰燼裡。利瑟爾有時也會負責堆柴火，不過距離隨手就堆得起來的境界還差得遠。

「對了，早上起來總會發現木柴少了一點呢。」

「啊——應該是晚上有人幫忙添柴吧，巡邏的人之類的。」

「原來如此。」

在野營地裡，夜晚會保持火堆徹夜不熄。

這一趟利瑟爾他們和騎兵團同行，晚上三人都可以睡覺，應該是半夜巡邏的騎兵注意到柴薪不夠，所以幫他們添加了。真是很感謝他們。

「好啦，完成。」

伊雷文拍了拍手站起身來。

拳頭大的石塊圍成一圈，木柴已經在中間堆好了。利瑟爾低頭看著柴堆，微微偏了偏頭，開始操縱魔力。

隨著空氣中的噼啪聲，柴堆中升起了火，利瑟爾暫時讓它點著。

「啊，劫爾也回來了呢。」

確認火舌在木柴表面慢慢擴散開來，他才中止了魔法。

一抬起臉，正好看見一道人影從森林走來。沒看見獵物，應該是收在空間魔法裡了吧，看來捕到了體型龐大的野獸。

利瑟爾揮了揮手，劫爾看見了也朝他抬起手。

「要來泡個茶嗎？」伊雷文說。

「好呀。」

伊雷文在火堆上架起了摺疊式的鐵製三腳架。

接著他拿出水壺，朝利瑟爾遞了過去，利瑟爾直接把手放在壺蓋還沒掀開的水壺上，往裡面裝滿了水。

他們三人各自備有幾支裝滿水的瓶子，但只要有利瑟爾在，他們就懶得拿出來，往往直接依賴魔法解決水源問題。反正水也不容易腐敗，從把物資留到緊急時刻備用的角度來看，這麼做確實沒錯。

「有隊長在好方便喔——」

「你們常常這麼說呢。」

「因為真的很方便嘛。」

伊雷文哈哈笑著說完，隨便取出一種茶葉，扔進爐架上的水壺裡。

順帶一提，爐架、水壺、茶葉都是賈吉硬塞給伊雷文的。賈吉一心希望利瑟爾在外能過得舒適，他間接提供的這些照顧總是細心到無微不至。

沒過多久，劫爾就回到了野營地。

「難得看你們這麼早起。」

「早安，劫爾。」

「大哥早！」

「嗯。」

利瑟爾起床的時候，已經沒看見劫爾的身影了。

肯定是在平常的時間醒來，直接出去活動了吧，熟睡的利瑟爾也不知道他是幾點離開帳篷的。

「捕到了什麼呀？」

「雷虎。」

「哦？是我沒有見過的魔物呢。」

劫爾從腰包取出那頭獵物，橫放在地面的瞬間響起沉重的落地聲。

那頭巨大的獵物有一匹馬那麼大，渾身裹著黑白條紋的美麗毛皮。額頭上長著犄角，粗壯的腿無力地癱在地面，能夠想像牠還活著的時候有多兇猛。

利瑟爾目不轉睛地打量那頭魔物，接著在牠的頭部前方蹲了下來，朝著略有凹凸的犄角伸出手。

「別碰。」

聽見劫爾的忠告，他乖乖停下了動作。

「為什麼呀？」

「還沒消退。」

什麼東西還沒消退？利瑟爾納悶地抬頭看向他，只見站在他身旁的劫爾緩緩地彎下身來。

他手上拿著剝除毛皮用的小刀。刀尖碰觸到犄角的瞬間響起劇烈的「啪」一聲，接觸處迸發出細小的青色閃電。

「看起來真的很痛呢。」

「毛皮也別碰。」

經劫爾這麼一說他才發現，才剛死亡不久、還帶有光澤的毛皮也呈現出毛髮倒豎的狀態。

碰到了一定很痛，利瑟爾這麼想著站起身來。

「喔，血也已經放完了欸。」

「我從脖子砍的。」

「啊——所以才髒成這樣。」

伊雷文說著，也俐落地戴上手套，取出自己的小刀。

或許是因為父親是獵人的關係，伊雷文很擅長處理獵物，手上的刀刃毫不猶豫地滑過沾滿血汙的毛皮。

牠的體型相當龐大，不過兩人合力處理也花不了多少時間。順帶一提，利瑟爾就算想幫忙也總是被他們拒絕，不過他們還是會邊處理邊替他講解，因此利瑟爾雖然沒有實作經驗，知識卻不斷累積。

「那麼，我去拿湯好了。」

「什麼湯啊？」

「好像說是配料很豐富的湯哦。」

「耶！」

利瑟爾回想著昨晚聽說的菜色這麼回答，然後走向營地的烹調場。

雖然他們自己準備三餐，但並不是非得和騎兵團區隔得一清二楚不可。就像利瑟爾接下來要做的一樣，他們會互相分享食物，有時候納赫斯覺得他們只吃肉營養太不均衡，也會不由分說地把菜塞過來。

「利瑟爾先生。」

「早安，納赫斯先生。」

「嗯，早安啊。」

走到一半，納赫斯叫住了他。

納赫斯邊說著「太好了」邊朝他走來，看來正好在找他，利瑟爾也跟著停下腳步。納赫斯的搭檔也在不遠處，自由地走來走去。

「怎麼了嗎？」

「沒事，只是想先確認一下你們要什麼時候出發。」

「我們配合你們的行程就好。」

「這樣啊？你們早餐……也是正要吃啊。」

納赫斯正好面向著利瑟爾他們的帳篷，立刻看見了那個正在剝皮的巨大肉塊，於是露出恍然的表情這麼說。利瑟爾也一臉佩服地想，他們解體獵物的動作還真快啊。

「剛才引起大家騷動的就是那個嗎？這次又是大隻的獵物啊。」

「好像是雷虎。」

「什麼？附近有雷虎？」

納赫斯稍微皺起眉頭往森林看去，利瑟爾見狀偏了偏頭。

「有什麼問題嗎？」

「不，我們這邊聚集了這麼多人，魔物一般不會主動靠近，倒是沒什麼關係。只是……雷虎是魔鳥很難對付的一種魔物。」

雷虎有時候甚至會捕食天上飛行的魔鳥。

雷虎的毛皮帶電，牠們能把電氣聚集在犄角上放出閃雷。雖然雷電強度不足以致命，但只要暫時麻痺魔鳥，就能大幅提高狩獵的成功率。

接下來牠們只要以龐大體型難以想像的速度逼近，以銳利的爪子給予致命一擊就能飽餐一頓，是騎兵團在森林裡最不想遇到的魔物之一。

「很少看到牠們在這一帶出沒啊。」

「是呀，我也沒有見過。」

「既然已經被擊殺，我就放心了，代我向一刀說聲謝謝吧。」

「雖然我想劫爾應該沒有那個意思。」

「我想也是。」

納赫斯笑著回道。看見搭檔靠了過來，他伸手環住牠的脖子摸了摸。

對於劫爾像早餐前運動一樣獵殺魔物，這裡已經沒有人會感到驚訝了。看見雷虎的時候周遭之所以一陣騷動，是因為沒想到雷虎會在這附近出沒吧。

不過還是有個例外，親王的其中一名護衛在看見雷虎的瞬間，竟然把嘴裡的茶全噴了出來。
「那你呢？離開帳篷又有什麼事啊？」
「聽說今天有湯，我想去拿一點，就用肉跟你們交換吧。」
「這樣啊，大家也會很高興的。」
騎兵團也準備了經過加工、利於保存的肉品，不過果然還是比較想吃新鮮剛獵捕到的肉。
因此利瑟爾他們分享的獸肉非常受歡迎，在附近聽到這段對話的騎兵已經興奮地開始討論：「雷虎的肉吃起來會不會麻麻的啊？」
「這樣的話，我想想……就等吃完早餐再出發可以嗎？」
「好的。」
「之後我會再去叫你們，記得先做好準備喔。」
利瑟爾點點頭，和納赫斯道別之後繼續邁步往前走。
騎兵團輪值的伙食兵，在接近野營地正中央的位置進行烹調。這裡堆起了幾座並排的營火，周遭以磚塊圍成類似爐灶的構造。就像利瑟爾先前來幫忙的時候一樣，火爐上放著大鍋子。
騎兵團好像也持有一個公用的空間魔法包包，雖然物品取出受到嚴格管理，不過旅途中不必煩惱木柴和磚塊的攜帶問題。
「早安。」
「喔，你來啦。」

一位壯年騎兵坐在從魔鳥身上卸下的鞍座上，正俐落地削著水果，看見利瑟爾，他意有所指地笑了開來。

看來劫爾獵到雷虎的消息已經傳開了。

「聽說你們今天的收穫也不錯喔。」

「跟你們換湯如何呢？」

「歡迎歡迎，別客氣儘管拿啊。」

利瑟爾一直盯著人家削皮的動作看，騎兵邊朝他笑著這麼說，邊拿著手上的小刀指向湯鍋。

利瑟爾雖然很希望對方讓他削一下皮，但也不打算打擾人家工作，他很清楚自己的烹飪技術不算太好……雖然其中還是帶著一點樂觀的高估成分。

他就這麼走向了最靠近這裡的那一座火爐，來到了正在攪拌大鍋湯的一名年輕騎兵身邊。

「喔，我都聽說了喔！三碗對嗎？」

「是的，麻煩你了。」

「再等一下就煮好囉。」

聞到大鍋子裡飄散出來的香味，利瑟爾露出了柔和的微笑，往冒著熱氣的鍋子裡看了看。

鍋裡熬煮著馬鈴薯、紅蘿蔔之類根莖類的蔬菜，還有煙燻培根，所有配料全都切成大塊在鍋裡翻滾，湯汁表面則浮著細碎油花，在陽光下閃閃發亮。是阿斯塔尼亞早餐最常見的那種湯。

「幫我們殺掉雷虎，真的是幫大忙啦。」

「納赫斯先生也這麼說。魔鳥看到牠的屍體，並沒有表現得特別排斥呢。」

「這當然，牠們都受過訓練嘛。」

騎兵驕傲地挺起胸膛這麼說著，把視線轉向自己的搭檔。

看著在陽光下收起翅膀打瞌睡的搭檔，他的眼神中帶著滿溢的愛與信任。無論老兵還是新兵，這是騎兵團所有成員對魔鳥共同的感情吧。

「對了，那雷虎的毛皮你們打算怎麼辦啊？」

騎兵忽然再度轉向他這麼問，利瑟爾眨了眨眼睛。

「這些事情都是劫爾和伊雷文負責的呢。」

「好羨慕喔，那麼漂亮的毛皮，不知道值多少金幣。」

騎兵停下了攪拌湯鍋的手，作夢似地喃喃這麼說。

然後他靈活地操作湯杓，把漂在湯裡的馬鈴薯往鍋邊一壓，切成了兩半。利瑟爾看不太懂，不過應該是熬煮到滿意了吧。

利瑟爾於是從腰包裡取出三個碗，騎兵爽快地接了過來替他們盛湯。

「假如賣出去了，雷虎的毛皮不知道會做成什麼呢？」利瑟爾說。

「你問我喔……我想想，做成裝備之類的感覺品質不錯……啊，感覺王公貴族也會拿這個做成地毯！」

「在我們那邊沒有呢。」

「咦？」

「嗯？」

兩人對視了幾秒。在利瑟爾的敦促之下，靜止的時間重新開始流動。

騎兵總覺得對話當中有些地方不太尋常，不過還是別在意吧，他裝作沒聽見，繼續盛湯。一群男人吃飯，打飯分配要是有偏頗可是會引發戰爭的，當然要慎重一點。

「啊，對了，我看過有暴發戶把這種毛皮做成大衣喔。」

「穿起來感覺很暖和呢，雖然花紋非常高調。」

「那種花樣要穿得好看確實很困難耶。」

利瑟爾點了點頭，心不在焉地想像了一下。

虎紋大衣……以雷虎巨大的體型，尺寸做得大一點也沒有問題。回想起來，他彷彿記得自己的前學生扮成「有錢商人的敗家兒子」微服跑到市井玩耍的時候，曾經無比自然地駕馭過這種花紋的外套。

「劫爾身高夠高，穿起這種顯眼的花紋應該也很適合。」

「氣勢太強了，讓人不敢親近的感覺一定會三級跳。」

「伊雷文也很適合穿華麗的花紋呢。」

「肯定會被人誤會成道上組織的接班人呢。」

這算是誇獎嗎？

利瑟爾看向騎兵，只見對方乾笑了幾聲，好像不是太正面的意思。那還是不要建議他們把毛皮做成大衣好了。

「而且我穿起來一定不適合呀。」
「啊……」
這種深有同感的反應讓人有點哀傷。
「喏，裝好啦。」
「謝謝你。」
利瑟爾從腰包裡拿出迷宮品托盤，朝騎兵遞過去。
這個迷宮品能讓擺在上面的器皿內容物不容易潑灑出來。滿滿裝了湯的三個碗，一個接一個小心翼翼地放上了托盤。
順帶一提，這位騎兵平常負責打飯的時候總是把「多少灑出來一點也沒差啦」當作信條，不過利瑟爾無從知道這些，反而還覺得這人做事很細心。
「之後再請你們過來拿肉吧。」
「喔，那我馬上叫人過去！」
「好的，我會在帳篷那邊等你們。」
利瑟爾端著托盤，沿著原路折返。
這迷宮品只是讓東西不容易潑濺，但晃動太嚴重的時候一樣會灑出來，所以走路還是得小心才行。不過利瑟爾的步調本來就比較悠閒，對他來說沒什麼困難。
「？」
快要來到營火旁邊的時候，恰好看見帳篷旁的光景，利瑟爾在內心很是納悶地偏了偏頭。

茶水應該煮滾了，水壺已經從爐架上取了下來，換成了肉串包圍在爐火旁邊。後方放著一塊比剛才小了一圈的肉，準備送給騎兵團的份已經切分出來了。

圍坐在營火旁邊的人影是劫爾和伊雷文，還有一位是……

「（啊。）」

首先發現利瑟爾的，是正好面朝這邊的伊雷文。

他帶著刻意的笑容和那位陌生人交談，途中瞬間朝劫爾使了個眼色。劫爾看了也察覺到利瑟爾回來了，於是以自然的動作站起身。

朝這裡走來的那道身影，不著痕跡地把利瑟爾擋在那名人物的視野之外。

「發生什麼事了嗎？」

「沒有，只是陪親王聊聊天。」

利瑟爾原以為出了什麼事，因此壓低聲音這麼問。

聽見劫爾邊接過托盤邊這麼回答，利瑟爾意外地眨了眨眼睛。

回想起來，他明明沒有特別躲著那位親王，卻一次也沒見過對方。劫爾他們也注意到了這點，體諒他或許不想與親王見面，才會這樣替他擋著。

「那麼，我也去打聲招呼比較好吧。」

或許是因為旅途接近尾聲，親王才試著跑來和傳說中的一刀攀談吧。

這位殿下的好奇心實在相當旺盛，利瑟爾有趣地笑了出來。劫爾見狀嘆了口氣，往旁邊錯開了一步。在利瑟爾隨之開闊的視野當中，那名男子正把手撐在身後，回頭朝這裡看過來。

「喔，是你們的最後一位隊員嗎？我看看，吊了我好久的胃口……啊……」
褐色的肌膚，黝黑的短髮。
凜然的劍眉底下，一雙眼睛散發著好奇的光輝，是個相當適合快活笑容的男人。
「真是，吊足我的胃口囉。」
看見利瑟爾的身影，男人瞠大雙眼，接著那雙眼睛又極度愉快地笑瞇了起來。
對此，利瑟爾也泰然自若地露出微笑，朝著營火走去。

營火周遭飄散著烤肉的香味。
利瑟爾他們坐在摺疊椅（賈吉提供）上頭，吃著剛烤好熱呼呼的虎肉。順帶一提，親王坐在地上，利瑟爾原本想把椅子讓出去，結果伊雷文就不高興了。
「哎呀，沒想到你居然是冒險者。」
「常有人這麼說，讓我很無奈呢。」
聽見利瑟爾露出苦笑這麼說，親王哈哈大笑。
剛才看見利瑟爾直接拿著串在竹籤上的肉吃了起來，他還不敢置信地多看了一眼……儘管這位親王本人也豪邁地咬著他們分給他的串燒肉。
親王的身分明明比原本世界的自己還高出許多，到底有什麼好多看一眼的？利瑟爾實在很納悶。
「你還記得建國慶典的事情嗎？雖然我是有點希望你忘記啦。」
「記得哦，就連您說了什麼都記得很清楚。」

「我還想說微服出遊的貴族聊起來肯定很投緣，在典禮的時候到處找你呢！」

聊起來很投緣，這句話讓利瑟爾他們恍然大悟。

在阿斯塔尼亞的王族看來，王都的貴族都太拘謹了；不過從王都的角度來說，反而覺得阿斯塔尼亞的作風太過自在隨興。

「不過當時雷伊子爵確實是微服跑出來玩了。」

「那個大叔到底在幹嘛啊……」伊雷文說。

「都這麼大年紀了，也太愛玩了吧。」劫爾說。

劫爾他們忍不住吐槽。

關於招待冒險者陪同參加的那場宴會，他們倆直到剛才為止都以為是雷伊派了使者之類的來提出邀約，從來沒想過利瑟爾居然是在大街上遇到雷伊的。

「你也有貴族方面的人脈啊。」

阿斯塔尼亞的王族說了這麼一句話，沒什麼其他意思。

這話卻挑起了伊雷文的反應，他從竹籤上咬下最後一塊肉，嚼也不嚼就吞了下去，接著開口說：

「那種東西誰需要啊。」

他壓低了嗓音，唇邊帶著一抹嘲笑，手中把玩的竹籤轉出了劃破空氣的咻咻聲。

站在王族身後的護衛不動聲色地將手放上劍柄。伊雷文看也不看他們一眼，逕自和王子對視，然而兩人的視線只交會了一剎那。

在彌漫出危險的氣氛之前，有人出聲制止了他。

「伊雷文。」

那道沉穩的嗓音只喊了他的名字。

只是這樣，伊雷文便鬧彆扭似地噘起嘴唇，把剛要探出去的身體退了回來，那雙眼睛帶著露骨的不滿看向利瑟爾。

利瑟爾見狀露出為難的苦笑，從他手上沒收了吃剩的竹籤。

「明明就是他們的錯好不好。」

「考量到殿下的地位，他這麼說是當然的。」

「可是——」

「伊雷文。」

利瑟爾敦促似地又喊了一次他的名字，伊雷文便心不甘情不願地閉上嘴，不再反駁。

利瑟爾把剛烤好的肉串交到他手中，他接過肉串就賭氣似地大口吃了起來。這一定是因為利瑟爾沒站在他那邊，反而替王族說話，所以故意鬧起脾氣來了。

表現得這麼露骨，一看就知道伊雷文在等他安慰，事後得記得去安撫他一下才行。利瑟爾這麼提醒自己，接著重新轉向坐在他正前方的親王。

「不好意思，親王殿下。」

「不會啦，我才是說話太欠考慮了。」

親王以演員般誇張的動作聳了聳肩膀，露出泰然的笑容。

「不過還真沒想到，看起來這不是『一刀的隊伍』啊。」

那雙眼睛裡的好奇色彩更濃了。

親王的視線緩緩掃過利瑟爾他們三人。伊雷文不悅地哼了一聲，劫爾事不關己地顧著吃肉，最後那道視線停在利瑟爾身上，而他只是露出一貫的微笑。

「嗯，原來如此。就算對方是一刀，兄長他對冒險者感興趣本來還讓我很意外的。」

親王晃了晃刺著肉塊的竹籤說：

「原來兄長看中的是你呀。」

那雙凜然的眼瞳充滿王族的氣魄，帶著斬釘截鐵的確信筆直盯著利瑟爾。

對此，利瑟爾露出困擾的苦笑。亞林姆招待他們進書庫的時候是怎麼想的，唯有亞林姆自己知道。

「如果殿下這麼想，我會很高興的。」

「哎，太有意思了。我現在就開始期待回去的時候跟兄長聊起這件事了。」

親王哈哈笑著這麼說。劫爾興趣缺缺地瞥了他一眼，又咬了一口烤肉。

到底是誰被誰看中還不知道呢，劫爾沒說出口，只是在心裡這麼想。

「殿下，這麼一來這些事情都會被亞林姆殿下發現喔。」

「呃，說得也是。兄長大人生起氣來可是很恐怖的。」

聽見護衛插嘴提醒，親王咬了一大口肉這麼說著，露出為難的表情。

利瑟爾見狀，一面在營火周遭勤快地擺上新的肉串，一面抬起臉說：

「您說的是亞林姆殿下吧？我以為殿下是個性沉穩的人……」

「沉穩？你說我那個兄長大人？」

親王瞪大眼睛，露出了至今最意外的表情，看得利瑟爾眨了眨眼睛。

在平常的對話當中確實聽得出亞林姆對兄弟不太客氣，但他還是無法想像亞林姆發脾氣的樣子，而且考慮到阿斯塔尼亞國民普遍有多喧鬧，亞林姆應該算是相當沉穩的人了吧……雖然也可以說他是我行我素，不受別人的步調影響。

「他一碰到什麼不滿意的事情就會動手動腳，打起人來很痛喔。」

這僅限於兄弟之間，而且亞林姆個性也不算衝動就是了。

眾所周知，阿斯塔尼亞王族只要碰到兄弟來挑釁總會立刻應戰，亞林姆也不算特別愛動手。周遭人們的評語是，他們的戰鬥根本不能用「兄弟吵架」這麼無害的詞語形容。

「那個布團居然……」伊雷文說。

「很意想不到呢。」

「之前就覺得他應該還滿能打的。」劫爾說。

「這麼說來，殿下的體格確實很結實呢。」

聽說了熟人意外的一面，利瑟爾他們吃著烤肉相視點頭。

亞林姆在書庫當中總是像史萊姆一樣緩慢移動，他們根本無從得知這些。不曉得亞林姆現在是不是在打噴嚏呢？不過他也不像是會受到閒話影響的人，多半沒有任何反應吧。

「不過兄長大人性格也太惡劣了，早知道這位冒險者這麼耐人尋味，我在旅途中就跑來找你徹夜暢談了。」

「所以殿下才不願意跟您說吧……」

聽見親王惋惜地仰望著天空這麼說，護衛嘴角抽動。拜託饒了我們吧。

利瑟爾他們和死纏爛打地堅持「讓我再跟你們聊一下」的親王道別，在留守的騎兵們的目送之下離開了野營地。出發之後過了一會兒，來到中午左右的時間，王都已經近在咫尺。

「喔，隊長你看！」

「終於到了呢。」

三人從魔鳥車的車窗，俯瞰城牆包圍之下的王都。

在他們欣賞美景的時候，隨著負責牽引的魔鳥拍動翅膀的聲音，飛行高度逐漸下降，速度也隨之銳減，在魔鳥車的車輪即將碰觸到地面時停止下來。利瑟爾他們感受到輕微震動，接著聽見車輪的聲音，看來車廂在地面稍微移動了一段距離。車窗外，同樣降落地面的騎兵們正從搭檔背上翻身下來。

「好，可以下車囉。」

外側傳來門栓的聲響，納赫斯打開了魔鳥車的車門。

利瑟爾彎身走出車廂，才一穿過車門，就見到眼前是無比懷念的城牆。這裡是他們出發前往迷宮時出入過無數次的南門，在離開王都前往阿斯塔尼亞時，大家也是在這裡替他們送行。

「啊——總算到了——」

「真想進迷宮舒展一下筋骨。」

「大哥，你認真？」

劫爾和伊雷文也走下魔鳥車，轉動著肩膀和脖子。

去程也一樣，一直坐在原地不動基本上不太符合他們的喜好。感覺劫爾真的會潛入迷宮活動身體呢，利瑟爾看著他這麼想。在利瑟爾身邊，納赫斯確認過他們沒把東西遺忘在車內之後，便關上車廂門。

「長途搭車你們也累了吧，想好要去哪裡找旅店了嗎？」

「總之，我們會先到以前住的那間旅店看看。」利瑟爾說。

「這樣啊。」

送利瑟爾他們到城門前的，真的只有最少人數的騎兵。

包含納赫斯在內的四位騎兵與搭檔負責牽引著魔鳥車，還有一位先遣騎兵，負責趕在他們之前來到南門，告知門衛「晚一點魔鳥騎兵團會把客人送到這附近來，請不要緊張」。

先到的騎兵反正也閒著沒事，剛才一派輕鬆地和守衛聊著天，等到他們抵達之後，便立刻帶著魔鳥過來跟其他騎兵會合了。

「對於你們……」

看著這一幕，納赫斯忽然把手放到魔鳥車上，開口這麼說：

「對於利瑟爾先生，我真的非常感謝。」

「我們才是，這段時間受到納赫斯先生你關照了。」

不只受到關照，納赫斯根本是主動跑來像老媽子一樣照顧他們了吧？

伊雷文正要這麼說，後腦勺就挨了劫爾一拳，只好不情願地閉上嘴巴。他就這麼把手肘撐在魔鳥車上，採取了旁觀態勢。

「不，我說的不是那種小事。你為我們守護了騎兵團的尊嚴。」

正因為知道實情，納赫斯才會這麼說。

信徒發動的這場襲擊幾乎沒有對騎兵團造成任何損傷，背後是誰的功勞？如果沒有他在事情會演變成怎麼樣？又是誰悠然斬斷了這種光是想像就讓人背脊發寒的未來？

即使這只是情勢使然，對於納赫斯而言也不構成不心懷感激的理由。

「我發自內心感謝你們，真的謝謝了。」

「不客氣。」

而利瑟爾也接受了他的感謝。

看見利瑟爾悠然露出微笑，納赫斯也放鬆嘴角笑了。這時，他想起什麼似地收回了擺在魔鳥車上的那隻手，摸向自己的腰際。

「對了，我之前就想把這個交給你們了。」

納赫斯的腰帶上繫著各式各樣的東西。

那隻粗獷的手在其間翻找了一陣之後，握住某樣東西朝利瑟爾遞了出去。緩緩打開的手掌上，躺著一個繫著綁繩的小哨笛。

那支細棒狀的哨笛經過加工，表面光滑，利瑟爾在納赫斯的敦促之下接了過來。

「這是魔鳥笛。這個嘛，只要在身處在同一個國家，我的搭檔應該都能聽得見它的聲音。」

「這麼重要的東西，送給我們真的沒關係嗎？」

「別在意，這是備用品。」

納赫斯一派輕鬆地說，好像這真的不算什麼。
利瑟爾把哨笛拿在掌中翻看，它看起來像工藝品，重量卻非常輕，應該是用某種骨骼或木頭切削而成，帶有不可思議的光澤。
「我們最近比較少出差，不過騎兵團也常常飛往其他國家。看到我們的時候用這個知會一聲，我就能幫上你的忙。」
這說法好像預設了利瑟爾一定身陷於某些騷動當中。雖然這一點讓人有些介意，但利瑟爾還是直率地點了頭。想到納赫斯這麼說也是期待再度見到他們，就讓人單純地感到高興。
「隊長，借我。」
「請。」
聽見伊雷文把手伸過來這麼說，利瑟爾把哨笛交了過去，只見他理所當然地把它含進了嘴裡。
緊接著「咻」地響起了疾風通過般的聲音，在場的魔鳥全都一臉納悶地抬起頭。
「為什麼要現在吹……」
納赫斯無奈地這麼說著，告訴自己的魔鳥不用在意。
其他魔鳥不解地偏著頭別開了嘴喙，只有納赫斯的魔鳥還是歪著頭盯著伊雷文猛瞧。看來每隻魔鳥有不同的對應笛聲吧。
「原來這是直通納赫斯先生的聲音呀。」
「沒事不要惡作劇亂吹喔。」

接著，納赫斯忽然欲言又止地閉上嘴。

他把無處安放的手擺到脖子上，看起來好像想別開視線，又鞭策著自己把視線轉回他們三個人身上。難得看到納赫斯這麼坐立難安的模樣，利瑟爾只是默默看著他，等待他開口。

「哎……我不會叫你不要為所欲為，不過小心不要樹立敵人喔。」

「我會注意的。」

「你就只有口頭上的回答這麼守規矩，真是的……」

納赫斯擺出略顯嚴厲的神情，也轉向了劫爾他們，說：

「你們也一樣，不要為非作歹啊。」

「我從來就不會為非作歹啊。」伊雷文說。

「不要再吵架囉，吵到最後還是周遭的大家被你們耍得團團轉。」

「你怎麼記到現在啊。」劫爾說。

伊雷文嘻皮笑臉地回話，劫爾則是嫌惡地皺起臉，納赫斯見狀嘆了口氣。

接著他又想說些什麼，卻只是默默抬起手，遮住了自己的嘴巴。他緩緩吸了一口氣，重新面向利瑟爾，臉上的神情和指縫間隱約露出的嘴角，都帶著困擾的苦笑。

「真傷腦筋。」

放棄似的嗓音無比溫柔。

「實在是很難和你分開。」

聽見他這麼說，利瑟爾有趣地瞇起眼笑了開來。

在利瑟爾眼中，納赫斯是個徹頭徹尾的、為國家效命的士兵。他天生愛照顧人的特質雖然顯著，但根本上一直都有著作為騎兵團一員的一條界線存在。

然而，唯有納赫斯剛才說出的那句話，在那一瞬間跨越了那條界線。

「謝謝你。」

「嗯。」

納赫斯應著，笑容又柔和了幾分，從嘴邊放下的手自然而然伸向利瑟爾。

那隻手送別似地拍了拍利瑟爾的肩膀，在正要收回手的時候改變了主意，再次從肩頭緩緩滑到手臂才離開。那動作就像在撫摸自己的魔鳥，溫度透過慈愛的掌心傳來，讓人心裡也充滿暖意。

「保重啊。」

「會的，你也是。」

那雙捨不得和友人道別的眼睛一直看著他，一刻也不曾轉開，這一點讓利瑟爾非常高興。

「納赫斯先生，很少看見你像這樣耍任性呢。」

「真的，太丟臉啦。」

「我很高興呢，所以請別這麼說。」

這段玩笑般的對話，已經沒有了不久前的依依不捨。

納赫斯叫來了自己的魔鳥，慰勞般摸了摸牠的身體。他仔細確認過牽引魔鳥車的裝備並未造成魔鳥的負擔之後，便告訴其他騎兵該出發了。

他們也不方便在這裡停留太久。

「那我們差不多該離開了，你們沒問題吧？要早點去公會辦手續喔。」

「這麼在意公會的軍人也真少見欸。」

「明明不是冒險者。」劫爾說。

「納赫斯先生很體貼呢。」

「你們有在聽嗎？到時候傷腦筋的可是你們自己啊！」

利瑟爾他們三人各自給出了不同回應，從魔鳥車旁邊退開了幾步。

緊接著魔鳥蹬地起飛，牽引著車廂四個角落的魔鳥在低空處拍著翅膀統一飛行高度，然後在納赫斯的號令之下一起飛上天空，配合得天衣無縫。

羽翼捲起風壓，吹動三人的衣服下襬。

「謝謝你們各方面的幫忙，路上小心！」

「好，你們一路順風！」

為了不讓話語被風聲吹散，利瑟爾高聲喊道，納赫斯也中氣十足地回應。

一路順風？這是自己該說的話才對吧，利瑟爾露出苦笑。其他騎兵也朝他們大大揮著手，他們三人或揮手回應、或以眼神目送他們離開。

好像看見一名騎兵在哭，是錯覺嗎？

「想到暫時看不到魔鳥了，也讓人有點寂寞呢。」

「很少看到那麼大隻的魔鳥啊。」

騎兵團繞著大圈抬升飛行高度，接著朝野營地的方向飛去。

迎著日光的他們如此眩目，利瑟爾抬手遮著眼睛仰望。魔鳥高亢的鳴叫聲傳遍高空、響徹大地，逐漸融入美麗的青空。

黑影漸行漸遠，沒等他們完全消失在視野當中，利瑟爾便回頭看向王都的城門。

「劫爾，你真的要去迷宮？」

「只是想去而已，但這時間去有點晚了。」

「是說我肚子餓了啦。」

三人往城門走去。

在一旁等待進城的馬車主人們的視線全都集中在他們身上，城門另一側的王都民眾也瞪大眼睛看著他們，但三人還是不以為意地走到城門口，出示自己的公會卡。

這裡是他們熟悉的王都城門，他們只需要拿著卡片直接通過就好。

但盯著他們的卡片瞪大雙眼失神的門衛，卻帶著些許憧憬呆呆地看著他們三人進城的背影。要說懷念嘛，他們給人留下的印象又太過深刻，根本來不及忘記。

「那麼，我們就直接找個地方……」

穿過城牆投下的陰影，一踏進陽光裡，利瑟爾稍微垂下雙眼。

當他再次抬起目光，不由得閉上了話說到一半的嘴，在走了幾步之後停下腳步。

站在他眼前的，是兩道懷念的身影。利瑟爾露出甜美柔和的微笑，迎接小跑步過來的兩人。

「那、那個，利瑟爾大哥……那個，歡……」

「我等你好久了，歡迎回來。」

「等一下史塔德！不是說過好多次了，迎接的時候要讓我先講嗎……！」

「還不是你動作慢吞吞的，第一句已經讓你先了。」

賈吉帶著快哭出來的表情，對著神情平淡的史塔德抗議。這模樣實在太熟悉了，利瑟爾露出苦笑朝他們倆開口，以便快點慶祝這場重逢。

133

在利瑟爾回到王都之前。

兩名憲兵正在王都南門站崗，把守城門。不過這時候還不到午餐時間，進城的旅客也少，從早上到現在，他們的工作件數兩隻手就數得完了。

而且今天進城的商隊都是熟面孔，他們的工作也只是檢查一下通行證和貨物而已。

當然，門衛只要站在崗位上就已經是在工作了沒錯，但一整個早上只有這些業務實在相當清閒。如果王都像商業國那樣不需要通行證，不知道想進城的人會不會變多——這也快要變成門衛之間習以為常的玩笑話了。

「差不多該換班了吧？」

「是呀。」

兩個守衛仰望著飄過點點白雲的青空這麼說。

過了清晨時段之後，即使是最常出入城門的冒險者們，也要等到日落時分才會迎來下一次進城尖峰了。放眼望去，平原上連個馬車的影子都沒有。

他們並沒有怠於警戒，只是精神太緊繃也是會累的，因此他們也會適度放鬆心情。

「這麼說來，冒險者最近是不是很亂來啊？」

「那些傢伙基本上總是在亂來吧。」

「是沒錯啦。」

聽見年輕守衛的回應，壯年守衛帶著不太贊同的表情這麼說著搔了搔頭。

應該是有什麼事情讓他在意吧？年輕守衛搖搖頭，像在說「又開始了」，自己也試著回想是否有哪裡不尋常。

「嗯……啊，最近冒險者好像真的比較兇耶。」

年輕守衛偏著頭，說出自己想起的事件：

「像今天早上，我叫他們出示公會卡才能通行，結果冒險者居然嗆我說『記個臉有這麼難嗎？怠忽職守』。」

「就是因為沒有偷懶，才叫他們出示卡片啊。」

「就是說呀。」

年輕守衛深深點頭。

話雖如此，這種程度的事情是家常便飯，整體來說冒險者都對憲兵有點反抗意識。對方確實看他們不順眼，但應該也不是惡意罵人。

而且其他國家還會說「王都的冒險者算是很安分的了」，王都憲兵們總是很好奇其他地方的冒險者到底是什麼樣子。

「啊，或許也不能這麼說吧？」

年輕守衛想起什麼似地抬起臉這麼說。這傢伙又有什麼奇怪想法了嗎？壯年守衛投以狐疑的目光。

「他們可能不是最近比較亂來，只是之前比較乖一點？」

「啊？為什麼這麼……啊……」

並不是沒有道理，壯年守衛仰望連一隻飛鳥都看不見的天空。

他回想起一位不太一樣的冒險者。身為冒險者的一員，在粗魯莽撞的冒險者包圍之下，他卻仍然保持著不變的高貴氣質。

但他絕對沒有孤立於人群之外，反而帶著自己一貫的特質融入了周遭。

「你是說那個貴族大人啊。」

「這樣叫他，那些騎士會用很嚇人的眼神看過來喔。」年輕守衛說。

「你在他們面前這樣叫？」

「一時不小心啦。」

這個國家的騎士大多是貴族出身，對國王宣誓了堅定不移的忠誠。

當然，對於輔佐君王的王公貴族們，騎士也抱持著同樣的敬意。凡是貴族，即使是自己的親生父母，他們也會視為應該尊敬的對象以禮相待，這同時也是他們身為騎士引以為傲的榮譽。

而居然有冒險者頂著這個應該受人敬畏的貴族稱號，這對於騎士而言是不可原諒的事情。話雖如此，憲兵們總是覺得，那些騎士只要親眼見到利瑟爾，一定也會一臉嚴肅地點頭接受這個綽號才對。

「對，我說的就是那個貴族小哥。只要有他在，那些冒險者也比較守規矩……」年輕守衛說。

「沒有吧，那些傢伙哪裡守規矩了。」

「是這麼說沒錯啦。」

「不過我懂你的意思。」

壯年守衛把手放在腰際的佩劍上，擺弄著它露出苦笑。

很難明確地說是哪裡變了，但確實有些地方不太一樣。

他們也不確定這種改變是好是壞，但至少對於這些守衛來說，是茶餘飯後可以笑著閒聊的話題。

「不知道他們現在去哪裡了。」壯年守衛說。

「往南方去囉，到阿斯塔尼亞。」

「居然選了那個國家，跟他的氣質不太搭配啊……不過你知道這種事還真厲害。」

「我聽人家說的。」

年輕守衛嘿嘿笑著這麼說，看得壯年守衛忍不住笑了出來。沒想到冒險者換個據點也會成為街頭巷尾的話題，在遇見利瑟爾之前他連想都沒想過。

每天出入王都的冒險者不知有多少，就連其中特別醒目的隊伍，負責守門的衛兵也只會在一陣子沒見之後，漫不經心地想「他們是不是換據點了啊」。

至於他們的目的地，即使同為冒險者，也只有跟他們有所來往的人才會知道。

「他們的知名度高到不尋常了吧。」

「之前啊，還有個這麼小的小女生跑來問我，『貴族大人還沒有回來嗎？』」

年輕守衛把手掌擺在腰部比了個高度示意，回想起當時的情形。

聽見不合心意的答案，小女孩鼓起了臉頰。就在守衛覺得這稚嫩的動作真可愛的時候，女孩朝他行了一個優美的淑女禮，然後離開了。動作堪稱完美。

小孩子稚嫩的那聲「謝謝」，和優美到無可挑剔的動作……守衛至今還記得那種反差，強烈到讓他忍不住遠目。

「也不知道他會不會回來，小孩子還真是堅強啊。」壯年守衛說。

「不，好像真的會回來喔。」

「這也是聽說的？」

「聽說的。」

那就沒什麼好說了，壯年守衛把目光投向草原彼端。

忽然間，遠方好像有什麼東西動了一下，他聚精會神地往那邊看去。是魔物嗎？幾乎沒有魔物會靠近城市附近，但還是小心為上。

他凝視著那個方向，沒多久就看見了一輛馬車小小的影子。並不是往這個方向過來，顯然是在前往其他地方的途中，守衛於是放鬆了緊繃的肩膀。

「以那些人的作風，感覺會用某種讓人意想不到的方式回來耶。」

同樣默默遠眺那個方向的年輕守衛也判斷情況沒有問題，於是繼續聊了起來。

「應該是搭普通的馬車之類的吧。他們去程是怎麼過去的？」壯年守衛問。

「哎，也不可能走路去，肯定不是馬車就是騎馬吧。」

「這我就不知道了。」

「除此之外也沒有其他交通手段了呢。」

在他們這麼閒聊的時候，兩位換班的憲兵來到了城門口。

十二點的鐘再過不久就會敲響了。兩名守衛摸著飢腸轆轆的肚子，等待另外那兩人在值勤室做好換班準備。年輕的守衛一邊思考午餐要吃什麼，一邊露出胸有成竹的笑容說：

「那可是貴族小哥耶，說不定有超豪華馬車來接送喔。」

「哈哈，有可能喔。」

壯年守衛以「這也太誇張了」的聲調笑著回答。時間差不多了，當他正要回頭看向值勤室的時候……

「等一下，有魔鳥！」

聽見城牆上傳來的警告聲，他立刻仔細打量天空。

魔鳥這種生物通常會選擇遠離人煙的地方作為地盤，就算在這裡看見牠們，也只是偶爾中的偶爾從上空飛過而已，並不會主動襲擊人類。

然而，魔鳥同時也是少數能夠無視城牆防禦功能的生物，每一次看見牠們，憲兵總是繃緊了神經嚴加戒備。

「往這邊飛來了。」

「數量是一隻，萬一牠入侵城內，你知道該怎麼做吧？」

「知道。」

年輕守衛把重心往後蹲低。

魔鳥降落到王都內部這種事情，實際上不可能發生，也從沒聽過先例。但只要無法證明絕對不可能，憲兵就必須做好預防措施，因此在憲兵的指導手冊當中也寫明了應對方式。

在城牆上負責警戒的哨兵會鳴響警笛，附近的人員跑進城門中通知國民避難，接著前往冒險者公會請求協助。

年輕守衛明白，以現場的人力，負責跑腿的一定就是自己了。

「體型真大……嗯？」

來換班的憲兵也從值勤室衝了出來。這時，壯年守衛忽然放鬆了肩膀，把手擋在眼睛上方，好像想看清遠方似的。年輕守衛詫異地看向他。

在他們身後，衝出室外的憲兵也把手掌擋在額前凝視天空。

「解除戒備！是阿斯塔尼亞的魔鳥騎兵！」

城牆上的哨兵高聲喊道，緊繃的氣氛這才消散。

跑出值勤室的憲兵們，立刻開始安撫城門附近不安地觀望情況的民眾。不過城門附近的居民早已習慣偶爾發生的警戒狀態，所以並沒有過度驚慌，不久就重新展開了日常生活。

「也不知道騎兵從阿斯塔尼亞飛到這裡有什麼事，而且還是單獨過來……」

「觀光嗎？」

兩名守衛稍微挺直了背脊，仰望著逐漸接近的魔鳥。

「魔鳥看起來還是好兇猛喔，我絕對打不贏。」年輕守衛說。

「我也打不贏。能讓那種生物聽話，魔法還真是厲害啊。」

「騎兵到底是來做什麼的呀？觀光？」

「怎麼可能，應該是先遣人員吧。」

阿斯塔尼亞是友好國家，而且對方是單騎騎兵，憲兵沒有特別警戒的必要。

不曉得是有緊急信件要送來，還是有什麼要事必須取得入國許可呢？在守衛這麼討論的時候，魔鳥背上的騎兵大動作朝他們揮著手，在他們頭頂上盤旋了一圈。

城牆上的哨兵也揮手回應，比手畫腳往地面指了幾次。

意思順利傳達到了，魔鳥平緩地下降，在城門一段距離之外降落地面。魔鳥收起了展開的雙翼，背上的騎兵扯開嗓門大聲說：

「不好意思，突然來訪！」

壯年守衛往前踏了一步回答：

「歡迎，請到這邊來！」

「非常感謝！」

騎兵摸了摸魔鳥的脖子，牠便抖抖翅膀，在原地蹲了下來。

看見搭檔就這麼在原位悠哉享受起日光浴來，騎兵笑了笑，接著小跑過數公尺的距離來到城門邊。雙方之間沒有半點緊張的氣氛。

「今天是來申請入國許可嗎？」

「不，今天不是公務，只是先來通知一聲。」

聽見騎兵說「不是公務」，年輕守衛以「果然還是有可能是來觀光的嘛」的眼神看向旁邊的壯年守衛。後者裝作沒看見，又再問了一句：

「請問是什麼事情？」

「晚點會有魔鳥車過來，為了避免驚擾各位，騎兵團才派我先來通知。我們現在正為了公事前往撒路思，順道載了要到王都的冒險者過來。」

這兩名門衛也知道魔鳥車是什麼。

年輕守衛具備相關知識，壯年守衛則是親眼見過幾次。例如先前那種聯合演練、或是阿斯塔尼亞的使者來訪的時候，都有機會看見這種交通工具。

原來是這麼回事，他們理解地點點頭，騎兵見狀也鬆了一口氣。

「當然，魔鳥車絕不會進入城內，冒險者進城的相關事宜也交由王都方面全權決定。能不能請各位准許騎兵團在城門前降落就好？」

「只是降落的話沒有問題，請你們隨意。」

魔鳥車不進城，其實就與馬車來訪沒什麼差別，壯年守衛對於騎兵團特地派人來通知表達了謝意。

「只不過還真意外，我還以為魔鳥車只載騎兵和王族。」

「這倒也沒錯，不過這一次是……」

騎兵說到這裡頓了頓。怎麼了？壯年守衛等著他繼續說下去。

對方的神情看起來不像不方便開口，只是不知道該怎麼說才好。看來不是什麼重大案件，守衛在心裡鬆了口氣。這段時間，年輕守衛一直盯著蓬起羽毛曬日光浴的魔鳥看。

然後，騎兵好像想到什麼妙計似地唰地抬起臉來：

「對啦，載的是一個特別有貴族氣質的、一個穿得特別黑的，還有一個看起來特別乖僻的，氣場異於常人的三人組！」

「我知道是誰了。」

壯年守衛馬上點頭。

怎麼可能不知道這是誰？甚至讓人覺得他們搭魔鳥車過來都沒什麼好奇怪。眼見騎兵點著頭說「這樣形容果然就通了」，守衛開始確信那三人組在別的國家肯定還是老樣子。

「魔鳥車應該已經朝這裡出發了，可以讓我在這裡等嗎？」
「好，沒問題。」
壯年守衛打算拿點水來招待客人，然而一回過頭——
在視線另一頭，他看見年輕守衛正在拚命對著城牆上的哨兵比手畫腳，要對方鳴響警笛。壯年守衛忍不住多看了一眼，眼見年輕守衛作勢要往城門內衝，他連忙揪住那個年輕人的後領。
「嗚呃……」
「你在幹什麼！」
「咳咳，貴族小哥要回來了耶，這一定需要報告的啊！」
「跟誰報告？」
「……咦？」
直到這時候，年輕守衛謎樣的氣勢才消失不見。
但他好像還是覺得渾身不對勁，一秒鐘也靜不下來似地動著雙腿說：
「可是不對啊，一定需要報告的吧？咦？該不會大家真的不打算通知任何人，那這消息就只有我們知道耶？」
「這……是沒錯，但到底要跟誰報告？」
「這麼說也沒有錯啦……」
「我也不是不懂你的意思……」
有冒險者要從其他國家來到王都。

這點程度的事情天天都在發生，沒什麼好稀奇，沒有人會為此奔相走告。就算來的是S階，也只會在冒險者之間，以及想向S階提出委託的大人物之間引起騷動吧。

然而一旦來的是利瑟爾他們，為什麼就不一樣了？

把這件事視為日常一隅、無人在意的小事，忽然就讓人覺得渾身不對勁。雖然知道當事人是無辜的，難以言喻的衝動還是讓他們想要捶地吶喊。

「貴客實在太厲害啦……」

看著守衛們的反應，騎兵喃喃說著，心裡深有同感。

沒有人確切知道傳聞這種東西來自哪裡，又是如何傳開的。

「妳們聽我說，那個貴族好像要回來了！」

「貴族……咦，妳是說那個旅店貴族？」

「對呀對呀，好像馬上就要到了，是我剛才在城門那邊……」

聽到這個消息，沒有人會問「妳是說那個冒險者？」，可見利瑟爾給大家留下什麼樣的印象。

常在街頭巷尾聊八卦的主婦們都是情報蒐集專家，正拉高了聲音嘰嘰喳喳地交換小道消息。最近的話題都缺乏刺激，旅店貴族的消息使得她們的對話一口氣熱絡起來，也吸引了路過行人的注意力。

「……利瑟爾、大哥？」

而這段對話，也傳入了正要去拜訪客戶的賈吉耳中。

他不知不覺停下腳步，張大眼睛看著那群主婦，抱在懷裡的貨物慢慢失去平衡。身高鶴立雞群的他呆站在街道正中央，實在太引人注目了。

「哎呀，看看這是誰！」

其中一名主婦馬上發現了賈吉，發出驚訝的聲音。

看見對方招招手叫他過去，賈吉連忙把差點滑落的貨物重新抱穩，戰戰兢兢地朝那裡走去。還沒走幾步，那些婆婆媽媽就以迅雷不及掩耳的速度靠過來問：

「這不是道具店老闆嗎？你聽說了嗎？那個貴族的事情。」

「沒、沒有，那個，請問城門……」

「原來他要回來了，應該馬上就到了吧？」

「咦？那個……」

「你們那麼要好，一定很在意吧！」

「啊、呃，是的……那個……」

連珠炮般的提問，根本不給賈吉開口的機會。

然而他一心一意想問出利瑟爾的消息，儘管不知所措，但他並沒有退縮。賈吉忍耐著把背往後仰的衝動，奮力融入婆婆媽媽們激流般的對話當中：

「昨天我收到他的信，信上也說再過不久可能就會回來了，所以一定……」

「哎呀，來自那個貴族大人的信！」

「從阿斯塔尼亞寄到這裡很貴的呢！」

「不愧是貴族，是什麼樣的信呀？一定也用了很高級的信紙吧？」

情報專家嘛，對於蒐集情報當然也不遺餘力。
難道主婦就是這樣嗎？無論什麼時候都期許自己當個情報提供者。面對再次展開的洶湧提問，賈吉都快哭出來了。道具店的客群當中缺乏這種類型，他不知道該怎麼應對啊。
「那個、就只是普通的信……」
「真的假的？那可是貴族大人耶？」
情報專家對他的情報半信半疑。
不過的確有一次，利瑟爾的信是裝在阿斯塔尼亞王族專用的信封裡寄來的。這麼想來或許真的不太普通吧，但這件事賈吉不會隨便說出去。
「旅店貴族真是的，寄了信馬上就出發了呢。」
「如果是昨天寄到的，確實是這樣呢，說不定他其實有點急性子？」
「這、這應該不可能吧……」
「對嘛，不可能啦。」
主婦們笑著這麼說，賈吉也深深點頭表示贊同。
利瑟爾不是個急性子的人，應該只是在覺得差不多該回王都的時候，正好取得了回來的手段而已吧。就連那封信，他一定也覺得在抵達王都之後才寄到也沒有關係。
即使如此，利瑟爾還是寫了信來，這讓賈吉非常開心。他拚命憋住快要傻笑出來的嘴角，使勁抱穩懷裡的貨物。
「可是他也不是動作慢吞吞的那種人呢。」
「沒錯沒錯，雖然很悠哉，但是步調也不慢。」

「有一種獨特的氣質呢。」
「我懂，旅店貴族周圍感覺好像是另一個空間。」
賈吉努力在她們緊湊的對話中尋找空隙。
然而對話內容總是讓他好奇得一不小心就默默聽了起來。聽到人家談起利瑟爾，總讓他有點自豪、又有點不好意思，情不自禁產生些微的優越感。
雖然對於應該尊敬的利瑟爾產生這種感覺讓他有點惶恐，但害羞的感覺又比惶恐更多了些。
「該怎麼說，也是有其他男人長得比那個貴族大人更漂亮，但那不是重點呀。」
「說得沒錯，有一種『這樣的人居然近在身邊沒問題嗎』的感覺。」
「對呀對呀，走過他身邊說不定還會聞到香香的味道呢。」
「真的會。」
賈吉秒答。
看見那副正經八百的表情，主婦們也不禁閉上嘴默默看著他。
「啊、那個，我有事情想要請教……」
在沉默降臨的那一瞬間，賈吉趕緊把握機會開口。
錯失了現在，下一次找到時機開口就不知道是什麼時候了，他加快語速問：
「請問妳們說的是哪一個城門？」
主婦們聽了，不約而同地「啊」了一聲。
接著她們回答了賈吉的問題，七嘴八舌地催他快去、沒時間在這裡磨蹭了，也不顧剛才明明是她們自己拖著人家聊天的。賈吉和利瑟爾在一起時露出的那種軟綿綿的幸福笑容，她們也見過好多次了。

「謝謝妳們！」

賈吉重新抱穩貨物，道了謝之後便跑了起來。

不過跑了幾步，貨物就差點掉下來，他只好改成快步走。腳步趕不上急躁的心情，讓他急得不得了。

「（快點把這個送過去，然後到城門……啊啊可是，那個老闆話很多，得想點辦法……）」

他在腦中描繪出從客戶那裡前往南門的最短路線。

走在街上時不時聽見利瑟爾的名字，每一次賈吉都忍不住豎起耳朵。

雖然對於那位長年往來的老翁不太好意思，但只有這一次，就讓他推辭那些落落長的問候閒聊吧。賈吉在內心對著那位客戶，同時也是因薩伊的朋友深深道歉。

正當賈吉在客戶位於南門附近的店裡，拚命閃躲老店主漫長的談話的時候。

同一時間，某個隊伍也把同樣的傳聞帶到了王都的冒險者公會。

「喂，你聽說了嗎？」

「什麼啦。」

「剛才城外有魔鳥，嚇我一大跳，結果往那邊一看，就聽到那些守門的傢伙在說……」

「吵死啦，所以你到底想說啥？」

「他們說，貴族小哥好像要回來了。」

這群男人紛紛發出驚嘆，同時，有一聲寒冰破裂般清澈的聲音響起。

某公會職員聽見了這個聲音，戒慎恐懼地看向隔壁座位。在櫃檯淡然處理文件的史塔德就坐在那裡，保持著事情處理到一半的姿勢靜止不動。

仔細一看，他手上的筆顏色變深了，好像已經整支結凍。剛才那個應該是它承受不住指間的溫度而破裂的聲音。

「什麼，是有名的傢伙嗎？為什麼會有貴族啊？」

「不是啦，他不是貴族，只是很貴族而已。」

「那不就是貴族？」

「就說不是了嘛。」

其實冒險者對情報頗為敏感。這人好像很有名，自己怎麼從來沒聽過？最近剛來到王都的冒險者一臉詫異，其他混久了的冒險者正在為他進行直白到失禮的解說。

要是利瑟爾聽到了，應該會有點沮喪吧，公會職員心想。但沒辦法，這是事實。

「他是冒險者啦，姑且算是。」

「啥？貴族不是不能當冒險者嗎？」

「就說不是了啦，只是很像貴族……不是真的……貴族……」

冒險者按著眉心，苦惱半天才這麼回答，答案裡卻沒有半點自信。

「所以他到底是啥，暴發戶喔？」

「等你親眼看到貴族小哥的時候一定會後悔。」

聽著那些冒險者的對話，職員嘴角抽搐，看著動也不動的史塔德。整支筆都結冰了，文件還平安無事實在厲害。

「也不是暴發戶，那到底是啥啦！」

「囉嗦死了，到時候你自己看就知道了啦！」

雙方都沒說錯，卻越說越激動。

而這種時候，總是毫不留情地負責肅清滋事分子的史塔德，仍然靜止不動。平常總是放任他們自己去打架的職員，這下也開始冒出冷汗，萬一公會的財產、或是自己的人身安全遭到危害該怎麼辦？

「史、史塔德？」

「……」

「太好了呢、哈哈，利瑟爾老兄好像那啥，要回來了……」

史塔德沉默不語，不知道是在想什麼，還是衝擊大到他放棄了思考。

彷彿連著周遭的空氣一併凍結在原位的史塔德，以及越吵越兇的冒險者……職員來回看著他們，默默把椅子往後拉，打算一旦發生什麼事就馬上逃跑。

「所以我不就說了嘛，貴族小哥只是！非常非常接近貴族的！」

沒注意到職員的動靜，其中一名冒險者大聲這麼說。

「……貴族。」

「你好歹也說他是冒險者吧！！」

職員忘了要逃跑，雙手握拳捶向桌面說。

原本還想怒吼「那傢伙果然就是貴族嘛！」的冒險者，和苦惱到最後沒有結論的冒險者，都只能張口結舌地看著職員。

職員一臉悲痛，滔滔不絕地說了起來：

「他可是一臉理所當然地對我說過兩次『我差不多也融入冒險者圈子了』，喜形於色地說過一次『我也越來越有冒險者的樣子了吧？』，有點得意地說過三次『因為我也是冒險者呀』，你們明白我每一次是帶著什麼樣的心情表示贊同的嗎?!啊?!」

「假如表示反對的話我是不會放過你的。」

「喔，史塔德你復活啦？」

聽見這平淡冰冷的聲音，職員過熱的腦袋也一下子冷卻下來。

目擊這一幕的冒險者們雖然傻眼，但也做出了「看來那個人的確是冒險者沒錯」的結論，紛紛四散離開。說到底，大家都聽說過公會徹底杜絕王族、貴族身分的人加入，因此很快就接受了。

「所以咧，你打算怎麼辦？去迎接利瑟爾老兄嗎？」

「可以的話我是很想這麼做。」

平淡的神情中看不出任何情緒起伏。

就連認識了他好幾年的職員都無法察覺的情緒，假如利瑟爾在場，一定能夠毫無保留地感知到吧。畢竟，連內心都毫無感情的他，已經只存在於遇見利瑟爾之前的過去了。

「對喔，也要看他是什麼時候回來。」

「聽說是過中午的時候喔。」

「真假，謝啦。」

剛才滿口「貴族、貴族」說到完形崩壞的那名冒險者遞出藥草，這麼告訴職員。因為他接的是附近的藥草採集委託，所以才這麼早就結束委託回到了公會。

過中午，那麼差不多快抵達了。

職員接過公會卡，側眼偷瞄史塔德的反應，結果發現對方正面無表情地凝視著他，嚇得他肩膀抖了一下。

「我有事要跟你商量。」

「什、什麼事？」

「你今天休半天假對吧？」

「是沒錯。」

「我是明天休半天。」

領悟到史塔德想說什麼，職員乾笑了幾聲。

沒想到休假日也因為沒其他事可做、總是待在公會工作的史塔德，也有想要休假的一天。先前史塔德也曾經為了替利瑟爾送行之類的原因事先指定休假日，但這種事無論碰上幾次都讓他震驚。

「好啊好啊，你請便。」

「謝謝。」

隨著這句淡然的回應，史塔德的手突然動了起來。

他以超越人類極限的速度把文件一一處理、分類，過程當然一點失誤也沒有。史塔德把文件整理好、桌面也收拾好，從座位上站起來的時候順便往桌子附近即將展開亂鬥的冒險者們扔了一把冰刃。

在公會大廳安靜下來的下一秒，遠處宣告正午的鐘聲響徹整個城市，史塔德以流利的動作取下了胸口的徽章。

「辛苦了。」

說完，他迅速離場。

速度快得只能以瞬間消失來形容，公會裡的眾人動也不敢動，只能呆呆目送他離開。

就這樣，在南門前碰個正著的史塔德和賈吉雖然為了該如何迎接利瑟爾而爭吵了一陣，不過還是在持續的等待之後順利見到了利瑟爾。

「送行的時候都把機會讓給你了，明明說好這一次換我的……」

「我說過我可以等你五秒。」

「好了，不要吵架哦，你們是來接我的吧？」

該說令人懷念嗎？

聽見兩人熟悉的拌嘴，利瑟爾微微一笑，出聲安撫他們。史塔德和賈吉的視線立刻集中到他身上，接著不約而同朝他挨近，好像連僅存的一點距離都嫌太遠。

「歡迎回來，利瑟爾大哥。」

「謝謝你等我回來，賈吉。」

賈吉滿臉笑容，毫不掩飾自己有多開心，看得利瑟爾有趣地笑了。

朝著有點駝背、身材瘦高的賈吉伸出手，賈吉害羞地笑了笑，把臉朝他偏了過來。利瑟爾撫摸他的臉頰，那雙偷偷看著利瑟爾的眼睛便舒服地垂下視線。

利瑟爾的指尖在最後溫柔撫過他的眼眶，接著轉向史塔德：

「也謝謝史塔德，很高興你們來接我。」

「是。」

聲音一樣冷漠缺乏感情，但利瑟爾仍然高興地展開笑容。

他以剛才並未觸碰賈吉的那隻手梳過史塔德的髮絲，那雙有如沉在水底的玻璃珠般的眼瞳隨之輕顫，為了與他重逢而感到高興。

「雖然書信往返也很開心，但果然親眼見到你們還是比較安心呢。」

「太好了，利瑟爾大哥看起來也很有精神。那個，沒有遇到什麼危險吧？」

「不用擔心哦。」

在利瑟爾這麼說的同時，史塔德銳利的視線越過他的肩膀，一瞬間瞥向劫爾他們。

彷彿在刺探什麼似的，尖銳螫人、看穿一切的視線。對此，劫爾和伊雷文或平靜或挑釁地撇嘴一笑，什麼也沒說。

這一瞬之間的攻防，就在史塔德將視線轉回利瑟爾身上的同時落幕。似乎真的沒什麼事，史塔德接受了這個答案。

「劫爾，你們有什麼打算嗎？接下來要吃午餐了吧。」

正在聊天的利瑟爾忽然回過頭，這麼問劫爾他們。

「沒差，你去陪那兩個傢伙吧。」

「我也沒差，很久沒回王都啦，我來到處逛逛。」

「這樣呀。」

劫爾嘆了口氣這麼回答，伊雷文則是輕鬆地回應，利瑟爾不以為意地點點頭。

不知這算不算是熟門熟路、把王都當自己家，不過他們這趟回來並沒有特定目的，沒什麼該做的事，在這裡解散也沒有問題。

既然如此，他們決定約在熟悉的女主人所經營的旅店會合，如果那裡沒有空房間的話，就到時再說吧。

「那我們走吧。你們都還沒吃午餐吧？」

「還沒。」史塔德說。

「啊，那我有推薦的餐廳……」

在賈吉帶路之下，利瑟爾踏上懷念的街道。

劫爾和伊雷文看著那道帶著兩個年輕小夥子的背影，以及每一次走過他們身邊都要多看利瑟爾一眼的人群，不約而同地開口：

「以你的作風，這還真稀奇。」

「哎呀，我游刃有餘嘛。」

伊雷文的雙眼中浮現愉悅的色彩，以摸不清底細的語氣這麼說。

一想到假如換作自己被留在王都會怎麼想，他多少還是願意讓出利瑟爾一下的。當然，在他們好好品嘗過重逢的喜悅之後，他會毫不客氣地去把利瑟爾搶過來。

「話說回來，隊長不打算跟他們說啊？」

「當然吧。」
劫爾無奈地這麼回道，邁開步伐從聚集了不少目光的城門前方離開。
好吧，這也不奇怪，伊雷文點點頭想著，跟劫爾往同個方向走去。他不打算跟劫爾一起行動，只是剛好同方向而已。
和利瑟爾自願被操縱那次不同，這一次是非自願的綁架，賈吉和史塔德絕對不可能原諒。他們採取行動的時候絕不會遲疑，也不會顧慮任何影響，最重要的是，他們不會考慮到利瑟爾有什麼意圖。
「他們兩個是最無法預料會做出什麼事情的人啊。」
賈吉和史塔德一次也不曾想要並肩站在利瑟爾身邊。
他們只想親近他、接近他，對於他們而言，這和對等的關係並不相同。他們只需要被利瑟爾寵愛、被溫柔對待，偶爾受到他依賴，就已經無比幸福。
這樣的他們下意識明白，利瑟爾會原諒他們的任性。
「不過馴養成那樣，那傢伙大概也不會讓他們亂來吧。」劫爾說。
「他們兩個都是為了自我滿足在行動嘛。」
當然，他們也沒資格說別人。
兩人隱約露出笑容，沒多說什麼便分別踏上不同的道路。
「女主人，好久不見，請問有空房間嗎？」
「哎呀，好久不見！單人房對吧？兩間都空著喲！」

「那我咧?!」

「你在其他地方有得住吧？」劫爾說。

扎根於記憶之中的奇蹟邂逅（劫爾篇）

那天，他們三個人造訪了一間大眾酒館。

在大多數餐館都以海鮮料理自豪的阿斯塔尼亞，這裡是少數以肉類料理為賣點的酒館。雖然每間酒館的菜單上都有肉，但肉類料理特別有名的店相當少見。

這裡號稱當天菜單全看合作獵人的狩獵成果決定，今天利瑟爾他們運氣不錯，正坐在酒館內盡情品嘗肉類料理。店內空間狹小，或許是因為每天提供的肉品數量有限的關係。

「野豬吃起來滿有嚼勁的呢。」

「要看部位吧。」劫爾說。

「黏在骨頭上的肉直接咬下去特別好吃喔！」

「生吃嗎？」利瑟爾問。

「哪可能啦。」伊雷文說。

野外紮營時，劫爾抓來的獵物都以魔物居多。

當然，也僅限於魔物當中不需要特殊調理技術的種類。劫爾至今也累積了各種失敗經驗，熟知哪些魔物的肉光是烤熟還不能食用。

因此，利瑟爾直到現在還沒吃過普通的野豬肉。熬煮入味的肉吃起來相當美味。

「找個夠大的鍋子啊，然後連骨頭整根丟進去……」

「啊，獵人鍋？」

「沒錯沒錯！」

感覺能熬出不錯的高湯呢。明明連高湯是什麼都只有模糊概念，利瑟爾還是獨自點頭這麼想。

側眼看著另外兩人一口接一口灌著麥酒，利瑟爾一一瀏覽掛在牆上的木牌。上面清一色只寫了肉品種類，翻到背面的應該就是今天沒有進貨的肉吧。

畢竟有些牌子看不見字樣所以不能確定，不過這裡好像沒賣魔物肉。

「不知道伊雷文的父親都把獵物賣到哪裡呢？」

「我也不知道欸——」

「說到底，他會轉賣嗎？」劫爾說。

「說不定全部都自己吃掉了，然後只把毛皮之類的部分拿去賣。」伊雷文說。

這也很有可能，利瑟爾和劫爾恍然心想。

回想起掛在伊雷文老家院子裡晾乾的那些魔物，只賣掉不能食用的部分，應該也是一筆可觀的收入。光用陷阱就能捕到那些魔物的伊雷文爸爸，打獵技術已經超越了人類認知。

這時，伊雷文忽然把叉著肉的叉子朝向劫爾問：

「對啦大哥，你有沒有吃過那時候你打倒的龍肉啊？」

「只吃了一口。」

利瑟爾也眨了眨眼睛。

每次提到那場屠龍之戰，總覺得劫爾的神情有點苦澀，因此他從來沒有追根究柢地問過。利瑟爾非常好奇詳情，但這個話題他們總是只聊到日常閒聊的程度……雖然這話題實在是很不日常。

最好的證明就是，坐在他們附近的一對夫妻也不禁停止交談，屏息凝視著他們三人，好像以為自己聽錯了。

「咦──太糟蹋了吧！」

「我的確嘗試過把牠的肉拿來吃，畢竟當時也缺血。」

「是味道不好嗎？」利瑟爾問。

「味道不錯，要是讓專家處理過，跟鎧鮫有得比。」

既然肉食男子劫爾都這麼說，那麼龍肉的美味一定無庸置疑，劫爾自己看起來也有點惋惜。

「帶回來不就好了？」伊雷文說。

「那時候我還沒有空間魔法。」

「那為什麼只吃了一口呢？」

「魔力中毒。」

「啊，原來如此。」

利瑟爾嘆服地說。

不愧是龍族，即使在死亡之後，體內仍然流動著大量的魔力。

那麼的確，必須像阿斯塔尼亞的漁夫處理鎧王鮫那樣進行過特殊加工，否則無法正常食用。問題在於，世界上真的有人知道龍的食用加工方法嗎？

「嗯？那你那時候穿的也不是現在的裝備喔？」

「一定的吧。」劫爾說。

「現在這套裝備，就是用那條龍的素材製作的呢。」

「大哥，你的空間魔法是賈吉那邊買的？」

「這個不是。」
「那劍咧？」
「用的也不是這把。」
劫爾的劍是被因薩伊強迫推銷來的，而且是剛見面就慘遭推銷，可見打倒那條龍是在他造訪王都之前的事情。
面對連珠炮般的提問，劫爾一一回答，看起來並不特別排斥。
「那是什麼時候的事呢？」
「大概超過二十歲了吧。」
「還真虧你能打贏欸……到底是怎麼打贏的啊？」
「打完就贏了。」
「不要講那種廢話啦。」
話題往很好的方向前進，利瑟爾這麼想著，悄悄瞥了劫爾一眼。
劫爾沒有把嘴巴張得特別大，卻吃進了一大口肉，微微皺著眉頭，表情看起來更兇惡了。是因為回想起青澀年代的戰鬥而感到困窘吧，這麼一想就讓人不禁微笑。
劫爾邊喝著麥酒，邊別開目光回想起來。利瑟爾和伊雷文都露出了期待的笑容，閉上嘴靜靜聆聽他的英勇故事。
那一天，劫爾為了委託而來到某座森林。
委託內容是【驅逐岩蛇】。岩蛇是一種盤起身體擬態成岩石的魔物，最近繁殖得特別旺盛，所以才會出現這項委託。牠們的外觀看起來就像堆成一堆的粗獷岩石，大約有腰際那麼高，每次找到這樣的石堆，劫爾就往那上頭踹一腳使牠解除擬態，然後直接斬殺。

這裡有條穿越森林的道路，來往的主要是行商隊伍。岩蛇這種魔物，不要靠近牠的話基本上是無害的，因此劫爾先從距離道路最近的個體開始討伐。

委託需要的討伐數量是十隻，委託單上沒有任何關於追加報酬的說明，所以他也不打算多殺。假如討伐了十隻看起來還有危險，那麼跟公會提醒一聲就可以了。

他這麼想著，斬殺了第九條岩蛇，開始尋找最後一條目標。就在這時……

「（……是因為這傢伙吧？）」

從道路稍微深入森林之後，來到一片稍微開闊一點的野地。

看見盤踞在眼前、高到他必須仰望的岩石堆，劫爾在內心這麼想。發育成這麼大一條的岩蛇，雖然他並不瞭解魔物的繁殖形態，但最近頻繁出現的岩蛇假如都是這條巨大的魔物所生，就能解釋這場異常繁殖現象了。

牠全長大約有六、七公尺。儘管是不符階級的魔物，對於劫爾來說就和先前斬殺的岩蛇沒什麼區別。他一手握著出鞘的單手劍，朝岩石堆走近。

在他眼前，石堆發出了細微的鳴動，堆積的岩石縫隙之間，彷彿有什麼東西正窺視著他。劫爾不為所動地舉起劍，往那道縫隙直刺進去。

過於激烈的吐息化作震耳欲聾的悲鳴，撼動了整座森林。

岩蛇解除了擬態，劇烈掙扎的身體掃斷了周遭的樹木。劫爾也拔出劍，一邊揮去沾在劍上的體液一邊往後退開一大步。

他的對手發出尖銳的威嚇叫聲，抬起鐮刀狀的蛇首俯視著他，巨大的頭部遮擋了太陽。看來這場戰鬥值得稍微享受一下了，劫爾隱約露出笑容，握緊了劍柄。

下一秒，一股寒顫竄上他的背脊。

有什麼東西從天上掉了下來，把巨大的岩蛇壓在地面上——不是東西，是生物。幾隻腳爪抓破了岩蛇堅硬的軀體，這是劫爾最先看見的一幕。

因此他下意識把殺氣朝向了那個生物，對牠產生了敵意。出於獵物被人奪走的不悅，在不到零點一秒的短暫瞬間當中，他把視線轉向了那個攪局的傢伙。

「……啊?!」

他好久沒錯愕到發出這種聲音了。

事到如今壓低聲音也沒用，從他被認定為敵人的那一刻開始，一切就已經太遲。劫爾無暇多想，看著轉向自己的黃綠眼珠，他在戰慄當中揮劍。

那條龍站在岩蛇的軀體上抬起頭緊盯著他，龍尾朝他襲來。不，在撐過一擊之後他才意識到那是龍尾，它揮擊的速度比聲音更快，劫爾下意識揮劍去擋，卻輕易被牠的力道壓過。

他趕緊主動往後跳開，整個人因此被彈飛到樹木之間，速度超出他原本的想像。

「該死……」

不用看也知道，這把劍被打彎了，已經派不上用場。

在迷宮深層開到的劍也被打成這樣，絕不能從正面接下這傢伙的攻擊。劫爾扔掉了手上那把劍，緊盯著那條龍，把手伸向腰際。黃綠色的龍眼彷彿在觀察地面爬行的螻蟻似的，伸長了頸子打量著這裡。

岩蛇已經在龍的腳邊斷了氣。一陣微小的痙攣之後，龍族張開長滿利牙的嘴巴，傳來龍炎汲取空氣的細小聲響，劫爾將指尖滑過腰帶上的迷宮產武器保管庫。

這東西可以縮小收納自己持有的武器，最多十把。他沒有時間憑著觸感尋找需要的武器，只能拔出指尖最先碰到的武器，在瞬間回想那是什麼樣的劍。

青色的火焰在視線另一端閃動，連咋舌的空檔也沒留給他，劫爾迅速往旁邊跳開。

「——」

焰光一閃。

直線上的樹木被燒成灰燼，不是倒塌，而是瞬間蒸發般消失於無形。劫爾在迷宮裡見過的龍炎和這完全不能比，差得太遠了。

「（不願意放過我嗎……）」

這是條相當好戰的年輕龍族。

所以狀況才讓人絕望——不，或許該說是得救了嗎？假如面對的是古代龍，劫爾現在早就小命不保，或許根本沒有發展成一場戰鬥的餘地，就像岩蛇不會在乎爬過岩石的螻蟻一樣。想著這種無關緊要的事，是因為自己心生動搖了嗎？

劫爾深深呼出一口氣，龍的視線依然緊盯著他不放。

他不禁露出笑容，不是失笑，而是好戰的笑。

「我身上可沒多少肉喔。」

使勁握緊大劍，劫爾壓低了聲音喃喃說。

儘管再怎麼好戰牠仍是龍族，對牠們來說人類只是皮包骨，從沒聽說哪條龍會特地追趕逃跑的人類並將之殺死。

然而現在，那對凌厲的龍眼仍然兇狠地直瞪著他。劫爾只把殺氣朝向牠一瞬間，光憑著那一瞬間，在高踞於所有生物頂點的龍族眼中，這不夠塞牙縫的唯人就成了「應該大打一場的對手」。

實在榮幸，銀灰色的雙眼在剎那間睇細。

劫爾蹬向地面，穿過林木間的縫隙朝龍族逼近。龍也大大展開雙翼，腳爪踩在地面大聲咆嘯。

撼動空氣的龍嘯震痛鼓膜，劫爾不為所動地繼續逼近，只要耳膜沒破就無所謂。

「——！」

翼爪揮下，劫爾避開這一擊鑽進牠腹部下方，頭頂上襲來的利牙卻阻止了他的企圖。眼前傳來龍牙咬合的「鏗」一聲，緊接著覆滿堅硬鱗片的頭部便直逼而來。

龍的頭槌，吃了這一擊恐怕小命難保。他在千鈞一髮之際躲過，揮劍刺向黃綠色的龍眼，也在咫尺之處被避開。

緊接著翼爪從牠大得連成年人都無法環抱的頭部另一側襲來，那完全是劫爾的死角。動作快得難以和牠巨大的身軀聯想在一起，劫爾剛揮出一劍的身體無法完全反應過來。

「痛……」

手臂被連著裝備一併撕裂。

高熱與疼痛燒灼大腦，那條幾乎被扯斷的手臂似乎隨時都會脫離身體。他勉強躲開了這一擊，手臂並沒有被完全扯下。只要它還連在身體上就好，萬一斷掉了還得花時間把手撿起來。

劫爾勉強躲過接下來的追擊，從腰間取出回復藥灑在傷口上。與此同時，被龍爪掠過的裝備也不斷出現損傷，製作這套裝備用上了他所能取得的最高級素材，卻一點意義也沒有。

他把回復藥的空瓶往眼前一扔，趁著龍被它吸引注意力的一瞬間，揮動剛剛癒合的手臂朝著翼膜使出一擊。只留下一道淺淺的痕跡，連道傷口都沒有留下。

「（我絕對要把你做成裝備。）」

劫爾硬是鼓舞即將喪失鬥志的自己。

他滑進翼膜底下，躲開粗大而強韌的龍尾揮擊。空中無處可逃，跳起來就完蛋了。翼爪削過地面朝他抓來，他用劍刃彈開，那隻削肉如泥的爪子就這麼從他腳邊掠過。

劫爾斬向牠的側腹，被鱗片彈開了。

龍開始拍動翅膀。一旦牠飛上天空，劫爾就無從應戰，他抓住龍腿試圖阻止牠升空，但此舉沒有意義，龍像趕走小蟲似地把腳一揮，便把他從巨大身軀底下拖了出來。

那條龍只拍了一下翅膀就靈活地轉過身來，朝他露出尖牙，同時他聽見龍炎捲入空氣的聲音。

劫爾把背抵在樹幹上才穩住身體沒有摔倒，看見鮮紅口腔裡閃爍的青色火焰，他無法抑制湧上的笑意，撇嘴笑了出來。

劫爾把這場討龍之戰講得毫無臨場感可言，他們兩人卻聽得入神。

利瑟爾一臉感動，邊聽邊不時配幾口水；伊雷文吃飯的手沒停過，視線卻一直牢牢盯著劫爾不放；至於坐在附近的那對夫妻，則是停下了所有動作愣愣地聽。

「……大哥聽起來隨時都會死掉欸。」

「的確是差個幾公分就會死了沒錯。」

「龍真的很厲害呢。」

「不要因為我修正對龍的評價啊。」

龍果然還是別碰比較好，伊雷文決定不要對龍出手。

他雖然追求刺激，但可不想死。他所追求的戰鬥本質是一種遊戲，所以不好玩的話就沒有出手的意義了。

伊雷文邊想邊咀嚼醃漬入味的肉塊，吞下喉嚨之後把殘留在口中的肉汁用麥酒沖下，美味極了。他對老闆大喊了一聲「再來一盤」。

「過程中一直都是這種情形嗎？」利瑟爾問。

「除此之外也沒別的辦法。」

「耗盡牠的體力……好像不可能呢。」

龍族原本就擁有近乎無限的魔力。

雖然維持生命活動需要龐大的能量，但牠們同時也是汲取空氣中的魔力就能維生的種族。年輕的幼龍會出現獵食行為，但一般認為這是因為嘴饞而想填飽肚子，又或者是不擅長吸收魔力的個體從食物中補充不足的能量。

「一開始我也這麼打算，後來馬上就放棄了。」

「那麼，就是正面對決了呢。」

利瑟爾這麼說道，不知為何顯得有點高興。或許可以這麼說吧，劫爾蹙著眉頭，喝了一口麥酒。

龍的逆鱗，說得真好。

砍上龍頸的大劍發出聲響碎裂，他犧牲了一條手臂才終於命中的、使盡全力的一擊，只在鱗片上砍出些許裂縫。他還剩下兩把劍。

這個過度知名的謠言到底是哪裡的誰散播出來的？到底是怎麼調查出龍的生態、寫在什麼書上，具體來說又是哪個部位的鱗片？你以為一條龍身上有多少鱗片啊？拿出證據來啊。

「啊——……」

不知已經打了多久，對手的動作絲毫不見衰弱。

他甚至沒有空檔確認天空中太陽的角度，吸飽了自身血液的裝備沉沉掛在身上。劫爾把破爛不堪、沾滿鮮血而貼在手臂上的袖子撕下，扔向襲來的利牙，同時往傷口灑上回復藥。那條龍甩了一下頭，把纏在牙齒上的布條吐了出來。回復藥剩下一瓶。

然而，儘管疲勞不斷累積，劫爾自身的動作卻越發俐落，感官逐漸敏銳，得以閃過一開始無法避開的攻擊。

他想起那個男人，那個要他與實力更強的對手交戰的男人。直到現在，他才終於明白這句話的意思。

「（腿被咬斷就完了。）」

橫掃而來的龍尾，能夠輕易打斷人類的腿。

絕對不能讓這種事發生，更不可能正面接下牠的攻擊。一拉開距離就會遭受龍炎攻擊，唯有近身作戰他才有活路，換言之他一瞬間也不得放鬆警戒，連幾秒鐘的休息時間都沒有。

他早就喘不過氣來了。他懂得怎麼強制壓下呼吸，但這種技術也已經用盡。喉嚨破了，鮮血的氣息湧上鼻腔，血腥味一下子就混在自己流出的血中消散殆盡。

劫爾把唾液吞進疼痛的喉嚨，握緊了第九把劍。

「（想喝水，想吃甜的……）」

處於接近失控的亢奮狀態當中，他的思緒一角卻異常冷靜。

平時的自己絕不會想吃甜食。他邊想邊從正下方仰望龍頸，看見鱗片縫隙間滲出鮮血。沒錯，至今為止的攻擊並不是完全無效。儘管連一片龍鱗都沒能剝下，但牠的翼膜處處可見破孔，利爪表面出現缺口，破裂的鱗片四散。

只是，見到牠的鮮血，這還是第一次。

是他經過磨練的本能使他反射性瞄準那個部位，又或者只是偶然？無論如何，這條手臂總算沒有白白犧牲，劫爾壓低身體，躲過側面襲來的翼爪和牠鐮刀般的橈骨。

「（該怎麼把劍刺進那裡？）」

和剛才同樣的方法？不，那不足以擊碎鱗片。

靠自己的臂力並不夠，那該怎麼做才好？趁牠張開嘴露出牙齒的瞬間，從口腔內刺向目標位置？不可能，這只會被龍炎燒成骨灰，或是被牠咬死而已。

俯視著他的黃綠色瞳眸炯炯發光，自己一定也帶著同樣的眼神吧，同類意識使得劫爾不禁發笑。從那條龍的喉間發出了類似地鳴的聲響。

劫爾伏在牠巨大的身體底下，這時龍張開翅膀拍動，颳起強風、捲起砂塵。他不能閉上眼睛，只能在些微的疼痛中瞇起眼，下一秒，他睜大雙眼。

牠的雙腳離開了地面，劫爾趕緊往後翻滾，避開那雙連岩蛇都能掐碎的腳爪，然後單膝跪地穩住身體。

或許是爪子尖端擦過了他的背，背後燙得像火燒，但這些都無所謂了。

龍低下了頭，身體與地面平行，準備著地。劫爾跪著的位置就在牠伸長的頸子正下方。一旦失敗，這條龍想必會從頭部把他一口咬死，但劫爾不為所動地瞄準了那片帶傷的鱗片，配合牠降落瞬間的力道把劍尖往上突刺。

某種東西碎裂的聲響，雙手傳來貫穿血肉的觸感，龍猛地往上仰起頭。

刺進牠頸部的劍就這麼被帶走，劫爾轉而取出剩下的最後一把短劍，迅速拉開距離。他沒有停下腳步，緊盯著那條頸子伸向天際的巨大龍族，隨時準備好迎接所有攻擊，然後——

一聲高傲而雄壯的鳴叫響徹森林，黃綠色的龍瞳映照出劫爾的身影。

牠的眼神中已無戰意。劫爾喘著氣垂下短劍，緩緩朝牠走近。巨軀逐漸傾頹，染血的脖頸、長滿利牙的嘴，宛如高塔崩塌一般倒臥地面。

牠的腹部起伏了一次、兩次，接著吐出一股溫熱的氣息，緩緩塌陷下去。

「……」

黃綠色的雙瞳消失在眼瞼後方。

劫爾伸出手，撫摸牠覆滿鱗片的頭部，以對強者表示敬畏之意。這條龍彷彿就像他自身的鏡中倒影，他看著那條斷了氣的龍，深深吸了一口氣。

「——贏啦！！」

他擠出最後的力氣，朝著地面大吼。

隨著這一吼，亢奮感急速下滑，疲勞感轉而抬頭。他拋開手中的短劍，仰躺在地面，一躺下去覺得背後痛得不得了，才想起那裡被抓傷了。

他狼狽地翻身趴伏在地上，把最後一瓶回復藥往背上倒。這個動作用盡了他所有的力氣，一放鬆警戒，全身都痛了起來，他已經一步也動不了了。

如果現在閉上眼睛，他還會醒過來嗎？即使遭遇魔物襲擊，現在的他也有沉睡不醒的自信。

但他實在異常地想睡。口乾舌燥，肚子也好餓，但總之還是先恢復體力吧，他於是閉上眼睛。有這頭死亡後仍保有強大存在感的龍在這裡，魔物多半不會靠近。

劫爾以遲鈍的腦袋這麼想著，就這麼爆睡了兩小時。

當時的自己真是大鬧了一番，劫爾事不關己地回憶著。

到了現在，他反而有點羨慕當時的自己。此後他一次也沒有碰上和龍對峙的機會，雖然這也沒辦法，這種事發生一次就已經是奇蹟了。

「原來龍的逆鱗真的存在呀。」

「以大哥的暴力，說不定根本是打碎了普通的鱗片欸。」

「誰知道。」

劫爾並沒有提到自己當時有多亢奮，過程也說得非常簡略。

因此利瑟爾他們也不怎麼訝異……不，最後劫爾爆睡的事確實很令人意外，但對手是龍的話累成這樣也是當然的，他們聽著並不覺得好笑。

「一直到你睡醒都沒有遭到襲擊嗎？」利瑟爾問。

「嗯。龍就在原地，連一隻小蟲都沒有靠過來。」

等到劫爾睜開眼睛的時候，周遭已經完全暗了下來。

體力也恢復到了一定程度，他瞥了龍的亡骸一眼，接著找到河川喝了水。他實在太渴了，一喝下水馬上覺得全身都受到滋潤，看來當時身體處在嚴重的脫水狀態。

乾燥後附著在身上的血漬令人不快，因此他沖洗了身體，幾乎變成破布的衣服也脫下來清洗。反正得先曬乾才能穿，他把衣服晾在樹上，結果最後忘了把它收下來就回到城裡去了。

「稍微睡一下就能恢復體力，不愧是劫爾呢。」

「大哥，我看你可以自封為龍了啦。」

「吵死了。」

伊雷文從利瑟爾的盤子裡搶走一塊肉，忽然偏了偏頭：

「是說，素材你有辦法弄下來喔？劍明明刺不下去。」

「是呀，把素材帶回去應該也不容易吧？」

「啊……」

沒錯，劫爾點點頭。

剩下的那把短劍刺不破龍皮，他使勁去剝也剝不下龍鱗，想吃龍肉卻無法直接食用。

但他已經下定決心，一定要把這條龍做成裝備；再加上現在這套裝備也報廢了，他沒有放棄的本錢。

「我把牠的牙齒拔出來，用它來解體。」

「原來喔。」

「龍牙一定很利呢。」

用龍自己的牙齒把龍解體，這個策略相當奏效。

劫爾一一剝下鱗片、龍牙、龍爪，割下翼膜，把這些素材包在剝下的龍皮裡以便帶走。他抱著這些素材，多虧汗衫還勉強保有衣服原形而免於打赤膊的命運，臨走前還不忘把岩蛇委託的最後一隻也討伐了，然後就這麼沐浴在朝陽之下回到了公會。

「沒有引起騷動嗎？」利瑟爾問。

「有。」

「也是呢。」

「把素材拿去做裝備的時候，鐵匠都嚇傻了。」

「合理啦。」

當時劫爾的實力已經遠近馳名，當他渾身是傷、又由於疲倦而帶著比平常更兇惡的表情回到公會，眾人有多錯愕可想而知。

劫爾並沒有主動提起那條龍，可是當職員邊想著「這次的委託這麼危險啊」一邊戰戰兢兢地替他辦理委託結案手續的時候，要確認岩蛇的討伐紀錄就一定會在那裡看見龍的名字。職員嚇到連著椅子整個人翻了過去。劫爾只想著早點去吃飯睡覺，見狀拋下一句「公會卡我明天來拿」，就逕自離開了，因此對於公會在那之後的混亂並不知情。

「嗯？你拿素材幫我做裝備的時候，匠人看起來並不驚訝呢。」

「普通的鐵匠根本拿那些素材沒轍。」

「啊，原來如此。直到找到王都的匠人，才終於有辦法處理呀。」

「嗯。」

龍的素材一輩子難得見到一次，很多匠人看了都不禁雙眼發亮，但同時也因為沒有加工的前例，大多數的匠人只能流下不甘的血淚宣告敗北。

直到劫爾終於遇到王都的匠人，把素材交給他評估幾天之後，匠人眼睛底下帶著深深的黑眼圈，對他說了句「我能做」，後來就把劫爾現在這套裝備做了出來。

居然讓這麼厲害的匠人做了坐墊……利瑟爾在內心悄悄反省。能請到技術精湛的匠人製作當然很好，只是還真虧對方願意接受這種訂單。

「啊？那一直到你找到那個匠人，素材不是很礙事……啊，所以你後來才去找空間魔法喔。」

「那東西完全找不到。」

「賈吉真的很厲害呢。」

空間魔法這種東西無論捧著多少錢要買，買不到就是買不到。

劫爾當時停留的國家也頗具規模，但他整整花了兩個月才買到空間魔法，而且也不是偶然找到的，而是跑到曾經售出空間魔法的商店花大錢請人家進貨的成果。

在那之前，素材就一直堆在旅店的某個房間角落……用金幣都難以換算這些頂級素材的價值，它們遭受的待遇卻十分隨便。
「那肉果然還是丟在原地啦……」
「會不會直到現在還留在原地，沒有腐爛呢？」
「被野獸吃掉了吧。」劫爾說。
「可是龍的保有魔力……該不會產生出新的魔力點吧？」
「即使真的發生那種事，也不是我的錯吧。」
桌上的盤子全空了，三人很有默契地站起身來。
在伊雷文喊出不知第幾次「再來一盤」的時候，店家早就已經喊停了，看來由於是狩獵肉的關係，果然無法大量進貨。
對於利瑟爾來說分量剛好，但伊雷文自然不用說，劫爾也吃得不夠過癮。接下來找第二家店繼續吃吧，他們把錢放在桌子上，極其自然地走出店門。

在三人的身影從店內消失之後。
時不時聽見他們談話內容的老闆對於自己遇到了絕對強者而感動得雙眼發亮，剛才僵在原地聽他們說話的夫妻喪失了語言能力，只能不敢置信地說「蛤?!」。
原本，這應該是個聽眾不屑地哼笑，覺得「這英勇事蹟捏造得還真用心啊」的故事。然而眾人就連懷疑它真實性的想法都沒有，看來那個男人散發的存在感真的與龍不相上下吧。

盡情挑選伴手禮

決定返回王都之後沒多久。

利瑟爾首先想到的兩件事情是，「必須跟這段時間關照他們的人打聲招呼」，以及「要記得幫許久不見的大家買伴手禮」。

而今天，他要解決的是後者。不知道一天之內能不能買齊？利瑟爾沒有穿上冒險者裝備，而是套上了便服，開始整裝準備出門。

「我回來了。」

「啊，歡迎回來。」

在他把腰包繫到腰間的時候，夸特打開房門走了進來。

夸特今天一大早就前往冒險者公會接取委託，現在還沒到中午，就已經把委託解決了。他臉上全無疲態，納悶地看著利瑟爾問：

「要出門？」

「是的，要買點東西。」

「一起，可以？」

「可以喲。」

剛回到旅店、還來不及休息就能出門，這體力真令人羨慕。

利瑟爾這麼想著，朝著高興得雙眼發亮的夸特招招手，在他快步走近之後伸手往他翹起的一撮頭髮撥了幾下，替他梳理整齊。

不過夸特的髮質偏硬，亂翹的頭髮相當頑固，儘管利瑟爾梳理之後改善了一些，但髮梢仍然是翹的。應該沒關係吧，利瑟爾點了一下頭。

冒險者當中很少有人過度重視外表，劫爾和伊雷文偶爾也會頂著睡翹的頭髮出門。他們倆在冒險者裡面算是很重視打扮了，但劫爾在頭髮稍微翹起的時候還是會置之不理，只要看起來別太糟就好；伊雷文則會生氣地抱怨「弄不直啦！」，然後以此為藉口跑來跟利瑟爾撒嬌。

「很奇怪？」

「不會奇怪喲。那我呢？有沒有哪裡奇怪？」

「沒有。」

剛才略垂著眉的夸特，使勁點頭如此斷言。

那就好。利瑟爾有趣地笑了，接著走向走廊準備出發。

他們的目的地是布滿石造建築的港口大街。

開在這條大街上的商店顯得比較高級一點，但並沒有正式到令人踏進店門前猶豫再三。這裡的店家確實經手高檔貨，不過也歡迎一般民眾來逛逛，整條街呈現出人來人往的熱鬧氣氛。

利瑟爾和夸特兩人悠閒地走在這條大街上，首先他們找到了一間外牆砌著豔麗紅磚的裁縫店。

「我們進這家店看看吧。」

「好。」

感覺正好符合他的需要，利瑟爾走進了敞開的店門，而夸特也點點頭跟著走進去。

店裡還有一組客人，不過他們已經結束訂製，正準備離開。利瑟爾在門口讓路給他們先走，結果對方反而大動作推辭，讓開通道請他先進去。

碰到這種事，利瑟爾不會跟人家讓來讓去讓個沒完。既然對方都這麼說了，他便依言先往店內深處走，只有視線在那些客人和利瑟爾身上來回游移的劫爾知道，客人們不敢置信地多看了利瑟爾一眼。

「歡迎、光臨！」

店員憑著意志力壓住了差點破音的嗓子，這就是敬業精神嗎？

一位身穿精緻裁縫的制服、彷彿能代表這間店門面的壯年男性帶著滿面笑容迎上來，直接無比自然地把他們帶到了以屏風隔開的接待空間。

利瑟爾毫不遲疑地跟著往前走。這購物流程與劫爾的認知截然不同，他完全無法理解，不過還是跟在利瑟爾身後一步走了進去。利瑟爾坐到沙發上，而劫爾也在他的敦促之下戰戰兢兢地在他身邊坐下。

「請問您今天需要什麼呢？」

「一雙白色手套，是送給優秀鑑定士的禮物。」

「好的，請您稍等一下。」

店員說完便離開了。

劫爾以「他走掉了耶怎麼辦」的眼神看向利瑟爾，利瑟爾卻反而回以「有什麼不對嗎？」的眼神，最後劫爾還是什麼也沒說。他現在正處於一片混亂當中。

就在這時，一張熟悉的臉孔無聲無息地從屏風後面探了出來。

「啊，果然是隊長！」
「伊雷文。」
伊雷文得意地笑了笑，理所當然地走近沙發，揪住了夸特的後領想把他扯下座位。夸特全力抵抗。
「我先，坐在這裡！」
「嗄？你很擋路欸。」
「所以？」
「你，真的，是怎樣！」
伊雷文一臉嘲諷，夸特氣得七竅生煙。
他們也變成能夠一起玩鬧的關係了呢，真好，利瑟爾面帶微笑看著這幅光景。
「伊雷文，你也來買東西嗎？」
「嗯——我只是在亂逛。」
途中，他碰巧看見利瑟爾他們走進店裡。
除了裝備以外，每次見到伊雷文總會看見他又有了新的打扮；有時候他會帶著利瑟爾到各種店鋪去挑選衣服，而且也喜歡買零食小吃，對於各種用品又相當講究，出現在匯聚了各種商店的港口大街也沒什麼好奇怪。
「隊長，你來買什麼啊？」
「伴手禮。」
「喔，可以跟你一起嗎？」

「當然好呀。」

承受著超乎常人的力道，沙發開始發出不妙的吱嘎聲。

利瑟爾出聲制止他們一來一往的攻防，往夸特那一側靠過去，然後叫伊雷文坐在空下來的另一側。伊雷文表現出露骨的不情願，不過還是在那裡坐了下來。

順帶一提，直角位置還有一把一人座的沙發，但伊雷文看也沒看它一眼，叫他去坐那邊想必也只是徒勞。三個人坐在兩人座沙發上，位置有點窄，不過也不算太擠。

「讓您久等了。」

店員一回來，看見人數不知何時增加了，一瞬間愣在原地。

不過他立刻恢復冷靜，把手中的幾個盒子一一並排在桌上。

「白色手套有這幾種設計，您看看有沒有喜歡的。」

「手套？要給誰啊？」

「給賈吉，鑑定用的。」

「啊——他好像有戴手套喔。」

隊長來買東西果然會受到這種待遇呢，伊雷文把剛到嘴邊的話吞了回去。

「手套要頻繁穿脫的關係，希望不要做得太緊。」

「需要做打褶設計嗎？」

「這個嘛……沒有任何裝飾也太冷清了，就麻煩你了。」

「好的，那麼這一種設計您覺得如何呢？」

利瑟爾和店員一來一往地把細節一一談妥。

但最大的問題不在於設計，而在於尺寸。賈吉身形高眺，比常人高出一、兩顆頭，手掌當然也比一般人大。

「那傢伙的手是不是很大啊？」

「確實是呢。」

伊雷文和他想到了同一件事，聽見他這麼說，利瑟爾也點點頭。

不過，本人不在場的情況下，要訂做完全貼身的尺寸本來就不可能。反正賈吉的手形也不算特別有個性，挑選大致符合的尺寸就沒問題了。

「可以請您描述一下大約多大嗎？」

「中指大約這麼長。」

「好長。」

「對吧。」

「隊長，你啥時量的啊？」

「出發來到阿斯塔尼亞之前，我好好摸過一遍了。」

這什麼說法？

伊雷文聽了一瞬間面無表情，不過最後還是下了結論：既然被摸的本人覺得很開心，那就沒差吧。這方面只有劫爾有辦法指摘或糾正利瑟爾。

「還有，賈吉的骨架意外地大呢，手腕也很結實。」

「啊──好像是喔，就算不考慮他的身高也是這樣。」

「對吧？手指的關節也很結實。」

原來是這樣，店員點了幾次頭。那麼接觸到手腕的部分就做成開岔，不做釦環，接著他以俐落的動作，測量了利瑟爾所比出的手腕到中指的長度。

這麼一來設計就定案了，店員暫時離席。

利瑟爾忽然低頭看向夸特放在沙發上的手。

「關節結實？」

「是呀。啊，賈吉的手形說不定跟你有點像呢。」

「我，骨架大？」

「以你的情況，一方面也是有在鍛鍊身體的關係吧。」

利瑟爾有趣地笑了，將自己的手掌平攤，擺在夸特的手旁邊比較。

「嗯——」伊雷文也把自己的手加入其中，三個人的手看起來都不太一樣。明明形狀都很普通，卻還是看得出個性呢，利瑟爾感嘆地想。

「伊雷文的手指很長呢。」

「喔，真的耶。」

「這裡，好像很硬，為什麼？」

「劍柄會磨到。」

利瑟爾和夸特都興味盎然地低頭看著那隻習慣持劍的手。

伊雷文的拇指，撫過手指各處以及小指根部隆起的肌肉，撫過皮膚泛紅長繭的部分。往下一壓，隆起的部分會隨之凹陷，摸起來有點硬，但好像不會痛。

「這是很典型的冒險者的手呢。」

「？你，冒險者。」
利瑟爾保持微笑。
同時，伊雷文伸手往夸特頭上狠狠一拍，發出響亮的「啪」一聲。
「好痛！幹什麼！」
「隊長保持這樣最好了啦懂不懂啊垃圾雜魚！」
「因為我不是拿劍戰鬥嘛。」
「你看啦！隊長都被你講到有點難過了！」
回到接待區來的店員，被吵鬧的他們倆嚇了一大跳。
不過一看見利瑟爾露出苦笑請他不要介意，店員便立刻爽朗地笑著把拿來的數種布料並排在桌面上。每一種都是白布，不過顏色有些微偏差，質感也各不相同。
「您想要使用什麼樣的布料呢？」
「因為不是正式場合穿戴的，我想用舒適一點的布。」
「那麼這一種如何呢？這是用群羊毛紡織的布料，特色是透氣良好、觸感柔軟。」
「能摸摸看嗎？」
「當然沒問題。」
利瑟爾伸手觸摸布料，在他身後，夸特悄聲問伊雷文：
「群羊？」
「一種魔物羊。」
伊雷文看也不看他一眼這麼答道。原來如此，夸特點頭。

大部分魔物素材由於取得難度高，價格也比較昂貴，有辦法經手這些材料的也只有稍微高級一點的商店，例如他們現在所在的這一間。賈吉的道具店除外。

換言之，店員根本沒和利瑟爾溝通過預算問題，就理所當然地把這種布料推薦給他，肯定沒把他當成冒險者看待……呃，雖然從待遇看來就已經是這樣了沒錯。那麼在這位店員眼中，自己到底是什麼人呢？伊雷文忽然有點好奇。

「就以這樣的規格為您訂做，那麼關於取貨的時間……」

「我希望盡快。」

「好的，那麼我們立刻開始製作，明天中午交貨給您可以嗎？」

「好。」

這必須動用多位匠人全力趕工才能辦到。

但是店家不想讓出手闊綽的客人跑了，絕不能讓對方認為他們無法滿足要求。這店員要是知道利瑟爾是個冒險者，不知會有什麼反應？

接著，利瑟爾精挑細選地選好了禮盒，就只差明天來取貨了。這時候，他忽然看見掛在店內牆壁上的絲巾。

「還有，請問你們有賣領巾嗎？」

「有的，請問是什麼樣的人要使用呢？」

「是壯年的男性，希望在社交界也能佩戴。」

「我拿幾種來給您看看。」

他說了社交界，店員的誤會永遠解不開了。

伊雷文不動聲色地在內心這麼吐槽，也可以說他樂得看好戲。
「要送給那個比較爽朗的中年美男喔？」
「是的，畢竟一直受到他關照呀。」
伊雷文得意地笑著問，利瑟爾也粲然一笑。
或許只是貴族必備的素養也不一定，不過每一次見到雷伊，他確實都繫著不同的領巾。領巾的設計充分表現出他的品味，同時又帶著不至於引人反感的玩心，比起義務倒比較像他個人的嗜好。
「要送人家穿戴在身上的東西，是不是很難挑選呢……」
「衣服，我，很高興。」
「如果子爵收到也這麼高興就好了。」
「感覺收到迷宮品他會比較開心欸。」
太中肯了吧。
不，這可是買來送人的土產。迷宮並不會帶有所在地的任何特徵，迷宮裡取得的東西真的可以稱作土產嗎？這不就像是去南國旅遊卻買了北國名產回家一樣嗎？
就算要送他迷宮品，還是另外準備個土產比較好吧，利瑟爾獨自點頭。
「久等了，這些都是阿斯塔尼亞紋樣的領巾。」
「沒什麼阿斯塔尼亞的感覺欸。」伊雷文說。
「因為剛剛說需要在正式場合佩戴的關係，我挑了一些比較好搭配的花樣……」
「也是呢，我想這樣應該比較好。」

眼前的領巾和阿斯塔尼亞常見的魔力布不同，並沒有華麗的紋樣和刺繡。

店員拿來了幾條領巾，都是色調沉穩的素色布料，局部織有紋樣。每一種布料都帶著光澤，夸特也好奇地伸出手，小心翼翼地摸了摸。

「這種布料使用了棲息在群島的裙蜘蛛的絲線，有著獨特的觸感和光澤，是行家都知道的稀有布料。」

「感覺都很適合子爵呢。」

「他本身的氣質就那麼高調了嘛，配這種低調一點的領巾剛好。」伊雷文說。

聽到「子爵」這個詞，店員臉上的笑容消失了一瞬間，但只有他本人知道。

「這些花紋有什麼含義嗎？」利瑟爾問。

「有的。雖然沒有魔力布那樣的魔法效果，不過這些圖案都有祝福的意涵，例如這一個，就是『想要得到什麼都能如願以償』的花樣……」

「就這個了啦！」伊雷文說。

「就是這個了呢。」

「？」

雷伊，別名「迷宮道具收藏家（暫定）」。

他總是致力收集充滿魅力的迷宮品，沒有比這更適合他的圖樣了。領巾的設計也相當適合雷伊，因此利瑟爾立刻決定買下。

裁縫店店員不但送他們到玄關，還鞠躬送他們離開，三人就這麼出發前往下一家店。

夸特一直睜大眼睛看著這段購物過程，他的購物常識還好嗎？伊雷文不禁這麼想。不過他也不怎麼在乎，隨便啦。夸特本來在那些信徒身邊打雜，一定也有過正常的採買經驗吧……雖然他的性格實在太順從了，感覺很可能更新到錯誤的情報。

「接下來，哪裡？」

「我想到販賣文具的雜貨店看看。」

「你是說我們跟賈吉爺爺一起去過的那間喔？」

「沒錯。」

在伊雷文帶路之下，一行人來到了那間雜貨店，店門口漆成黃色的磚塊十分亮眼。先前因薩伊說「想要什麼爺爺都買給你們」的時候，就是在這裡替利瑟爾買了寫信給前學生用的信紙。那種高級紙張原本是非賣品，不過因薩伊最後還是靠著他的人脈和交涉手腕買了下來。

利瑟爾他們一走進店裡，就碰上了當時也在場的其中一位店員。那名年輕女店員瞪大眼睛，立刻衝進店內深處，然後帶著一位初老的男性走了出來。是這裡的店長。

「哎呀，是那時候的……」

「你好。」

「您好、您好，好久不見了。」

店長爽朗地打著招呼走了過來，似乎打算親自接待他們。考量到因薩伊的地位，店長親自服務好像也是理所當然的。

「今天各位想找什麼呢？」

「拆信刀和鋼筆。」

「那麼，我們從拆信刀開始看起吧。」

他們跟在親切的店長身後，穿過店內空間。

雜貨店裡的客人比裁縫店更多，有附近其他商店的店員，也有在王宮工作的公務員。還有一副船長打扮的客人在挑選文具，不知是不是要寫航海日誌。

「那是要送誰的啊？」伊雷文問。

「史塔德，還有沙德伯爵。」

「伯爵？」夸特問。

「就是地位很高的人喲。」

利瑟爾的回答以簡單易懂為優先，結果變得有點像在自我吹噓。

不過夸特也因此一聽就懂，恍然大悟地點著頭。

「史塔德原本使用的拆信刀好像折斷了。」

「哎呀，這還真少見。」店長說。

「是呀。」

拆信刀只用來切割紙張，幾乎不可能折斷。

一定是反覆使用了很多次吧，店長邊說邊佩服地這麼想，利瑟爾也表示贊同。

「聽說是喝醉的冒險者拔劍往他的同事砍過去的時候，史塔德拿拆信刀把劍彈開，然後往對方的喉嚨突刺，結果拆信刀就折斷了。」

「技術有夠爛。」伊雷文說。

「斷掉，不應該。」

「你那是站在什麼立場講的啊？拆信刀？」

考量到史塔德的實力，就算用的是拆信刀也沒那麼容易折斷才對。是因為對方的武器特別好，還是金屬真的已經疲勞了？真的是很少見的事呢，利瑟爾點著頭，而店長決定裝作什麼也沒聽見。

身為商人，他曾經跟各種千奇百怪的客人過招，很懂得什麼時候該聽而不聞。

「擺在這裡的都是拆信刀，所有的商品都在架上了，希望有您看得上眼的。」

店長帶他們來到一個貨架前方，上頭陳列著好幾種拆信刀。

比起實用性，當中以講究裝飾的商品居多，既然是天天都會看見的文具，當然要挑個賞心悅目的外型比較好。

不過送禮對象是史塔德，感覺他不會喜歡過多的裝飾。

「您知道對方的慣用手是哪一邊嗎？」

「比較常使用右手，不過好像雙手都慣用。」

「那麼就選擇雙刃的拆信刀吧。這邊這一把，是金屬工房的新銳師傅打造的……」

在店長和利瑟爾交談的時候，在他們後方的夸特也隨手拿起一把拆信刀。

刀刃呈現平緩的曲線，無論他把手指往上面怎麼按、怎麼來回摩擦，還是連一層皮都切不開。這是夸特第一次看見這種東西，他打量了利瑟爾一會兒，轉而看向正以指尖靈巧地轉著拆信刀的伊雷文。

「這個，能切，紙？」

「嗄？」

「沒用，破刀。」

「你那種居高臨下的態度很好笑欸。」

伊雷文握住手中把玩的那把拆信刀，拿起放在一旁的紙張。

那是試寫用的紙。他讓夸特拿著那張邊緣不平整的紙，手上的拆信刀一閃，紙張的下半部就大幅搖晃著掉落到雜貨店的地板上。

「我看這比你還利吧？」

「我的、比較利！」

伊雷文冷嘲熱諷，夸特氣沖沖地反駁。店長確實目擊了這一幕。

拆信刀不是這樣用——然而由於親眼看見過度卓越的用刀技巧，他震驚到把這句吐槽都忘了。同樣看見這一幕的其他客人，更是驚訝到把手上整疊的紙都撒在地上。

「那這一把呢？」利瑟爾說。

「啊，這把也非常受歡迎……」

眼見利瑟爾毫不在意，店長也裝作什麼都沒看見，面不改色地回答。

「刀刃部分是由剛才提到的那位新銳師傅所打造，握柄是來自空明樹的木頭材質，握柄兩端的裝飾刻著阿斯塔尼亞圖騰。」

「空明樹？」

「是的，這種樹生長在接近月亮的湖泊底部。」

空明，倒映在水中的月亮，帶有藏不住秘密的意思。

正好適合那個眼睛有如水底的玻璃珠，個性又直率的人，利瑟爾微微一笑。

「那麼就這個吧……啊，伊雷文。」

「嗯？」

「你看這把如何？」

忽然被叫過來，伊雷文湊近打量利瑟爾手上的拆信刀。

「那個新銳師傅？做的基本上都不錯喔。」

「有辦法彈開大劍嗎？」

「是沒辦法彈開啦，但是用點技巧還是可以輕鬆撥開。」

這還是店長第一次見到在拆信刀上追求實戰性能的客人。

他從決定購買的利瑟爾手中，笑容滿面地接過了那把拆信刀。這組客人並未造成任何不愉快，甚至帶來了某種感動，然而各方面衝擊實在太過強烈，他有點追不上事態發展。上述心境絲毫沒有表露在外，店長不愧是專業的。

「接下來就是鋼筆了呢。」

「送給那個陰鬱的中年美男喔，他應該會說不需要吧？」

「為了避免這種情況，就挑選具有附加價值的鋼筆吧。」

利瑟爾他們看著隔壁展售鋼筆的區塊。

商業國領主所需要的附加價值，那就是入手管道有限、數量稀少的東西。在對手面前表現得像是平時就在使用這樣的物品，提高自己身為商人的格調。

但太過刻意地炫耀也不行，而且也必須是適合沙德的東西。嗯……利瑟爾這麼想著，決定徵求專家的意見。
「我想找帶有阿斯塔尼亞特色、設計簡單的鋼筆，顏色希望以黑色為主，但要有一點色彩點綴，最重要的是必須要好寫。」
「以您的需求，應該就是這一支了吧。」
店長立刻遞來一支鋼筆。
筆身整體是黑色，筆尖是少見的象牙色，乍看之下看不出哪裡帶有阿斯塔尼亞的風格。
「這種筆尖是用魚類魔物的骨骼加工而成，寫起來比金屬筆尖更有彈性一點，保證書寫手感非常滑順喔。」
「白色的欸，不是一下子就髒了？」伊雷文說。
「不會的，它使用了樹精的樹汁作為保護劑，墨水的顏色不會染上去。不過，用久了還是會慢慢沾上顏色就是了。」
「這一點任何筆尖都是一樣的呢。」利瑟爾說。
「是的，這實在是沒有辦法。」
店長露出為難的苦笑，利瑟爾也點頭表示他明白。
筆尖是消耗品，只要不會比一般筆尖更容易弄髒就可以了。
「握柄處是墨黑色，使用了月下花籽油進行加工，根據光線角度不同，會浮現出美麗的青色喔。」
「啊，真的呢。」
利瑟爾緩緩晃動手中的鋼筆，反射光線的部分透出了深蒼色。

伊雷文正拿著一旁展售的鋼筆，對著試寫用的紙張一臉認真地塗鴉，而利瑟爾就在他身旁決定買下這支筆。像平常一樣，利瑟爾這次也仔細挑選了包裝，接著告訴店長商品在明天前準備好就可以了，反正他隔天也要來拿賈吉的手套。

「好的，那麼就等您明天過來。」

「再麻煩你了。」

購物告一段落，伊雷文忽然扔下筆，厭煩似地說：

「隊長，我肚子餓啦。」

「啊，你也還沒吃午餐呀？那我們去吃飯吧。」

「吃飯。」

三人邊說邊往店門口走。

「吃完飯之後，再去尋找送給因薩伊爺爺他們的禮物吧。」

「買個吃的就可以了吧？」伊雷文說。

「會放到壞掉哦。」

「？有，空間魔法。」

「空間魔法只能節省空間，不會停止時間流動呀。」

好像聽見了空間魔法之類的詞，女店員邊想邊目送他們離開。

看著店長帶著疲態退到店後頭去，剛才一直在接待其他客人的女店員走向了利瑟爾他們剛才停留的貨架。除了把亂掉的商品陳列整理好之外，她也有點好奇他們買了什麼。就在她哼著歌面向貨架的那一瞬間——

「天啊這也太——會畫了吧！！」

看見眼前的鎧王鮫塗鴉，她忍不住吶喊。

後來，利瑟爾也精心挑選了伴手禮，順利把所有人的土產都買齊了。

這時候的他從沒想過，後來納赫斯會把那些尷尬到極點、用途不明的土產親手送給他。

扎根於記憶之中的奇蹟邂逅（利瑟爾篇）

從馬車的車窗向外看去，眼前山明水秀的風景令人陶醉。

風光明媚，說的就是像這座山這樣的景色吧。無論在哪個季節都綠意盎然，絲毫不減損它的壯麗。

父親帶他前往王都的途中，或者是從王都返回領地的途中，利瑟爾一定會從馬車車窗看著那座山。雖然在他的學生逐漸熟習刻在血脈裡的魔術之後，這種旅行的機會也越來越少了。

還小的時候，他曾經問過父親，那座山為什麼這麼吸引人。

『這確實是非常美麗的自然風景，不過吸引你的應該是其他東西吧。』

『其他東西？』

『沒錯。那座山上住著一條龍哦。』

直到現在，他還記得父親和他面對面坐在馬車裡，瞇細眼睛笑著這麼說的神情。

從古代一直生存至今的龍族。他在大人唸給他聽的書裡聽過這樣的生物，但直到那一刻他才知道，原來那不只是幻想，而是真實存在。

在那之後，他讀遍了關於龍族的各種文獻，卻從來沒有機會親眼看見真正的龍。

利瑟爾宣告今天的課程已經結束。

他那位從少年逐漸開始成長為青年的學生坐在椅子上，一聽他這麼說就解脫似地把修長的手腳隨處一擺。儀態不佳，不過他不會在人前這麼做，因此利瑟爾也不會特別糾正他。

「喏。」

「我的榮幸，殿下。」
他的學生指了指沙發。
這是叫他坐下的意思。課程結束之後，他們總會坐在這裡稍微閒聊一下。
見他點頭，他的學生便把手撐在椅背上站了起來。利瑟爾跟在學生身後走向沙發，忽然注意到殿下的身高已經和自己相差無幾了。
殿下的父親，也就是國王陛下的體格也相當高大，他的成長看起來仍沒有停止的跡象，再過不久肯定就長得比自己更高了吧。利瑟爾露出苦笑，真不知該高興還是該難過。
「對了……」
「是。」
他的學生一屁股坐下，把整個身體沉進沙發椅，利瑟爾也在對面坐了下來。
他已經不記得殿下交代他可以不必等候許可、直接坐下，是什麼時候的事了。如果殿下叫他不必這麼拘謹，他會相當為難，但他的學生說的是「每次都要下指令太麻煩了」，他實在無法反駁。
「剛剛說到古代龍對吧？」
「是的。」
那是他們在今天的課程空檔聊到的話題。
國土中的一座山上，有條古代龍住在山頂的湖泊裡，從牠身上滲出的一點魔力足以滋養整座山林，利瑟爾確實是這麼說的。充盈的魔力帶來豐饒，住在山麓的人們只取用他們生活所需的分量，享受著自然的恩賜。

「這和剝削不一樣嗎？」

這只是單純的疑問吧。

他無意批判享受豐收的百姓。只是，人們面對強大的存在該採取什麼樣的立場，面對等同於一種環境的古代龍，又該尊重到什麼程度？對於這樣難以定義的存在，他想要一個解答。

月色的雙瞳正目不轉睛地凝視著自己。

「這個嘛……」

關於這個問題，利瑟爾心中也沒有明確的答案。

雖然相當困難，但希望能幫助殿下找到屬於自己的答案就好了，利瑟爾開口：

「只有龍族本身能夠斷言這並不是一種剝削，接下來我所說的話都以此為前提。」

「嗯。」

「還有，這只是我個人的看法。」

「沒差。」

他的學生也明白這是沒有正解的問題。

殿下把兩隻手肘擱在大腿上，微微傾身向前，彷彿接下來無論聽到什麼樣的意見他都願意接受。上課的時候一講到龍，他也聽得津津有味，或許是對於龍族感興趣吧。

「魔力一直都在循環對吧？我們無意間透過呼吸和飲食攝取的魔力，不會永遠停留在我們體內，也不會消失，而是回歸到世界當中。而這些魔力，說不定也會成為其他生物的食糧。」

「你是說，把這件事稱為剝削太傲慢了？」

「不是的，畢竟確實是因為那條龍的存在，才為那座山帶來了豐收。只是……」

各種傳說故事中，被人們不斷傳述的龍族，利瑟爾回想起那片深深吸引他的風光。這確實只是他的個人看法，拿來告訴自己所效命的對象，似乎太踰矩了一點，他不禁這麼想。

不過事到如今想敷衍也沒用，他露出慚愧的苦笑，說出原本所想的答案。

「我有一種任性的期待，不希望那條龍是這麼輕易受到人類活動左右的存在。」

他的學生放聲大笑。

比起一般論調，利瑟爾的學生比較樂於聽見他偏重感性的發言。利瑟爾覺得自己說話不該太過感性，但或許是因為這種想法使得他的這類發言更加罕見，他的學生聽了才特別高興吧。

「你是說牠不只是自然，而是超自然？」

「因為我是浪漫主義者呀。」

「是喔，我第一次聽說。」

「對吧？」

兩人打趣似地相視而笑。

利瑟爾覺得自己沒說出什麼有益的意見，他的學生卻尋思似地往沙發椅背上一躺，後仰的頸子露出突出的喉結，隨著每一次呼吸微微起伏。

由於兄長放棄了王位繼承權，下一任的王位歸他眼前這位殿下所有。

然而，他的學生並未因此產生什麼改變。殿下沒有必要改變，即使他不是王族，他也會毫不保留地愛護他眼中屬於自己的一切，為了守護它們而持續排除外敵。

只是因為擁有王族身分，所以他守護的對象變成了自己的國民而已。即使不繼承王位，他該做的事情也不會改變，只是繼承王位之後該做的事又更多了些。僅此而已。

「利茲。」

「是。」

忽然聽見學生喊他的名字，利瑟爾露出微笑，等待對方發話。

他的學生從椅背上抬起頭，似乎有了什麼結論。照進窗戶的光線使得那頭星光顏色的髮絲泛上一點淺金，鬢角的辮子滑過臉頰，他乾脆地說：

「沒親眼見過牠，想破頭也沒用。走吧。」

利瑟爾忍不住笑了出來。

面對堪稱一種環境的對象，他的學生還能面不改色地說要去見牠，利瑟爾對此感到十分驕傲。

不過正因如此，這也讓他有些顧慮。假如有人能夠影響古代龍這種絕對的存在，那麼即使不帶著偏袒的眼光去看，利瑟爾也能確信那一定就是眼前的殿下了。

「說不定對方不想見我們哦。」

「這真是太榮幸啦。」

他的學生把這句話當成最高級的讚美，把手肘擱在沙發上笑了。

那是無所畏懼的笑容，但沒有其他意思。利瑟爾的學生充滿自信，但也絕不會過度相信自己的實力。

「那我們直接傳到山腳下看看情況好了。」

「我知道了。」

「應該沒有禁止進入之類的吧？」

「沒有，應該只有住在山腳的居民稍加管理而已。」

雖說管理，但他們並不會干預山林。

似乎只是防止盜獵者破壞山林這種程度的管理。他們享受著大自然的恩賜，即使那些恩賜隨著自然演變而消失，他們想必也不會強加挽留。

對於自然存有的一切心懷感恩，這些居民就是這麼世世代代生活過來的。

「那我們去找那些負責管理的傢伙說一聲。接下來的行程是？」

「殿下的下一個行程安排在一小時之後，我是兩小時後要到軍事部門赴約。」

「軍事？」

「去打招呼。」

還真勤快啊，利瑟爾的學生聳聳肩膀。

他這趟去軍事部門拜訪，表面上的理由是替父親送文件過去；但這種派人送去也無所謂的東西，卻特地讓利瑟爾送去，意圖很明顯了。也就是身為公爵的父親，想請對方「多多關照我家兒子」的意思。

年輕一輩光憑著繼承而來的爵位，不可能獲得身經百戰的重臣信任，鞏固勢力地盤是必須做的功課。利瑟爾原本想在前往軍事部門之前，順道去見見正好也來到王宮的舅舅，也就是財務首長，不過舅舅那邊並沒有事先約定，因此沒什麼問題。

「反正應該來得及吧。」

「我知道了。」

利瑟爾站起身來，告訴在門口待命的佣人他們要出門。

眾所周知，第二王子要出門是擋也擋不住的。她露出賢淑的微笑，悄悄把不知何時拿在手中的地圖遞給了利瑟爾，看起來已經習以為常。

利瑟爾道了謝，在坐在沙發上等他的學生面前攤開地圖。

「啊——是這座村子喔。」

「您去過嗎？」

「沒，只是我最近在練習看地圖傳送。」

傳送魔術，只有這個國家的王族才能使用。

凡是視野範圍內、或者是曾經到過的地方，使用傳送魔術只要一眨眼就能抵達。使用一次必須耗費龐大的魔力，然而這對他的學生而言完全不構成阻礙。

練習一定很有成效吧，利瑟爾微微一笑，跟著站到站起身來的學生身邊。

「是哪一邊啊？那邊？距離是？」

「大約二十公里。」

「好！」

利瑟爾的學生抓住了他的手臂。

事前沒有任何預兆，視野中的景象發生劇烈變化，大腦跟不上變化速度，讓人頭暈目眩。利瑟爾一步也沒動，卻像踏空了最後一級階梯似地踉蹌了幾步。
「你怎麼還沒習慣啊？」
「我應該閉上眼睛的。」
利瑟爾的學生揶揄似地笑著這麼說，拉住抓在手中的那隻手臂，替他支撐住身體。
利瑟爾苦笑著站直了身子，環顧四周。道路、草原、森林，隨處可見的風景，沒看見村落。
遠距離移動的時候，些微偏差也會造成顯著的影響，想實現精準傳送實在太麻煩了，因此利瑟爾的學生多半會先移動到差不多的位置，再重複傳送幾次抵達目的地。
再傳送兩次，兩人就抵達了那座村子。
「您說那座山啊。請便請便，當然可以上去呀，山林不是屬於我們、也不是屬於龍族大人的東西，祂是不會為了這點事情生氣的。」
抵達村子之後，他們最先找到的一位村民溫厚地這麼說。
那是一名坐在自家圍籬上抽著菸斗的老翁。一開始看見陌生打扮的利瑟爾他們，老翁驚訝地瞪大了雙眼，不過一聽他們說想看看那條龍，老翁就高興地瞇細了混濁的一隻眼睛笑了。
老翁說了句「路上小心」，目送他們走向山林的入口。
抬頭看去，這座山並不算特別雄偉，不過和從遠方眺望的印象確實不同。草木晶瑩的綠意、裸露的枝幹、腳下扎實的大地，一切都充滿生命力。
「古代龍啊……」

利瑟爾下意識發出讚嘆的嘆息，在他身邊，他的學生喃喃說著，瞇細了琥珀色的雙眸。那雙眼睛凝望著山頂，想必那裡有著擁有強大力量的人才有辦法感知到的某種存在。

學生不發一語地抓住了他的手臂，利瑟爾沒有多問，只是閉上眼睛，眼瞼逡巡似地輕輕顫動，接著緩緩睜開。

「……」

他看見學生邁開腳步的背影，再往前則是一片通透的淺琉璃色。

利瑟爾呼出一口氣，放鬆下意識繃緊的肩膀。他跟在效命的君王背後跨出步伐，走向湖畔。

探頭往底下一看，一條絹白的龍沉睡在水底，隨著水波搖蕩。

牠蜷著比故事當中的龍族更纖瘦的身體，把下顎擱在自己的尾巴上閉著眼睛。身軀隨著牠和緩的呼吸起伏，覆蓋身體表面的鱗片反射著照進水中的日光熠熠生輝。

湖面平靜得不可思議，微風拂過水面，隱約吹起波紋。每一次群集的小魚從那條龍上方游過，都在牠身上投下無數的影子。

「好厲害啊……」

聽見這聲呢喃，利瑟爾看向身旁。

他的學生站在那裡俯視那條龍，一雙純真的眼睛閃閃發亮。他並沒有被龍族的威儀震懾，也沒有敬畏之意，而是懷著孩子見到了崇拜的英雄那種單純的感動。

啊，這個人就是這樣。利瑟爾眼中蘊含笑意，不發一語地欣賞著那條龍。

「好棒喔。」

「咦？」

「我說那些魚。」

聽見學生這麼說，利瑟爾反射性地將視線轉了過去。

該不會——他還來不及開口，對方的身體已經往湖面傾倒。

他的學生在動作中轉過身來，伸手抓住利瑟爾的手臂，張開了勾出笑弧的雙唇：

「利茲也來。」

「殿下，請等——」

兩人雙雙墜入那片琉璃色當中。

一陣高亢的水聲，激起泡沫從身邊飄舞而上，泡沫聲震動耳膜。

利瑟爾忘記了疼痛，在水中眨著眼睛，看見學生帶著得逞的眼神仰望過來。眼見他背朝水底下沉，利瑟爾連忙伸手想將他拉上來，卻反而被學生抓住了手腕，彷彿想阻止他的企圖。

從他唇間溢出的氣泡撫過利瑟爾的臉頰。

接著，他雙腳一蹬，追著游過身邊的魚群往湖底游去，利瑟爾也被他拉著手跟在後頭。回頭越過自己的肩膀看去，隱約能看見水面上染成琉璃色的天空與雲朵。

「（總覺得，好像……）」

這座湖泊並不算太深。

他們一往下沉，立刻看見龍族巨大的身軀。每一次牠的身體隨著呼吸起伏、每一次聽見牠吸入水流又復吐出，發出渦流般的水聲，隨著距離逐漸接近，利瑟爾感覺到腹中有股不安的震顫在醞釀。

或許是在水中這種無法自由活動的空間，見到難以匹敵的生物所產生的本能反應吧。耳朵深處傳來心臟脈動的聲音，是自己的心跳。

兩人在龍族眼前停止下沉，在牠的鼻頭前端踏上湖底。腳邊感受到水流沖刷的力道，兩人對看一眼之後稍微上浮了一些。

龍族的頭部比自己的身體更大，仔細一看，牠身上有些鱗片已經長出了青苔。巨龍時不時發出泡沫般的哼吟聲，說不定是夢話或是鼾聲呢。

那存在宛如神秘的化身。

「……」

他的學生彷彿在半空中漫步似地靠近那條龍。

看見學生伸出手，利瑟爾喊出口的那聲「殿下」在水中聽起來帶著淚聲般的顫抖。

利瑟爾並不是想阻止他。即使惹怒了眼前如此強大的生物，只要這是殿下所選擇的結局，利瑟爾都能接受。即使龍族的怒火覆滅了整個國家也一樣。

聽見他朦朧的呼喚，那雙映照碧水的月色雙瞳轉向他，在水面下泛著搖曳水光的瞳眸是如此美麗。

那雙眼睛蘊含著憧憬和歡喜，彎成一對弦月彷彿要他安心，接著再度看向龍族。他的學生小心翼翼地靠近，絕不讓鞋尖碰到牠絹白的鱗片，手掌靜靜撫上龍的口部。

利瑟爾並不清楚是不是這個動作引發了之後的一切。

一切都發生在來不及理解的短短一瞬間。

龍靜靜張開雙眼。虹彩重合，有如幻月般的龍瞳捕捉到了利瑟爾他們。

在驚訝到了極點、看得出神的利瑟爾面前，龍族抬起了頭。利瑟爾連忙把握在另一人手中的手腕往後拉，把身體擋在自己的學生和那條龍之間。

這時，覆滿鱗片的鼻尖碰觸利瑟爾的腹部，輕輕把他往上推，連著他身後的學生一起頂上水面，力道溫柔得從牠巨大的體型來看實在難以想像。

他們就這麼來到湖面上，水滴從身體滴落水面的聲音、山林間樹葉被風吹動的聲響一口氣傳入耳中。

一切發生在一轉眼間。

「咦，那個，殿下？」

「呵、哈哈，我沒事，哈哈哈哈！」

他們下半身還浸在水裡，卻像滑過水面似地被推向岸邊。

他的學生不知為何爆笑了起來。確認對方沒事之後，利瑟爾也不懂這是怎麼回事，只能困惑地看著水中寄宿著幻月的龍瞳。

他們以比魚游泳更和緩的速度被運到岸邊，然後被龍抬到了水面上方。與至今為止輕柔的動作完全相反，這一次牠把他們隨便往地面上一扔。

不，如果考量牠原本的力量，這或許已經夠溫柔了。

只把鼻尖露出水面的龍，就這麼再度回到水底，再度睡下。他們倆看著這一幕，一人大笑到停不下來，一人愣愣眨著眼睛。

「哈哈，這是怎樣，太厲害啦，哈哈哈哈！」
「牠可能是把配色相似的殿下當成幼龍了哦。」
「噗、哈哈哈，那我也太猛了吧，哈哈哈！」
是要他們乖乖的別亂跑的意思嗎？
他的學生渾身濕透，躺在地面上捧腹大笑。回到王宮一定要挨罵了，利瑟爾這麼想著，垂著眉露出微笑。他把貼在臉頰上的頭髮撥到耳後，接著忽然想起一件事。
負責洗衣的女僕曾經說過，除了髒汙之外，沾滿了草葉之類的衣服也非常難洗。到底是跑到哪裡玩才會玩得這麼髒呀，當時女僕為了精力旺盛的小兒子頭痛不已，把這件事當笑話告訴他們。
說不定這也是同樣的道理。
「……呵呵。」
「利茲？」
「我又想到了另一種可能。」
「什麼啊？」
終於笑夠了，他的學生仰躺在地上喘著氣調勻呼吸，利瑟爾保持著看向湖底的姿勢低頭看著他，說：
「說不定牠只是一睜開眼睛就看到有東西在水裡漂，所以把我們撈起來丟到外面而已。」
「那不是把我們當垃圾嗎？」

漂浮在水中的雜質，必須放輕動作撈起，否則它就會被水流帶走了。

說不定是這麼回事也不一定。聽利瑟爾這麼說，他的學生又開始爆笑起來，他替捧腹絕倒、笑到岔氣的學生拍著背，一邊看著那條已經毫不理會他們，再度沉眠的龍。

牠遠比想像中更加莊嚴，遠比預期中更加壯麗，體內彷彿蘊藏著一個世界，超越了凡人能夠理解的範疇。無論蒐集了多少關於龍族的知識，都比不上和牠一瞬間的邂逅。

「謝謝您帶我過來，殿下。」

「嗯——」

利瑟爾瞇起眼角，笑容看起來比平時稚嫩了一些，而這只有他的王知曉。

在那之後，兩人還是到山腳下的村子打了聲招呼。看見他們渾身濕淋淋的模樣，村民七嘴八舌地說著「哎呀糟糕了」，紛紛替他們拿來毛巾。他們心懷感謝地借了居民們的衣服，拿著自己淌水的服裝回到了王宮。沒有湮滅證據的餘地，所以兩人一如預期地被數落了一番。

後記

覺得龍就是要越嚇人越帥的各位觀眾。

我也是同道中人，真想跟你們熱烈握手。以我的文筆完全沒辦法寫出龍的魅力，為此我簡直悔恨到每天哭濕枕頭。在這種時候最感嘆自己文筆不足了，寫利瑟爾他們的時候反而不太會。

龍族是一種浪漫對吧？可愛的龍當然也很棒，不過我個人的喜好完全偏向強大的龍族！又大又快又強又會飛，看看這完美連擊！這種生物真的可以存在嗎？不，牠們真的存在！這種浪漫！希望牠們是人類無論如何都無法匹敵的存在！

不過屠龍又是另一種浪漫了。面對絕對的強者，為了找出制勝之道而不斷嘗試錯誤的過程，正面迎戰最令人熱血沸騰的對手，將牠打倒時強烈的成就感也是龍的另一種魅力。古代龍，以及還沒有長成古代龍的年輕龍族就是這麼誕生出來的。

只要能稍微撥動各位愛龍同志的心弦，對我來說就真的是萬幸了。我是作者岬，受各位關照了。

在這一集，利瑟爾他們的阿斯塔尼亞生活告一段落，啟程回到了王都。

在角色介紹的頁面，旅店主人一直到最後都只有對話泡泡呢。雖然他因為自我主張強烈的關係常常有露面機會，但他的定位和「王都的旅店女主人」是差不多的。只是這個原因而已，並不是因為我想把他變得特別悲慘之類的。

話雖如此，這也只是用我個人的標準判斷，對於喜歡旅店主人的各位讀者實在非常抱歉……不過我目前收到的回饋當中，大家的反應都是大爆笑就是了。喜歡旅店主人的讀者們真是太堅強了。

雖然和阿斯塔尼亞的大家分別了，不過在王都，還有懷念的熟面孔等著與他們重逢。如果各位讀者也能和王都國民一起，享受利瑟爾一行人和平安穩的假期，那就太好了。

這一集也借助了來自各方的力量，才能把這本書呈現在各位眼前。

感謝さんど老師總是配合我囉嗦的要求，繪製某張卷頭彩頁的時候，就連我提出了「這個利瑟爾也太可愛了吧?!」這麼莫名其妙的意見，老師還是做出了完美的修改。謝謝我的編輯大人，我偷偷覺得她差不多該被召喚到異世界，完美活用她的娛樂業界通吃外掛，把地下城改造成某某樂園然後變成億萬富翁了。拙作有幸讓這樣連神級外掛都不需要的天選之人擔任編輯是非常幸福的，我總是心懷感激。還要感謝TO BOOKS出版社，不僅替這個系列出版書籍，還製作了各種周邊商品。

最後，感謝拿起這本書的各位讀者。非常謝謝你們！

二〇二〇年十二月　岬

國家圖書館出版品預行編目資料

優雅貴族的休假指南11/岬作；簡捷譯. -- 初版. --
臺北市：皇冠文化出版有限公司, 2022.04-
冊；　公分. -- (皇冠叢書第5016種)(YA! ;71)
譯自：穏やか貴族の休暇のすすめ。11
ISBN 978-957-33-3867-3(平裝)

861.57　　　111003518

皇冠叢書第5016種

YA！071

優雅貴族的休假指南。11

穏やか貴族の休暇のすすめ。11

作　　者—岬
譯　　者—簡捷
發 行 人—平雲
出版發行—皇冠文化出版有限公司
台北市敦化北路120巷50號
電話◎02-27168888
郵撥帳號◎15261516號
皇冠出版社(香港)有限公司
香港銅鑼灣道180號百樂商業中心
19字樓1903室
電話◎2529-1778　傳真◎2527-0904
總 編 輯—許婷婷
責任編輯—張懿祥
美術設計—嚴昱琳
行銷企劃—蕭采芹
著作完成日期—2020年
初版一刷日期—2022年4月

讀者服務傳真專線◎02-27150507
電腦編號◎515071
ISBN◎978-957-33-3867-3
Printed in Taiwan
本書定價◎新台幣340元/港幣113元